BUCH 2

CLANS
von
MULL

# Die BÜRDE EINES

# Schottischen Clanführers

# KEIRA MONTCLAIR

# PROLOG

DER MANN, DER sich Egan nannte, schritt über den Hof zu dem kleinen Häuschen, das er betreten sollte, und brummte vor sich hin. Warum glaubte man, dass ausgerechnet er mit Kindern umgehen konnte?

Er klopfte an die Tür, und als sie sich öffnete, trat er ein und wartete, bis seine Augen sich an die Dunkelheit gewöhnt hatten, ehe er dann das Wort ergriff. Drinnen waren drei Männer, von denen er zwei nicht kannte. Mit dem dritten hatte er gewöhnlich zu tun − es war derselbe Mann, mit dem er Umgang hatte, seit von zu Hause fortgegangen war.

Der Mann war ein grausames Scheusal, aber er zahlte anständig, und so hatte Egan auch nach zwei Jahrzehnten noch mit ihm zu tun. Egan schüttelte die Schultern, was eine Reaktion war, die er immer auf diesen Kerl hatte. Die Narben auf seinem Rücken erinnerten ihn daran, das Nötige zu tun, um weiteren Peitschenhieben zu entgehen.

Einmal in seinem Leben war genug.

Der Verantwortliche, den er als Karl kannte −

das war nicht sein richtiger Name, aber einer, den er benutzte, um seine wahre Identität geheim zu halten –, saß vor der Feuerstelle, während die beiden anderen ihn flankierten und bereit waren, ihn zu schützen.

»Ich habe Neuigkeiten«, verkündete Karl.

»Was für Neuigkeiten, Mylord?«

»Es gibt mehr als eine. Dieses Mal musst du mehr holen. Ich will die goldene Fee, und einen Jungen gibt es auch. Und da keiner von uns mit den Bogenschützinnen gerechnet hatte, werde ich dir dein Versagen in Duart Castle nicht übel nehmen. Ich gebe dir noch eine Chance, da du nun weißt, womit du es zu tun hast.«

»Ein Junge?«, fragte Egan und tat sein Bestes, um seine Frustration zu verbergen. Die Sache wurde immer komplizierter.

»Das Mädchen mit dem goldenen Haar ist die Fee, und es heißt, es gäbe einen Jungen mit besonderen Kräften, der von der Fee bewacht wird. Deshalb musst du die Fee und den Jungen herbringen. Es ist ihre Aufgabe, ihn zu beschützen und sie wird nicht von seiner Seite weichen.«

»Wie alt ist er? Wie heißt er?«

»Woher soll ich das denn wissen? Deshalb habe ich dich angeheuert. Jetzt mach dich auf den Weg, schnapp dir das Mädchen, finde heraus, welcher der Junge ist, und ich kümmere mich um alles andere. Wenn du das Mädchen mit dem Goldhaar zusammen mit einem Jungen siehst, muss er derjenige mit der Gabe sein. Finde ihn.«

»Keine Namen?«

»Nein. Geh. Du hast eine Woche, um die beiden zu mir zu bringen.«

Egan nickte, nahm das Geld, das ihm wie üblich als Anzahlung angeboten wurde, und verabschiedete sich dann.

»Garvie ist tot. Ich bin auf dich angewiesen«, rief Karl ihm nach.

»Aye, Mylord«, antwortete er Karl, der diese Antworte erwartete, und ging.

Von ganzem Herzen wünschte er sich, es würde ihm gelingen, dies zu erledigen. In Wahrheit liebte er diese Arbeit. Er machte sie schon viele Jahre lang für Karl und wurde immer gut bezahlt. Er hatte junge Knaben und Mädchen entführt, wo immer er sie finden konnte, sie gegen Geld ausgeliefert, und es war ihm einerlei, wo sie am Ende landeten. Oh, es hatte einige darunter gegeben, die ihn überraschten, einige, die ihn sogar verärgerten, aber nicht ein Kind, mit dem er nicht fertiggeworden wäre.

Aber diese jungen Menschen mochte er nicht. Als er auf Duart Castle gewesen war, hatte er zu viele davon gesehen, und einige darunter hatten goldenes Haar. Woher sollte er wissen, welches Mädchen das richtige war? Und sie waren alle unter zehn Sommern alt gewesen. Er war ihm lieber, wenn sie älter als zehn Sommer waren.

Die Älteren konnte er schlagen, fesseln, oder sogar hungern lassen, und sie würden keine Probleme machen. Aber diese Kleinen? Je schlimmer man sie schlug, desto lauter wurden sie. Wenn sie Hunger hatten, schrien sie ununterbrochen. Er wusste, dass es auf Duart

Castle zwei goldhaarige Mädchen gab. Er hatte sie beide mit eigenen Augen gesehen, ohne aber eine Ahnung zu haben, welche die Fee war und welchen Jungen er rauben sollte. Dort waren mehrere gewesen.

Er stieg in sein Boot und ruderte nach Mull. Er würde die beiden finden. Solange er das richtige Mädchen oder den Jungen erwischte, würde es oder er ihn zu dem anderen führen.

Dann wäre er es, der zuletzt über diese dämlichen Luder auf Duart Castle lachte, die Pfeile wie Männer abfeuerten. Seit wann brachte man den Frauen bei, so zu kämpfen?

Wenn er es schlau anstellte, würde er ein paar dieser Luder ausschalten, sobald er mit den Kindern fertig war. Denn sie hatten es gewagt, ihre Pfeile auf ihn abzufeuern.

Aber zuerst musste er weitere Männer anheuern und nach den Mädchen mit den goldenen Haaren Ausschau halten.

# KAPITEL EINS

*Lennox MacVey*

———— ∼∼∼ ————

*Spätsommer, 1316, auf der Insel Mull*

DIE ZEIT WAR reif.

Es war Zeit für Lennox MacVey, den Schurken zu verfolgen, der ihn vor Jahren terrorisiert hatte, denn andererseits müsste er weiterhin die Konsequenzen tragen. Er wusste nicht, warum sein Gewissen ihn ausgerechnet jetzt heimsuchte, aber er konnte es auch nicht länger ignorieren.

Sein Bruder Taskill gesellte sich zu ihm an den Kamin, seinem Lieblingsplatz in der großen Halle von Dounarwyse Castle, um dort auf und ab zu gehen. Als Laird des MacVey Clans zog Lennox es vor, sich dort aufzuhalten, wo andere ihn nicht sehen konnten, selbst wenn das außerhalb seines Schlafgemachs schwer zu bewerkstelligen war.

Das Rascheln eines langen Kleides auf der Treppe bedeutete ihm, dass seine Mutter, Rut, in der Nähe war. »Was ist los, Lennox? Du gehst auf und ab. Nach all den Jahren kenne ich deine Gewohnheiten.«

Er wollte seiner Mutter nicht grollen und hielt stattdessen inne, um ihr einen Kuss auf die Wange zu drücken. Sie war immer noch eine temperamentvolle, schöne Frau, die ihr graues Haar zu einem Dutt aufgesteckt trug und deren Kleider speziell in Edinburgh angefertigt wurden. Sie war eine reiche Quelle für wichtige Informationen, und Lennox hatte sich seit dem Tod seines Vaters Douglas vor zwei Jahren auf ihr umfangreiches Wissen verlassen.

»Wie geht es dir heute wirklich, Lennox?«, wiederholte sie. Sie erwartete nicht nur eine knappe Antwort, sondern eine umfassende Erklärung. Seine Mutter würde sich nicht mit weniger zufriedengeben.

Seine Schwester Eva gesellte sich zu ihnen, und da das Gesinde nach dem Mittagsmahl mit Saubermachen und der Vorbereitung des Nachtmahls in der Küche beschäftigt war, fand sich die Familie nun in der Halle unter sich.

Doch dann lächelte Taskill und bemerkte: »Ich glaube, ich werde am Tor gebraucht.« Er verschwand, und das konnte er gut. Noch nie war Taskill ein Freund von Konfrontationen gewesen, insbesondere nicht, wenn ihre Mutter beteiligt war. Viel lieber verbrachte sein Bruder seine Zeit in Gesellschaft der verschiedenen jungen Frauen des Clans, mit denen er anbandelte. Er stand bei ihnen hoch im Kurs, und sein welliges hellbraunes Haar fiel ihm bis zu seinem Kragen, während seine grünen Augen funkelten, sobald sich ein Mädchen näherte. Lennox war an die

Einmischung seiner Mutter gewöhnt und hatte ganz und gar nichts gegen Konfrontationen.

Seine Schwester war eine schweigsame Schönheit mit kastanienbraunem Haar. Sie hielt ihre Gefühle gut verborgen, hielt sich aber gerne über die Ereignisse des Clans auf dem Laufenden, was seinen Bruder nicht immer interessierte. »Gehst du wieder auf und ab, Lennox? Warum?«, fragte Eva, die stehen geblieben war und ihre Röcke wirbeln ließ. Lächelnd schaute sie zu, wie der Stoff um ihre Fersen schwang und der bauschende Effekt brachte sie zum Kichern.

»Ich habe keinen Grund«, entgegnete Lennox. »Ich musste mir nur die Beine vertreten. Ich werde eine Weile auf unseren Ländereien und dem Weg patrouillieren. Ich habe mir überlegt, welchen Nachbarn ich gern besuchen würde. Der Tag ist sehr schön für einen Ausritt. Vielleicht besuche ich unsere Nachbarn, den Grantham Clan.«

»Und ich weiß, was für ein Unsinn das ist«, meinte seine Mutter, die dabei die Arme verschränkte. »Du musst dich der Situation stellen und eine Entscheidung treffen. Entweder akzeptierst du die Tatsache, dass deine Entführung schon lange zurückliegt, und sie dich somit nicht länger kümmert. oder du stellst diesen schwachsinnigen Mistkerl. Schon viel zu lange hast du dies ignoriert.«

»Mutter, als Herrin des Clans könnte deine Ausdrucksweise gewählter sein.« Er wollte nicht zugeben, dass er die Erinnerung an das Trauma, das er vor so vielen Jahren als Kind erleiden musste, verdrängt hatte. Vor kurzem erst war ihm das alles wieder eingefallen, doch er wusste nicht, warum das ausgerechnet jetzt geschehen war.

»Und du bist der Laird dieses Clans. Meinst du nicht auch, dass es an der Zeit ist, dass du aufhörst, dieser abscheulichen Seele zu erlauben, deinen Verstand zu vereinnahmen? Wie oft denkst du daran? Gib mir bitte eine ehrliche Antwort.«

Niemals würde er zugeben, wie oft er an das lange zurückliegende Drama denken musste. Die schwerwiegendste Erinnerung allerdings, die sich auf das gesamte Ereignis bezog, war so gut wie gar nicht vorhanden. Es war nicht so, als würde er sich nicht daran erinnern, dass es passiert war. Die Angst, die ihn bei der alleinigen Erwähnung des Geschehens durchströmte, durchfuhr ihn immer wieder, aber die genauen Einzelheiten waren größtenteils verblasst, als ob sein Verstand nicht wollte, dass er sich an alles erinnerte, was inzwischen geschehen war. Und aus irgendeinem seltsamen Grund war ihm der Vorfall in letzter Zeit häufiger in den Sinn gekommen als früher. Zumindest hatte er nun aber eine genauere Vorstellung von der Identität des Schurken, anstatt nur eine vage Ahnung, die ihn über die Jahre hinweg immer wieder heimgesucht hatte.

Seither war mit jedem Jahr seines Lebens ein Stück des Geheimnisses zurückgekehrt. In diesem Jahr hatte er das Gesicht des Schurken wieder vor Augen. Er hatte das Gefährt – ein Boot – erkannt und jetzt auch den Schuldigen. Von Herzen wünschte er sich, er könnte sich an alles genau erinnern.

Warum passierte das gerade jetzt? Es war diese Frage, die ihn dazu brachte, umherzuwandern.

Rut tippte mit der Schuhspitze auf den Steinboden. »Schon gut. Es steht gerade eine wichtigere Angelegenheit an. Ich werde dir eine Frist von einem Jahr gewähren, um dir eine Braut zu suchen, sonst werde ich sie für dich auswählen«, erklärte sie, die Fäuste in die schmalen Hüften gestemmt und das Kinn trotzig gereckt.

Vor Schock darüber, dass sie solch eine lächerliche Forderung aufstellte, musste Lennox lachen. »Mutter, ich bitte dich. Wie kannst du so etwas auch nur aussprechen? Und wie kommst du überhaupt auf so einen abstoßenden Plan? Ich werde die Braut nicht heiraten, die du für mich wählst. Ich suche mir meine eigene Braut aus.« Ihm war wohl bewusst, dass er Zeit vergeudete. Es war Zeit für ihn, eine Frau zu finden, doch bislang hatte noch keine kennengelernt, die ihn auch nur im Entferntesten interessierte.

Glücklicherweise ging die Tür auf, und sein Bruder ersparte ihm die Antwort auf ihre Frage.

Taskill, der kurz vor der Tür innehielt, um Luft zu holen, sagte: »Ein Bote des Rankin Clans. Das wirst du dir anhören wollen.«

Vier der Dienstmägde waren bereits aus der Küche gekommen, und eine brach in Kichern aus, als Taskill ihr zuzwinkerte. Er war mit Abstand der Liebling der jungen Frauen, die wiederum die seltsame Fähigkeit besaßen, genau zu spüren, wenn er in der Nähe war. Es war, als würde er lautlos pfeifen, um sie auf sich aufmerksam zu machen.

Dahingegen erachteten die Menschen Lennox als zu kalt, zu harsch, zu was auch immer.

»Fahre fort«, meinte Lennox und widmete Taskill seine volle Aufmerksamkeit.

»Martas Sohn Rowan ist geraubt worden. Er war mit seinem Onkel auf der Jagd, sie schossen ein Reh, und als sie es holen wollten, scheute eines der Pferde und erschreckte Rowans Pferd, das ihn durch die Luft schleuderte. Er landete ein Stück weit entfernt, und ein fremder Reiter preschte heran und nahm ihn mit. Sie haben überall gesucht, aber sie können ihn nicht finden.«

»Warum berichtet der Bote uns davon?«, fragte Rut.

Taskill zuckte mit den Schultern. »Er bittet uns um Hilfe. Er will, dass wir eine Patrouille nach Ben More schicken, während der Rankin Clan sein Gebiet durchsucht.«

»Taskill, nimm die Männer, und laufe nicht jedem leichten Rock nach. Eva, sperre alle Mütter und Kinder innerhalb der Burgmauern ein, bis ich mehr herausgefunden habe. Wir können nicht riskieren, dass uns eines unserer Kinder geraubt wird.«

Nach einem kurzen Nicken entfernte Taskill sich.

Lennox richtete das Wort an seine Schwester. »Eva, geh zuerst ins Dorf und bring sofort alle hierher. Du musst du vielleicht einigen Müttern mit kleinen Kindern behilflich sein, herzukommen. Öffne die Halle für sie. Mutter wird der Köchin auftragen, zusätzlichen Potage für das Nachtmahl bereiten zu lassen.«

»Und wir brauchen mehr Ziegenmilch. Ich kümmere mich darum«, erbot sich Rut.

Seine Mutter warf ihm diesen Blick zu, den er nur zu gut kannte. Dieser Blick ließ ihn wissen, dass sie viel zu sagen hatte, aber sie würde warten, bis sie unter sich waren.

Und er wusste genau, was sie sagen würde. Sie würde irgendetwas über seine Vergangenheit äußern und über unerledigte Dinge, die zu Ende gebracht werden müssen. Immer schon hatte sie ihm das gesagt. Es war genau dasselbe, womit seine Mutter ihr Gespräch erst kürzlich begonnen hatte.

Sobald sie beide allein waren, schob sie ihr Anliegen nicht länger hinaus. »Lennox MacVey, du musst das klären. Finde den Kerl und mach der Sache ein Ende. Dir ist doch klar, dass der Schurke, der Rowan geraubt hat, gut und gern derjenige sein könnte, mit dem du vor so langer Zeit zu tun gehabt hast. Je mehr ich darüber nachdenke, umso mehr bin ich davon überzeugt, dass es derselbe Mann sein muss. Du musst versuchen, dich an alles zu erinnern.«

»Mutter, all das liegt Jahre zurück. Wie kommst du darauf, dass es der gleiche Mann sein könnte?«

»Weil wir dieselbe Jahreszeit haben. Es ist Spätsommer. Hast du denn nicht bemerkt, dass es jedes Jahr passiert? Einige der älteren Kinder verschwinden, und kein Mensch weiß, wohin. Du musst mit jemandem reden. Und der Sache auf den Grund gehen. Du bist ein intelligenter Mann, Lennox, aber du lässt zu, dass dieses

Ereignis dein Leben beherrscht. Das ist schon seit Jahren der Fall. Versuche nicht, dies zu leugnen.«

Lennox hielt inne und dann lenkte er ein. »Du hast nicht ganz unrecht. In letzter Zeit hatte ich mehr Albträume als je zuvor von diesem Mann. Es ist noch nicht allzu lange her, als ich sogar nach ihm gesucht habe, nur um zu erfahren, dass er auf Wanderschaft ist, obwohl ich nicht sicher bin, wohin.«

»Warum hast du mir das nicht früher gesagt?«

»Weil meine Suche erfolglos verlaufen ist. Ich weiß nicht, wo er sich aufhält.«

»Du hast es zumindest versucht. Jetzt musst du tiefer graben. Dieser Schmerz wird nicht weichen. Er wird dich nur noch mehr heimsuchen, je älter du wirst.« Dann führte sie eine perfekte Drehung aus und wendete sich wieder in Richtung Küche. »Ich suche den Ziegenhirten auf.«

Gut.

Es missfiel ihm von Herzen, wenn er seiner Mutter sagen musste, dass sie recht hatte. Wahrscheinlich war das der Grund, warum er es ihr gegenüber nicht eingestand, aber sie hatte recht.

Es war höchste Zeit, herauszufinden, wer die Menschen auf der Isle of Mull jeden Sommer terrorisierte.

# KAPITEL ZWEI

*Meg*

———◦∾∾◦———

MEG BEATON VERSTECKTE sich hinter der Tür ihres Schlafzimmers. Ihr Ohr hatte sie an das Holz gelegt. Seit ihre Schwester Tamsin fortgeschickt worden war, um einen Mann auf der Isle of Ulva zu heiraten, hasste Meg ihr Leben. Sie schuftete den ganzen Tag lang, und manchmal bluteten ihre Fingernägel vom Wäschewaschen und Unkrautjäten im Garten. Dann kam ihr Vater abends nach Hause, kontrollierte ihre Arbeit und entschied, ob sie eine Strafe verdient hatte oder nicht. Viel zu häufig war er der Ansicht, sie hätte eine Ohrfeige oder einen Schlag mit dem Brett verdient, je nachdem, wonach ihm gerade der Sinn stand.

Sie verspürte einen scharfen Stich in ihrem Bauch, als ihr die Vision ihrer Schwester Tamsin in den Sinn kam. Eigentlich sollte Meg sich daran gewöhnt haben, dass Tamsin fort war, doch dem war nicht so. Ohne ihre Schwester, die ihr die Hand hielt, wenn sie weinen musste, oder die sich mitten in der Nacht ihre Ängste anhörte, war sie nur noch ein Schatten ihres früheren Selbst.

Sie war allein und fühlte sich ungeliebt.

Als Meg sieben Jahre alt gewesen war, war ihre Mutter gestorben und seither konnte ihr Leben nur als unglücklich gelten, und zwar einfach deshalb, weil ihr Vater unglücklich war. Wenn sie wüsste, wie sie ihre geliebte Schwester ausfindig machen könnte, würde sie davonlaufen, doch ihr Vater hatte ihr gedroht, den Sheriff zu rufen und sie einsperren zu lassen, falls sie je einen Fluchtversuch unternehmen sollte. Sie konnte nicht glauben, dass ihr Leben noch schlimmer werden könnte.

Doch dann beschlich sie das seltsame Gefühl, dass ihre Situation doch noch schlimmer werden könnte, denn ihr Vater hatte Besuch, und das war seit Tamsins Fortgang nicht mehr der Fall gewesen.

Das Schlimmste daran war allerdings, dass es ein Mann war. Ein älterer Mann.

Ihr Herz pochte so heftig in ihrer Brust, dass sie die Unterhaltung im Hauptraum nicht mehr verfolgen konnte.

»Wie lange wirst du brauchen, um sie bereit zu machen, Henry?«

»Ich kann sie so herrichten, Mylord, dass sie morgen mit Euch reisen kann. Sie ist noch jung, und deshalb muss ich sie auf dieses Ereignis vorbereiten.« Megs Vater räusperte sich zweimal.

Welches Ereignis? Meg dachte angestrengt nach, konnte sich aber nicht daran erinnern, dass eine Änderung ihrer üblichen täglichen Aufgaben zur Sprache gekommen war.

»Ich suche schon seit geraumer Zeit nach einer passenden jungen Braut, also enttäusche mich nicht. Sie muss innerhalb von zwei Monden mit einem Kind schwanger sein. Ich will mindestens drei Erben. Ich werde ihr ein Mädchen erlauben, also vielleicht vier. Es wäre gut, wenn ich an ihre Pflichten denke, und eine Tochter könnte ihr helfen. Ich würde es vorziehen, wenn meine Frau ihre Zeit einzig damit verbringt, sich um meine Bedürfnisse zu kümmern. Das verstehst du natürlich.«

*Ehefrau?*

Mit einem Mal wurde aus dem Klopfen ihres Herzens ein Gewittersturm.

*Ehefrau?*

Meg ließ sich auf ihr Bett sinken, ehe ihre Knie einknickten. Hatte sie ihn richtig verstanden? Ein Baron wollte sie zur Braut?

Sie eilte zur Tür zurück und öffnete sie ein wenig, um einen Blick auf den Mann zu werfen. Wenn er gut aussehend, freundlich und liebenswert war, könnte sich ihr Leben vielleicht bald enorm verbessern.

Er war allerdings nichts davon.

Der Baron war einen halben Kopf größer als ihr Vater, sein Haar war grau und schütter und er hatte einen dicken Nacken. Da sie seine Augen nicht unmittelbar sehen konnte, musste sie beten, dass sie gütig wären. Seine Nase erinnerte an den Schnabel eines Vogels und sein Bauch stand so weit hervor, dass seine Hände bequem darauf ruhen konnten, obwohl er die Angewohnheit hatte, sie beim Sprechen seltsam zu schwingen, als ob diese Bewegung seinen Worten einen Anschein von Bedeutung verlieh.

Ihr Vater wandte sich zu ihrer Schlafkammer um, und sie sprang gerade noch rechtzeitig von der Tür zurück, ehe diese aufschwang. »Margret, komm herbei und lerne deinen Verlobten kennen. Er wird dich morgen holen und nach England in eine Kirche bringen, wo du seine Frau werden sollst.«

Eine Kirche in England? Wo war England? Sie hatte keine Ahnung, denn sie war noch nie weiter als einen Vierteltag von zu Hause weggekommen.

*Eins, zwei, drei...* sie tippte mit ihren Fingern an ihrer Seite.

»Hör auf«, zischte ihr Vater sie leise an und ließ seinen Blick auf ihre Hände sinken. »Benimm dich nicht albern.«

Wie sollte sie ihrem Vater erklären, dass sie sich mit dem Zählen beruhigte? Das hatte sie schon immer getan, wenn sie sich über den Ausgang einer Situation unsicher war. Ihr Vater wusste das von ihr. Er hatte sie zählen hören, wenn er sie mit dem Knüppel schlug.

Als sie dann vor dem fremden Mann stand, meinte ihr Vater: »Dies ist Baron Neville de Wilton. Du solltest ihn mit ›Mylord‹ ansprechen. Er hat dich zu seiner Frau erwählt. Zu seiner Baronin.«

»Komm hierher, Mädchen. Ich würde dich gerne aus der Nähe betrachten. Ich möchte genau sehen, was ich hier erwerbe.« Er trat zwei Schritte auf sie zu und wartete dann, bis sie auf ihn zukam.

Sie schielte zu ihrem Vater, der sie vorwärts schob. »Ich bin gleich wieder da«, meinte er dann. Er verschwand durch die Hintertür und ließ die beiden allein zurück.

»Seid gegrüßt, Mylord«, brachte sie hervor und zählte leise vor sich hin, während sie den Stoff ihres Kleids beim Zählen zwischen den Fingern knetete.

»Lieber Gott, dein Vater hat nicht gelogen. Du bist ein hübsches Mädchen. Dein Haar ist für meinen Geschmack ein wenig zu rot, aber du hast hübsche grüne Augen. Verzeih meine Neugier, aber ich möchte mehr über dich erfahren.« Er trat näher und berührte ihre Brüste durch ihr Kleid hindurch.

Empört darüber, dass er es wagte, sie dort zu berühren, stieß Meg seine Hände beiseite. Er packte sie an ihren Handgelenken und drückte fest zu.

»Stoße mich niemals weg. Sobald wir einmal verheiratet sind, wirst du dich allem fügen, was ich sage, wann ich will und was ich will. Hast du mich verstanden?«

Sie nickte, damit er endlich ihre Arme losließ. *Zwanzig, einundzwanzig, zweiundzwanzig.*

Noch einmal drückte er ihre Brüste und schritt dann langsam um sie herum. »Bleib stehen. Rühr dich nicht.« Nun ließ er seine Hände zu ihren Pobacken wandern und drückte sie auch dort. »Sehr schön. Du wirst mir sehr gut gefallen.«

Am liebsten hätte sie ihm mit der Faust ins Gesicht geschlagen.

Er trat wieder vor sie und stand nun so nah,

dass sie etwas Ranziges riechen konnte. Sie strich mit ihrem Finger unter ihrer Nase entlang, um dem Geruch auszuweichen, doch das half ihr wenig. Er beugte sich vor, zog ihre Hand zu sich heran und küsste sie, wobei er mit der Zunge gegen ihre geschlossenen Lippen drückte, bis sie diese öffnete. Er schmeckte nach saurem Bier und Kaninchen, und es war so widerlich, dass sie sich fast übergeben hätte, doch sie hatte Angst, sich zur Wehr zu setzen.

Außerdem war sie unendlich dankbar, dass ihr Vater wieder zurück war. Als die Tür aufschwang, wich der Baron zurück.

Ihr Vater schaute sie an, und dann den Baron. »Nun?«

»Sie ist mir gerade recht. Ich kehre morgen zurück und hole sie ab«, meinte er, verbeugte sich leicht vor ihr und verabschiedete sich. »Bis dahin, meine Liebe.«

Er verließ den Raum, während sie starr auf der Stelle stehen blieb. Ihr Vater folgte ihm jedoch nach draußen. Der Baron schnauzte seine Männer an und befahl ihnen, ihm auf sein Pferd zu helfen.

Meg konnte nur an die unausweichliche Wahrheit denken.

Dieses Schwein würde sie niemals heiraten.

Da ihr keine andere Wahl blieb, musste sie fortlaufen.

Bald.

# KAPITEL DREI

*Dyna*

━━━━━◦≈◦━━━━━

DYNA RITT IHR Pferd in eiligem Tempo den Hügel hinauf, obwohl das Tier nicht so erwartungsfreudig war wie sie. Sie musste die Aussicht von oben genießen und nach dem Boot Ausschau halten, das Maitland gerade bestiegen hatte. Der letzte Sommermonat war angebrochen, und Maitlands Frau Maeve konnte jeden Tag ihr Kind bekommen. Dyna lächelte und freute sich für Maitlands Glück, der seine erste Frau verloren hatte, als die beiden vor Jahren von den Engländern in einem Kerker gefangen gehalten worden waren.

Es war an der Zeit, dass Maitland etwas Glück in seinem Leben erfuhr. Vor einigen Monaten hatte sie erfahren, dass Maitlands Sohn unter ihre Aufsicht gestellt werden sollte. Von Anfang an war Dyna die Beschützerin ihres Großvaters gewesen.

Vor einiger Zeit hatte sie außerdem erfahren, dass sie noch drei andere Menschen zu beschützen hatte: Alaric, Eli und Maitlands ungeborenen Sohn. Das hatte sie bislang niemandem außer

Derric und Maitland anvertraut, doch sie freute sich, den neuen Knaben wahrscheinlich im nächsten Mond kennenzulernen. Maitland würde so lange nicht mit dem Neugeborenen und Maeve reisen, bis die beiden bereit waren.

»Derric, ich kann es kaum erwarten, Maitland mit seinem Sohn zu sehen, und du?«

Er nickte und dann zeigte er auf etwas. »Dort drüben, Sandor. Siehst du das Boot?«

Sandor kicherte und zeigte auf sie, während Dyna sich an ihre Schwester hinter ihr wandte. »Astra, da drüben. Kannst du es sehen, Tora?«

Tora ritt mit Astra, während Sylvi vor Dyna auf dem Pferd saß. Sie wurden von vier Wachen begleitetet.

Das Boot glitt weiter auf dem Wasser dahin, und nun erreichte die Gruppe den Abschnitt des Weges, der am Wald entlangführte. »Ich mag diesen Stelle nicht, Derric. Wir brauchen mehr Wachen. Ich habe meinem Vater eine Nachricht geschickt, mehr zu schicken.«

»Ich weiß. Ich war enttäuscht, als wir nur zehn Männer aus den Dörfern hinzugewonnen haben. Es wurde gesagt, dass viele der Männer für jemand anderen arbeiten würden. Wir tun, was wir können.«

»Nach der Sache Anfang des Sommers, als wir angegriffen wurden und ich hörte, wie ein Mann sagte, sie wollten das Mädchen, vertraue ich auf nichts und niemanden mehr. Ich wünsche mir, innerhalb dieser dicken Ringmauern zu sein.«

»Wir sind beinahe da.« Er deutete auf die Kreuzung, an der sich der Weg gabelte. Ein Teil führte weiter zur Küste, der andere zur Landspitze und zu Duart Castle.

Derric packte die Zügel, zog sein Schwert und rief: »Diamond! Reitet zum Castle!«

Die vier Wachen stellten sich den fünf Männern entgegen, die auf ihren Pferden aus dem Wald geprescht waren, und galoppierten direkt auf sie zu. Eine Stimme war lauter als alle anderen, und das hörte Dyna gar nicht gern. »Die Mädchen! Fangt sie!«

»Astra, reite zum Castle! Beeil dich!«

Astra gab sich alle Mühe, um die Stute in diese Richtung zu dirigieren, doch ein Mann packte die Zügel ihres Pferdes und zerrte das Tier in den Wald.

»Astra! Spring ab!« Noch nie hatte Dyna eine derartige Panik verspürt. Sie zückte ihren Bogen und zielte, wobei sie einen Mann von seinem Pferd holte, allerdings nicht denjenigen, der Astras Pferd am Zügel hielt. Sie hatte keine freie Schussbahn. Um sie herum herrschte Chaos – Schwerter klirrten aufeinander. Es waren Schmerzensschreie zu hören und Männer, die wütend ihre Waffen schwangen. Zwei der Männer waren schnell von ihren Pferden geholt worden, aber als der eine Astra in den Wald zerrte, lösten zwei andere ihn ab und schwangen ihre Waffen.

Derric übergab Sandor an Dyna. »Bring Sylvi und Sandor zum Castle«, trug er ihr auf. »Wir müssen sie beschützen. Die Wachen werden mit mir kommen, um Astra und Tora zu suchen.«

Sie nickte und nahm Sandor auf den Arm, wobei sie ihn mit einem schnellen Blick auf

Blutspuren inspizierte, aber keine fand. »Böse Männer, Mama.«

»Aye«, antwortete sie und ritt eilig zum Tor, wobei sie Alaric anschrie, als sie sich der Mauer näherte. »Astra und Tora wurden entführt, Alaric. In den Wald!«

Sofort ging das Tor auf und sie ritt direkt zum Bergfried, während Alaric und Broc auf ihre Pferde sprangen und losritten. »Wir kriegen sie, Dyna«, rief Alaric ihr im Vorbeireiten zu.

Die Tür zum Bergfried schwang auf, und Eli rannte die Treppe hinunter. »Was ist passiert?«

»Bringt Sandor und Sylvi hinein und verriegelt die Tür. Ein halbes Dutzend Männer greift an. Sie haben Astras Pferd in den Wald gezerrt. Tora ist bei ihr.«

»Geh, Dyna!«, sagte Eli, hob die beiden Kinder vom Pferd und ging mit ihnen in den Bergfried. »Ich habe sie. Geh!«

Dyna wendete ihr Pferd und hielt einen Moment inne, um die Augen zu schließen, in der Hoffnung, dass ihre Fähigkeiten als Seherin ihr helfen würden, ihre Schwester und ihre Tochter zu finden. Sie konnte nur Astra auf dem Boden sehen. Mehr nicht. »Öffnet das Tor!«, rief sie, sobald sie nahe genug war, dass die beiden Wachen sie hören konnten.

Sie stürmte wieder hinaus und rief den Wachen hinter ihr zu: »Schließt es jetzt!« Im gestreckten Galopp hielt sie auf den Wald zu und ritt hinein. In den dichten Kiefern und Büschen konnte sich jeder verstecken. Midnight Moon krachte durch das Gebüsch und flog über den Weg, bis sie die anderen eingeholt hatte.

Sie kamen auf sie zu, aber ohne ein Kind.

»Nein...« Ihr Magen sackte vor Schreck so tief, dass sie vor Angst fast würgen musste.

»Diamond, wir haben überall gesucht.« Derric schüttelte den Kopf. »Sie sind verschwunden. Wir müssen einen Plan machen und die ganze Gegend absuchen. Hast du die anderen in Sicherheit gebracht? Sind die Tore verschlossen?«

»Ja, Eli hat sie, aber Astra und Tora – wir müssen sie finden.« Krank vor Sorge suchte sie die Gegend ab.

»Schließ die Augen und warte ab, was du siehst, Dyna«, meinte Alaric zu ihr. »Wir werden warten.«

Unter den Menschen, die sie kannte, hatte Dyna den Ruf einer Seherin, doch wenn ihre Gefühle sie übermannten, war es schwierig. Dann klappte es mit der Verbindung nicht, aber sie hielt ihr Pferd an und suchte erneut die Gegend mit ihrem Blick ab, auf der Suche nach einem Hinweis auf die Mädchen. Dann schloss sie die Augen, denn sie fühlte sich von einem Schatten überwältigt. Als sie die Augen wieder aufschlug, rief sie: »Da drüben!«

Derric ritt in diese Richtung und Dyna folgte ihm. Etwas grün Blitzendes fiel ihr im Gebüsch ins Auge. Sie sprang von ihrem Pferd und rannte zu der Stelle hinüber. »Es ist Astra. Astra, bist du wohlauf?«, rief sie. Sie kniete sich neben ihre Schwester und fühlte an der Innenseite ihres Handgelenks nach dem Puls in ihrem Körper.

Doch Astra war nicht bei Besinnung.

»Derric, sie ist am Leben, aber ich sehe Tora nicht. Finde sie, bitte, Derric.«

Alaric sagte: »Ihr Pferd. Ich sehe es.« Er wies auf das Pferd und ging in die Richtung, Derric war hinter ihm.

Broc stieg ab und sagte: »Erlaube mir, Dyna. Ich werde sie nehmen.«

Er hob Astra hoch, und es gelang ihnen, wieder auf ihre Pferde zu steigen, wobei Astra sich an Dyna lehnte. »Astra, wach auf. Bitte.«

Derric kehrte mit Astras Pferd zurück und schüttelte den Kopf.

»Nein, nein, nein.«

Astra schlug die Augen auf und hob den Kopf.

»Astra?«, fragte Dyna. »Bist du wohlauf?«

»Sie haben sie mitgenommen! Sie haben mich vom Pferd gestoßen und Tora mitgenommen. Oh, du lieber Herr im Himmel, bitte hilf uns. Tora! Tora!«

Tora blieb verschwunden.

# KAPITEL VIER

*Meg*

———— ∞ ————

MEG HATTE NICHT viele Worte an ihren Vater gerichtet, da sie wusste, dass es ohnehin Zeitverschwendung wäre. Nur eine einzige Frage hatte sie ihm gestellt: »Warum?«

»Weil die Zeit gekommen ist. Du musst heiraten. Und ein Leben weit entfernt von hier führen. Wie deine Schwester. Wahrscheinlich lebt sie ein glückliches Leben mit zwei kleinen Kindern. Du könntest in zwei Jahren in der gleichen Situation sein, wenn du der Sache eine Chance gibst.«

*Weg von dir.* So interpretierte sie seine Antwort.

Einen Streit würde es nicht geben, also blieb ihr nur eine Alternative. Sie würde mitten in der Nacht ausreißen müssen. Dankbar, dass ihr Vater sagte, er hätte draußen noch viel zu erledigen, verbrachte sie die Zeit in ihrer Schlafkammer und packte einen kleinen Beutel, um ihn mitzunehmen. Sie versteckte in unter dem Kleiderstapel, den sie noch zu waschen hatte.

Es gab nur drei Pferde, doch eines davon gehörte ihr, und so würde sie dieses nehmen.

Big Blue war nicht das schnellste Pferd, aber er würde Meg an ihr Ziel bringen.

Als sie mit dem Packen fertig war, kehrte sie in die Stube zurück und fragte sich, wo genau sie eigentlich hin wollte. Außer den wenigen Nachbarn in dem kleinen Dorf in der Nähe kannte sie niemanden. Niemand von dort würde ihr helfen.

Vor vielen Jahren, als ihre Mutter noch lebte, hatten sie eine Kirche besucht, die etwa eine Stunde entfernt lag, doch dies wäre für ihre Flucht nun zu nahe. Ihr Vater würde nach ihr forschen und herausfinden, wenn sie in der Nähe war. Sie musste also weiter weg. Sie warf einen Blick in eine kleine Schale auf dem Beistelltisch und griff dann nach dem einzigen Gegenstand, den sie auf ihre Reise mitnehmen wollte.

Es war das Armband ihrer Schwester. Tamsin hatte es vor Jahren aus einem feinen Garn für Meg gemacht, das sie gefunden hatte. Sie hatte es zu einem Kranz aus winzigen, hellblauen Schleifen geknüpft. Für sich selbst hatte sie ebenfalls ein passendes Armband gefertigt, und die Schwestern hatten sich geschworen, die Armbänder immer zu tragen, wenn sie zusammen waren. Seit Tamsins Fortgang hatte Meg das Armband nicht mehr getragen. Seitdem lag es hier in der Schale mit anderen Sammlerstücken und staubte mit allem anderen ein. Meg hob es auf und kehrte in ihre Schlafkammer zurück, um es in ihre Tasche zu stecken.

Ihr Vater kam herein, stand direkt in der Tür und schaute sie an. »Schau, Mädchen. Es mag nicht die beste Partie sein, aber er wird nicht mehr lange leben. Wenn er stirbt, bist du Baronin und kannst tun und lassen, was du willst. Du wirst ein paar Kinder haben, und dann wirst du glücklich sein. Eure Mutter hat euch zwei Mädchen vergöttert. Es tut mir leid, dass ich nicht mehr für euch tun konnte. Sei einfach ein braves Mädchen und alles wird gut.«

Sie nickte, da sie nicht wusste, was sie sonst sagen sollte. »Ich bin müde. Darf ich in meine Kammer gehen, Papa?«

»Du wirst eine gute Nachtruhe brauchen, vermute ich.« Er winkte sie fort, und so ging sie in ihre Kammer und schloss die Tür leise hinter sich. Es gab noch eine Sache, die sie besorgen musste, ehe sie sich auf den Weg machte.

Ihre Äxte. Sie hatte zwei Äxte in verschiedenen Größen.

Tamsin und sie hatten vor langer Zeit den Umgang mit einer Axt geübt. Tamsin war darin eine vollkommene Versagerin gewesen, aber Meg hatte gelernt, sie wirkungsvoll zu benutzen. Wenn sie das nicht gelernt hätte, hätten sie im Laufe der Jahre nicht so gut gegessen. Zur Freude ihres Vaters hatte sie sich von Kaninchen bis zu Rehen vorgearbeitet, obwohl sie hier kaum die Möglichkeit hatten, größere Mengen an Fleisch zu räuchern. Er hatte das Fleisch dann in die Dorfräucherei gebracht, obwohl sie es mit den anderen Dorfbewohnern teilen mussten, aber Wildbret war das beste von allen.

Damals hatten sie das kleine Mädchen namens Alana kennengelernt. Sie war sieben Sommer

alt gewesen und hatte süße blonde Locken. Als
sie gingen, hatte Tamsin ihr zugeflüstert: »Wenn
ich eines Tages heirate, werde ich ein kleines
Mädchen haben und es Alana nennen, genau wie
dieses Mädchen. Ist sie nicht wunderschön?«

Meg hatte nie einen Gedanken daran
verschwendet, Kinder zu bekommen oder zu
heiraten.

Sie hörte, wie ihr Vater in der Stube fiedelte.
Sie wusste, dass er sich dann hinsetzen würde, um
bei Kerzenlicht zu beten und sich dann ins Bett
zu legen.

Sie wollte noch eine Stunde verstreichen lassen,
ehe sie es wagen würde, sich davonzustehlen.

Also ruhte sie sich auf dem Bett aus und zählte
im Geiste, wie es ihre Gewohnheit war. Zahlen
beruhigten sie. Seit ihre Mutter ihnen die Zahlen
beigebracht hatte, liebte sie sie. Vor langer Zeit
hatten Tamsin und sie sogar Additionsspiele
gespielt. Wenn man zwanzig hatte und man
dreißig bekam, wie viele hatte man dann? Mit
ein bisschen Hilfe brachte Meg Tamsin bei, wie
man es im Kopf machen konnte. Das Addieren
machte Spaß.

*Einundzwanzig geteilt durch sieben ergibt…*

Viel später fuhr Meg im Bett auf und war
schockiert, weil sie eingeschlafen war. Draußen
war es noch dunkel. Nachdem sie aus dem Bett
gestiegen war, zog sie das Fell vom Fenster zurück
und schaute fröstelnd zum Mond hinauf.

Es war Zeit zu gehen.

Sie schlich nach draußen, ohne ein Geräusch
zu machen, denn die Tür war nicht verriegelt,

und ging dann auf Zehenspitzen über den Boden, wobei sie ihren Beutel in der Hand trug. Sie schnappte sich ihren Umhang und einen Schal, einen der Pelze für den Schoß, die am Kamin lagen, und stahl sich nach draußen. Sie hatte sich eine Männerhose angezogen, die sie oft bei der Gartenarbeit benutzte, und zwei Kleider zusammen mit ihrer Unterwäsche und einem Kamm mit ein paar Stückchen Seife in ihren Beutel gesteckt. Sie nahm ihre Äxte vom Holzklotz draußen, umgab beide mit ihrer Scheide, und wickelte dann einen schweren Stoff darum. Zusammen mit ihrer Tasche hängte sie sie an den Sattel. Sie nahm etwas Futter für ihr Pferd, atmete tief durch und machte sich auf den Weg.

Während sie sich fragte, in welche Richtung sie reiten sollte, wusste sie nur eines über Tamsin. Ihr Mann lebte auf der Isle of Ulva.

Meg hatte keine andere Wahl. Mit den wenigen Münzen, die sie für eine Fähre nach Ulva gespart hatte, machte sie sich auf den Weg zum Meer.

Wo auch immer es lag.

Sie wusste es nicht.

# KAPITEL FÜNF

*Thane*

———❦———

THANE STAND AM Strand unweit seines Castles und lachte, als Tamsin mit Alana, Magni und Lia »Fang mich« im Wasser spielte.

»Ich bin dran? Bitteeeee?«, fragte die kleine Alana, die bereits von Kopf bis Fuß durchnässt war.

»Wir werden zurückstecken, Magni. Gib ihr eine Chance.« Sie drehte sich zu ihrer Tochter um und beugte sich auf ihre Höhe hinunter. »Du musst uns nur berühren und du wirst gewinnen, Kleine. Das ist das Spiel«, erklärte ihre Mutter und kicherte, als ihre Tochter direkt auf sie zusteuerte.

»Ich verstehe dich, Mama.«

Tamsin rannte vor ihr weg, aber so langsam, dass ihre Tochter sie einholen konnte, wenn Thane raten sollte. Er war noch nie so glücklich gewesen wie an dem Tag, als Tamsin in sein Leben getreten war. Nun, sobald sie ihrem grausamen Ehemann entkommen war. Alana war so süß wie nur kleine Mädchen sein konnten, und beim Anblick von Tamsin mit den drei Kindern wurde ihm warm ums Herz.

Er hatte sich einmal gefragt, ob er überhaupt ein Herz hatte, das warm werden konnte. Jetzt nicht mehr. Sie hatte jeden Teil seines Wesens erwärmt, seit er sich in sie verliebt hatte. Etwas, das seine Schwester genauso erfreut hatte wie alle anderen. Mora hatte ihm zugeflüstert: »Ich wusste es. Ihr seid perfekt zusammen, Thane.«

Brian frohlockte. »Wunderbar. Jetzt können wir vielleicht ab und zu ein paar Mädchen um uns haben. Eines Tages würde ich gern heiraten.« Thane hatte ihre Mutter so sehr gehasst, dass er sich weigerte, Frauen den Zutritt zum Bergfried zu erlauben, es sei denn, sie nahmen an einer gemeinsamen Mahlzeit teil. Sehr zur Freude seiner Geschwister änderte sich das, als er Tamsin kennenlernte.

Mora kam den Strand entlang gesaust und rief: »Fang mich, Alana! Komm und fang mich!«

Tamsin wirbelte herum, um Mora anzusehen, stolperte dann und fiel in tieferes Wasser, wo sie mit einem Platschen unter die Wasseroberfläche geriet. Um eine Haar hätte sich Thane die Stiefel durchnässt, um ihr hinterherzujagen, aber ihr Vertrauen zum Wasser war dank seiner Hilfe deutlich gewachsen. Stattdessen hob sie den Kopf über die Oberfläche und rief »Mir geht es gut, Thane!«

Sie kicherte, als Alana sich mit einem Quieken auf ihre Mutter stürzte. »Hab dich, Mama.«

»Du hast mich erwischt, Süße. Jetzt lauf zu Magni.«

Lia kehrte zu Thane zurück. »Ich habe mich

verkühlt. Das Wasser ist ein bisschen kalt«, stellte sie fest.

»Ich bleibe mit dir hier draußen, Lia«, erbot sich Thane. »Wir können auch hier Spaß haben. Ich fühle mich immer noch nicht ganz sicher in dieser Gegend.« Er warf einen Blick über seine Schulter und freute sich, Brian mit einer weiteren Wache, Bearnard, im Gespräch vertieft zu sehen. Außerhalb der schützenden Mauern des Castles würde Thane nirgendwo ohne Wachen hingehen.

»Wir sind jetzt alle glücklich, und dafür danke ich Euch, Mylord«, meinte Lia zu ihm.

»Du machst einen großen Teil dieses Glücks aus, kleine Dame.«

»Ja, aber Ihr müsst bitte verstehen, dass sich manche Dinge ereignen müssen. Damit alles so abläuft, wie der Himmel es vorsieht, müssen Dinge oft schiefgehen. Fürchtet Euch nicht – denn am Ende wird alles gut werden.«

Er runzelte die Stirn und hatte die Absicht, um weitere Erklärungen für diese seltsame Bemerkung zu bitten, doch mit einem Mal spürte er etwas hinter sich. Ein plötzlicher Schauer lief ihm über den Rücken, denn er wusste, dass es sich um etwas schwerwiegenderes handelte, als das leise Rascheln eines Eichhörnchens, das durch die Blätter huschte. Die Vibrationen im Boden von größeren Tieren waren zu deutlich und kamen von weit her.

»Tamsin, hol Alana und komm her, bitte.« Er wollte nicht warten, um zu erfahren, um was es sich handelte.

Ein kleiner Welpe rannte direkt auf sie zu und

zog Alanas Aufmerksamkeit auf sich. Auf ihren pummeligen Beinchen bewegte sie sich auf das Tier zu, und ihr Kichern war überall zu hören. Sie übertönten sogar die Rufe ihrer Mutter, die ihre Tochter aufforderte, nicht hinter dem kleinen Hund herzulaufen. Thane wollte ihr gerade nachlaufen, als er Brian schreien hörte. Mehrere geheimnisvolle Reiter preschten aus drei verschiedenen Richtungen auf sie zu. Sie trugen keine Plaids, was ein Zeichen dafür war, dass sie nicht von der Insel stammten. Er konnte nicht sagen, wer sie waren, oder was sie in der Nähe seines Besitzes machten, doch keinesfalls würde er abwarten, um Näheres über ihre Beweggründe herauszufinden. Zuerst mussten die Kinder in Sicherheit gebracht werden.

»Reite zum Bergfried, Magni. Schnapp dir Lia, steig auf das Pferd und los!«

Tamsin schrie auf, aber sie wurde von ihren nassen Kleidern aufgehalten. »Alana, nein!«

Thane rannte hinter Alana her, erreichte sie gerade noch vor einem der Reiter und riss sie mit einem Arm an seine Brust. Er hielt seine Waffe bereit und schwang sein Schwert so heftig, dass er dem Mann um Haaresbreite den Arm abschlug, sodass dieser seine Waffe fallen ließ.

»Mora, lauf!«

Mora hielt ihren Bogen im Anschlag und schoss einen Pfeil ab, um dann zum Castle zu eilen, während Brian mit den anderen Wachen zwei der Männer verfolgte.

Thane riss Alana von dem nächsten Angreifer weg und wandte sich dann Tamsin zu, die er dicht an sich heranzog. Auf der Suche nach den anderen drehte er sich um, obwohl er nur zwei Hände hatte. »Magni, beeil dich!« Doch seine Warnung kam zu spät, und er war zu weit entfernt, um die Schurken aufhalten zu können.

Zwei Männer packten Magni und Lia, um dann mit ihnen im Wald zu verschwinden.

»Ich werde sie beschützen, Thane. Mach dir keine Sorgen!«, schrie Magni ihnen zu.

Brian und Bearnard nahmen die Verfolgung der beiden Männer mit den Kindern auf.

Thane setzte Tamsin und Alana auf ein Pferd, klopfte dem Tier auf die Flanke, um es in Richtung der Burgtore zu dirigieren, und bestieg dann sein eigenes Pferd. Er ritt den Weg zur Burg hinauf und beugte sich gerade rechtzeitig vor, um seine Schwester zu packen, ehe jemand auf einem anderen Pferd nach ihr griff. Er schwang sie unsanft in die Luft, doch dann fing er sie auf, und sie hielt sich an ihm fest. Als sie hinter ihm saß, machte der Angreifer kehrt und verschwand.

»Brian, ich komme gleich nach.«

Bevor er den anderen nachreiten konnte, musste er Mora, Tamsin und Alana in die Sicherheit der Ringmauer bringen. Wer waren diese Männer? Nach dem fehlgeschlagenen Angriff auf Duart Castle hatte er gerade erst angefangen, sich wieder sicher zu fühlen. Es hatte ihrer Tortur keineswegs ein Ende gemacht, MacDougall und Raghnall Garvie zu töten.

Warum um alles in der Welt wollten sie die Kinder?

Als sie durch die Tore ritten, rief er Artan zu:

»Lasst niemanden herein. Ich verfolge die Männer, die Lia und Magni geraubt haben. Wage dich nicht von hier weg, Artan. Du hast das Sagen.«

Mora umarmte ihn. »Bitte rette sie, Thane. Wir brauchen Magni und Lia. Sie sind ein so wichtiger Teil unseres Clans.«

Er half Tamsin vom Pferd herunter und sie streichelte ihm über die Wangen. »Ich danke dir so für Alana. Und jetzt reite los und rette die Kleinen.« Sie gab ihm einen flüchtigen Kuss und er preschte davon, froh, als sich die Tore hinter ihm schlossen.

Wohin um alles in der Welt würden diese Schurken die Kinder bringen?

Er fand ihre Spur und damit den Weg, auf dem Brian und Bearnard entlanggeritten waren. Es dauerte geraume Zeit, bis er sie eingeholt hatte, doch die beiden hatten auf einer Lichtung haltgemacht und suchten die Umgebung ab.

»Chief, sie sind wie vom Erdboden verschluckt«, meinte Bernard bedrückt. »Ich habe keine Ahnung, wohin sie geritten sind. Wir haben ein Pferd gesehen, aber die Gruppe hat sich getrennt, und wir müssen den Falschen gefolgt sein.«

»Was machen wir jetzt?«, fragte Brian und rieb sich das Kinn.

Thane sah sich kurz um. »Wir kehren zurück«, beschloss Thane. »Ich lasse euch alle im Castle zurück, um unser wertvollstes Gut zu schützen. Um Mora und Alana zu schützen. Holt alle Familien der Wachen aus ihren Häuschen und führt sämtliche Frauen mit ihren Kindern in den Bergfried. Dort ist genügend Platz. Wir müssen auch alle anderen warnen, dass die Männer, die es auf die Mädchen abgesehen haben, wieder zurück sind. Ich werde zum Grantham Clan reiten und in Erfahrung bringen, ob die anderen auch Probleme hatten. Wir brauchen mehr Männer, als wir gerade zur Verfügung haben.«

Auf dem Rückweg vom Bergfried konnte er nur an Lias letzte Worte an ihn denken.

*Fürchte dich nicht, alles wird gut, irgendwann.*

Er betete von ganzem Herzen, dass sie Recht behielt.

# KAPITEL SECHS

*Lennox*

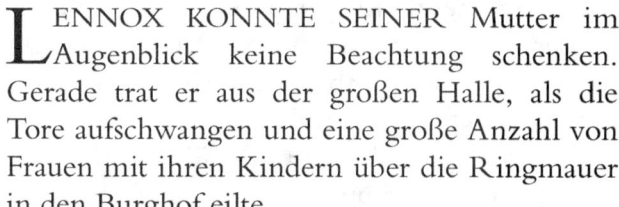

LENNOX KONNTE SEINER Mutter im
Augenblick keine Beachtung schenken.
Gerade trat er aus der großen Halle, als die
Tore aufschwangen und eine große Anzahl von
Frauen mit ihren Kindern über die Ringmauer
in den Burghof eilte.

»Vielen Dank, Chief«, meinte eine Frau, und
dann noch eine und eine weitere.

Er nickte ihnen allen zu. »Kommt herein, wo es
warm ist. Wir haben Eintopf und Brot für euch.
Gebt gut acht, wenn ihr die Treppe hinauflauft.«

Lennox näherte sich den Toren, und Taskill rief:
»Hier draußen. Die Granthams sind hier.«

Das war kein gutes Zeichen. Mit Ausnahme
ihres Besuchs beim Einzug konnte er sich nicht
erinnern, wann der Clan das letzte Mal auf einen
freundschaftlichen Besuch vorbeigekommen war.

Evas Stimme drang zu ihm durch. »Ich begleite
dich. Ich möchte über alles Bescheid wissen,
was hier passiert. Ich habe ein ungutes Gefühl,
Lennox. Sag Mama nichts.«

Er führte Eva durch die Ansammlung der

Dorfbewohner, die durch die Tore hereinströmten, und die Neugierde in ihren Gesichtern war nicht zu übersehen. Die Leute hatten keine Ahnung, was sich zugetragen hatte.

Dyna Grant stand etwas abseits neben dem Tor und versuchte, einen gewissen Abstand zu halten. »Bitte, wir brauchen Eure Hilfe.«

»Ich würde euch ja hereinbitten, aber ich habe gerade alle Frauen und Kinder in den Bergfried geholt.«

»Ich habe ohnehin keine Zeit mich hinzusetzen. Meine Tochter wurde geraubt. Bitte helft mir, sie zu finden.« Dynas Gesicht war so starr vor Angst, dass Lennox sie am liebsten ins Haus geholt hätte, aber sie wollte nicht von ihrem Pferd absteigen.

»Komm, ich habe hier draußen ein leeres Häuschen. Dort können wir uns unterhalten. Es fängt an zu regnen.« Er half Dyna vom Pferd, und zwei der Männer in ihrer Begleitung stiegen ebenfalls ab und wiesen die anderen an, dort wo sie waren die Stellung zu halten. Sie hatten zehn weitere Wachen mitgebracht. Das waren zu viele für einen einfachen Besuch.

»Das ist Alaric, der für unsere Wachen verantwortlich ist, und Broc, sein Stellvertreter«, stellte Dyna die beiden Männer vor. Wir haben meinen Mann und Alarics Frau mit den anderen Kindern daheim gelassen. Sie werden keinen Schritt vor die Tore tun.«

»Ihr seid nicht allein«, entgegnete Lennox daraufhin, der voranging. »Sloans Schwester ist das Gleiche passiert. Ihr Sohn von sechs Wintern ist verschwunden.«

»Verdammter Mist!«, entfuhr es Dyna. »Was haben diese Schurken nur im Sinn?«

Gerade wollten sie das Häuschen betreten, als sie eine weitere Gruppe von Reitern herannahen hörten. Lennox nahm an, es handelte sich um Sloan und seine Männer, doch er irrte sich. Thane MacQuarie tauchte auf, und sein Bruder ritt hinter ihm. Sie hatten einige Wachen dabei und auch er trug denselben Gesichtsausdruck.

»Wir brauchen Eure Hilfe.«

Lennox winkte Thane durch den Regen zu. »Kommt herein. Schick deine Wachen in die Stallungen, damit sie dort im Trockenen sind.«

Thane kam in Begleitung von Brian näher.

Als alle drinnen waren, schaffte Lennox aus einer Abstellkammer einige Schemel herbei. Das Häuschen war geräumiger als die meisten anderen. Eva war ihm gefolgt und flüsterte ihm zu: »Wem gehört dieses Haus, Lennox?«

Er schaute sie mit einem kleinen Lächeln an. »Es ist meins. Wenn ich Ruhe brauche«, antwortete er ihr. Er war mit dem Haus vertraut und übertrug Taskill die Aufgabe, das Feuer zu schüren, während er einen Krug Wein und einen weiteren mit Met herbeiholte, von dem er dann allen anbot.

Eva zog eine Augenbraue hoch, ohne jedoch etwas zu sagen. Sobald sich alle niedergelassen hatten, ergriff Lennox das Wort. »Der Sohn von Marta Rankin wurde heute Morgen geraubt.« Er nickte Dyna zu, um ihr zu bedeuten, dass er das Wort an sie weitergab.

»Auch meine Tochter wurde von jemandem

entführt. Die Räuber haben versucht, alle Kinder zu schnappen, aber wir haben Sylvi und Sandor retten können. Sie konnten das Pferd meiner Schwester in ihre Gewalt bringen und es in den Wald zerren. Wir fanden Astra später auf dem Boden und ihr Pferd stand ganz in der Nähe, aber Tora, meine mittlere Tochter, ist verschwunden. Noch nie habe ich mich so machtlos gefühlt. Was schlagt ihr vor?«

Lennox hob die Hand und bedeutete ihr, still zu sein, damit Thane etwas sagen konnte.

»Einige Männer haben auch Magni und Lia gestohlen«, berichtete Thane. »Wir waren am Strand. Sie wollten Tamsins Tochter und Mora rauben, doch wir konnten die beiden Mädchen retten. Für Magni und Lia waren wir leider zu spät. Fünf Männer haben den Angriff überlebt und sind mit ihnen im Wald verschwunden.

Die Tür schwang auf und Sloan Rankin trat ein. »Wie viele Kinder werden noch vermisst?«

»Es sind drei weitere Kinder«, antwortete Lennox. »Zwei Kinder der MacQuaries und eine Tochter von Dyna.«

»Ich werde alle umbringen, wenn wir sie finden.« Dyna konnte nicht anders als fortwährend auf und ab zu gehen.

Nun unterhielten sich die Mitglieder der Gruppe untereinander und berieten, wer dahinterstecken könnte und wie sich das Problem angehen ließe, doch sie kamen zu keiner endgültigen Einigung darüber, wer für dieses Verbrechen verantwortlich sein könnte.

Lennox hob beide Arme, um sich Gehör

innerhalb der Gruppe zu verschaffen, und meinte dann:»Wir müssen die gesamte Insel durchforsten. Ich werde mit der Durchsuchung der Häfen beginnen. Findet heraus, wer mit dem Boot ein- und ausgelaufen ist.Wir müssen herausfinden, ob unsere Kinder noch auf Mull sind oder bereits fortgeschafft wurden.«

»Also teilen wir uns bei der Suche auf?«, schlussfolgerte Thane.»Wie viele Männer nehmen wir insgesamt mit, damit wir sie gleichmäßig aufteilen können? Seid ihr einverstanden? Ihr habt mehr Männer als ich.«

»Ich habe etwa sechzig Mann einsatzbereit«, verkündete Sloan.

»Ich habe vierzig Mann«, meinte Lennox.

»Wir haben zusammen etwa zwanzig Mann«, meldete sich Dyna zu Wort, wobei sie zu Thane zeigte. »Wir brauchen mehr Männer. Ich habe meinen Vater benachrichtigt.«

»Wer ist dein Vater?«, fragte Sloan.

»Connor Grant.«

»Der Laird?«

»Der alte Laird. Die neuen Lairds haben ihr Amt angetreten. Vertraut mir also, dass mein Vater ebenfalls einen schlagkräftige Trupp herbringen wird. Ich habe meinen Mann und Eli zurückgelassen, um mit ihm zu sprechen, wenn sie eintreffen. Ich habe vor einer Woche eine Botschaft auf den Weg geschickt, dass wir mehr Wachen brauchen. Hoffentlich sind sie bald hier.

Lennox nahm eine Landkarte aus einem Schrank in der Kammer und rief dann Dyna, Sloan und Thane herbei. »Lasst uns diese

Wege hier nehmen.« Die Lairds schmiedeten ihre Pläne, doch dann wandte sich Lennox wieder an die Gruppe. »Gibt es irgendwelche Erkennungszeichen, Markierungen, bestimmte Pferde, die ihr erkannt habt? Hat jemand eine Ahnung, wer das ist?«

»Es waren kleine Hengste ohne erkennbare Abzeichen«, antwortete Sloan. »Die Männer waren schwarz gekleidet. Einer hatte eine Glatze und das ist das Einzige, das mir außerdem aufgefallen ist.«

Lennox nickte, ehe er dann auf Thane zeigte. »Wie haben die Männer ausgesehen, die in deiner Nähe waren? Vielleicht klingt es ja ganz nach den Männern, die auch bei Dyna waren. Wir müssen herausfinden, mit welcher Anzahl von Gegnern wir es zu tun haben.«

»Aye!«, rief Dyna. »Es waren dieselben Männer. Sie hatten braunes Haar, braune Bärte, aber der eine hatte eine Glatze und einen dunklen Bart, und beide waren ganz in Schwarz gekleidet. Es müssen die gleichen Männer sein. Weiß jemand etwas über eine ähnliche Gruppe?«

Lennox wartete, doch als er keine Antwort erhielt, bemerkte er: »Ich vermute, dass sie für die Tat angeheuert wurden. Gleich nach der Übergabe der Kinder werden sie wieder verschwunden sein. Wir werden uns auf die Suche nach den Kindern konzentrieren. Wenn wir nach bestimmten Männern suchen, werden wir ganz bestimmt keinen Erfolg haben.«

»Wenigstens ist Tora nicht ganz allein«, meinte Dyna. »Wenn sie mit Magni und Lia zusammen ist, können sie gemeinsam einen Ausweg finden.«

»Wie kannst du dir da so sicher sein?«, fragte Sloan. »Mein Neffe, Rowan, wurde entführt, und er ist sechs Winter alt. Wie alt sind eure Kinder?«

»Magni ist zehn, Lia fünf und Tora fast vier.«

»Wie kannst du nur glauben, dass vier Kinder in diesem Alter ihren Entführern entkommen können?«

»Weil Tora eine Seherin ist«, gab Dyna zur Antwort.

»Bitte lasst euch berichten, was Lia kurz vor ihrer Gefangennahme zu mir sagte«, warf Thane ein. »Sie sagte: *Bitte versteht, dass manche Dinge passieren müssen. Damit alles den Verlauf nimmt, wie es vom Himmel gewollt ist, gehen die Dinge oft schief. Fürchtet Euch nicht – am Ende wird alles gut werden.*«

»Was um alles in der Welt soll das heißen, wenn diese Worte von einem Kind kommen?«, fragte Sloan fast schreiend. »Seid ihr nicht bei Sinnen?«

»Lia ist mehr als ein Kind«, entgegnete Dyna.

Lennox warf ihr einen fragenden Blick zu, denn er konnte sich keinen Reim darauf machen. »Erkläre das bitte genauer.«

Dyna räusperte sich. »Ich glaube, Lia ist eine getarnte Fee. Sie ist diejenige, hinter der sie her sind. Meines Erachtens glauben die Männer, sie sei die grüne Maid des Waldes. Und damit die Fee, die Wünsche erfüllen kann.«

Sloan riss die Hände in die Luft. »Jetzt hört ihr euch alle an, als wärt ihr nicht mehr ganz bei Trost. Ein Seherin? Eine Fee? Eine Maid des Waldes, die Wünsche erfüllt? Ihr habt alle euren Verstand verloren.«

»Warum sagst du das?«, fragte Eva, die Hände in die Hüften gestemmt. »Nie glaubst du etwas anderes als das, was du vor dir siehst, Sloan.«

»Weil es keine Feen oder Seherinnen gibt. Seit Jahren wird dieser Disput unter den Angehörigen meines Clans geführt, doch bislang habe ich noch keinen einzigen Beweis dafür zu Gesicht bekommen.«

Dyna beschrieb einen weiteren Kreis und nahm dann wieder Platz. »Tora kam einmal zu mir und behauptete, ein ›böser Mann‹ sei hinter mir her, der dann auch kurz danach auftauchte. Ich bin Seherin, und sie ist meine Tochter. Es ist nicht unmöglich, dass sie meine Fähigkeiten hat.«

»Jeder kann ein schlechter Mensch sein«, erwiderte Sloan.

»Hör auf, so haarspalterisch und ignorant zu sein«, fuhr Eva ihn an wobei die die Arme vor der Brust verschränkte. »Es gibt Seher und Seherinnen. Und zwar gibt es viele.«.

»Nenne mir eine.«.

Fünf Leute brüllten und zeigten gleichzeitig auf Dyna. »Dyna!«

»Was hast du jemals mit Hilfe dieser Fähigkeit zustande gebracht?«

»Ich habe die Stelle gesehen, an der meine Schwester im Gras lag, nachdem sie von ihrem Pferd gestoßen worden war. Ich sah es in meinem Kopf und zeigte in diese Richtung. Wir fanden sie genau dort, wie ich vorhergesagt hatte. Sie war unfähig zu sprechen.«

»Das hört sich nach Glück an«, brummte Sloan vor sich hin.

Eva versetzte ihm einen Stoß gegen den Arm. »Hör auf mit deiner Nörgelei und glaube ihr endlich. Es würde dir nicht schaden, zur Abwechslung mal jemand anderem zu glauben als nur dir selbst.«

Sloan funkelte sie an, aber Lennox schritt ein. »Lass sie in Frieden. Sie versucht nur, uns allen zu helfen. Es gibt drei Wege in verschiedene Richtungen. Für welchen entscheidet sich ein jeder von euch?«

Sie teilten die Wege in der Umgebung unter sich auf, in der Hoffnung, damit das gesamte Gebiet rasch zu durchforsten. Lennox schickte Taskill mit zehn Wachen in das ihm zugewiesene Gebiet. Er teilte auch zehn Wachen für Thane und zehn für Dyna ein. Damit blieben dreißig Männer zum Schutz des Castles übrig.

Nun war er auf dem Weg über den Sund. Ein Verdacht beschlich ihn, wer all diese Probleme verursachte. Und zwar war es ein Mann namens Egan, der ihn auch jetzt noch oft im Schlaf heimsuchte.

# KAPITEL SIEBEN

*Magni*

M AGNI BLICKTE VON Rowan zu Lia und überlegte, wie sie aus dieser verschlossenen Kammer ausbrechen konnten. Weder er noch die anderen wussten, wo sie sich befanden.

Die Tür schwang auf, und ein weiteres Kind wurde hineingestoßen, ehe die Tür wieder ins Schloss fiel. Wer war es jetzt?

»Tora? Bist du das?«, fragte Lia.

»Es ist Tora!« Noch nie war Magni so glücklich gewesen, ein Mädchen zu sehen, das er kannte.

Tora lief sofort zu Lia und umarmte sie. »Sei gegrüßt, Lia. Warum bist du hier?« Dann umarmte sie Magni, ehe sie sich Rowan zuwandte. »Es tut mir leid, dass du entführt wurdest, als du mit deinem Onkel auf der Jagd warst«, meinte sie zu ihm.

Rowan betrachtete sie argwöhnisch. »Woher wusstest du, dass ich auf der Jagd war? Ich kenne dich doch gar nicht.«

»Weil ich dich hier gesehen habe.« Sie zeigte auf ihre Stirn.

Magni packte Tora und zog an ihren Händen. »Werden wir ausreißen können?«

»Ich bin nicht sicher«, antwortete sie kopfschüttelnd.

»Warum nicht?«, fragte Magni.

»Wir werden fortgehen.«

»Was? Wohin bringen sie uns?« Rowans Augen trübten sich.

»Ich bin nicht sicher, aber ich weiß, dass wir heute fortgehen werden«, antwortete Tora und bereitete sich eine Stelle auf dem Boden, um sich zu setzen. Sie zog ein Stück Trockenfleisch hervor und teilte es mit den anderen. »Erst gehen wir zur Kirche.«

»Welche Kirche?» fragte Rowan. »Ich möchte jetzt heimgehen.« Er verzog die Lippen, als wollte er gleich anfangen zu weinen.

»Wir werden bald gerettet werden, glaube ich«, meinte Lia. »Nicht sofort, aber sehr bald schon.«

»Bist du dir da sicher?«, wollte Magni wissen. »Wenn unsere Retter bald kommen, werde ich das schon schaffen.« Er kaute auf seinem Bissen Trockenfleisch herum. »Obwohl ich mich fürchte.«

»Sobald ich es klar sehe, sage ich dir Bescheid. Bewahre die Ruhe, Magni.« Sie neigte dem Kopf zu ihm und drückte ihm einen Kuss auf die Wange. »Ich glaube fest, dass uns jemand retten wird.«

»Igitt«, mokierte sich Magni und strich sich mit dem Handrücken über die Wange. »Keine Küsse.«

Tora musste kichern.

Lia sagte: »Magni, denk doch mal nach. Woher kommen wir?«

»Vom MacQuarie Clan«, antwortete er und warf ihr einen verdatterten Blick zu. Er hatte keine Ahnung, worauf sie hinauswollte.

»Rowan, woher kommst du?«

»Vom Rankin Clan.« Er stand etwas aufgeregt auf und sagte: »Ich verstehe. Tora, woher kommst du?«

»Vom Grantham Clan und dem Grant Clan.«

Rowan schüttelte den Kopf. »Du kannst nicht von zwei Clans kommen.«

»Doch, das kann ich.«

»Stimmt das?« Rowan sah Magni und Lia zur Bestätigung an und runzelte die Stirn, als sie beide nickten. »Das ist unmöglich«, murmelte er.

Lia klärte ihn auf. »Rowan, sie wird von zwei verschiedenen Clans geliebt. Einem auf dem Festland und einem hier auf Mull. Wir sind von einem Clan, und du bist von einem, und Tora ist von zwei Clans.«

Tora schaute zur Decke hinauf. »Großpapa kommt auch. Und Großmama.«

Rowan und Magni sprangen gleichzeitig auf und sahen Lia hilfesuchend an. Magni erklärte: »Vier Clans sind auf der Suche nach uns?«

»Das ist sehr gut, also übt euch ein bisschen in Geduld. Seid zu allen freundlich.«

Magni rümpfte die Nase und ballte seine Hand zu einer Faust. »Nicht zu diesen Männern, das sind fiese Kerle. Ich weigere mich.«

Die Tür ging auf, und zwei Männer traten ein. »Wir haben eure Unterhaltung mitgehört. Ratet mal! Ihr habt recht. Es sind einfach zu viele auf der Suche nach euch. Also schaffen wir euch jetzt von hier fort.«

»Wohin werden wir gehen?«, fragte Magni und löste augenblicklich seine geballte Faust, als er zu dem Mann hinaufstarrte.

»Wir fahren über das Wasser zum anderen Ufer. Wir müssen die Insel verlassen.«

## KAPITEL ACHT

*Meg*

———❧———

MEG KNIETE AM Ufer und tauchte das Leinentuch in die Brandung. Sodann wischte sie sich damit über das Gesicht und den Hals, was sie als derart erfrischend empfand, dass sie um ein Haar geweint hätte. Nun war sie schon seit drei Tagen unterwegs und wusste beim besten Willen nicht, in welche Richtung sie gehen sollte.

In der vergangenen Nacht hatte sie eine Höhle zum Schlafen gefunden, und das stellte eine riesige Verbesserung zu den beiden vorangegangenen Nächten dar, doch ihre Lage spitzte sich immer weiter zu.

Sie hatte keine Nahrungsmittel mehr, und obwohl sie unterwegs ein paar Beeren gesammelt hatte, reichten diese kaum aus, um ihren Hunger zu stillen. Die Behauptung, sie sei am Verhungern, war noch untertrieben. Sie hatte keine andere Wahl. Sie würde ihre Axt benutzen und ein Kaninchen oder ein anderes Tier töten müssen.

Anschließend müsste sie es allerdings häuten, was ihr zutiefst zuwider war. Sehr oft schon hatte sie dies getan, ohne überhaupt hinzusehen. Viele Jahre lang hatte Tamsin diese Aufgabe für sie übernommen, doch nach dem Fortgang ihrer Schwester war Meg gezwungen gewesen, dies selbst zu tun.

Meg hatte ihre Äxte sorgfältig verwahrt und sie an getrennten Stellen deponiert, damit sie im Falle eines Angriffs blitzschnell nach einer der Waffen greifen konnte. Gestern Abend hatte sie in der Höhle gelegen und an ihre geliebte Schwester gedacht. Sie hatte sich gefragt, wie sie Tamsin finden sollte, wenn sie nicht einmal genau wusste, wo sie lebte. Sie wusste nur, dass sie auf einer Insel mit einem Mann namens Raghnall Garvie wohnte.

Als ihr Vater Tamsin von ihrer Verlobung auf fast dieselbe Weise in Kenntnis gesetzt hatte, wie Meg, war ihre Schwester erschüttert gewesen. Eines Abends war er in ihr Häuschen gekommen und hatte angekündigt, dass Tamsins zukünftiger Ehemann am darauffolgenden Tag zu ihnen kommen würde. Fast die gesamte Nacht hatte die bedauernswerte Tamsin wachgelegen und dabei zwischen Angst und Hoffnung geschwankt. Weil sie ihren zukünftigen Mann noch nie zu Gesicht bekommen hatte, hoffte sie, dass dies der Beginn eines wunderbaren Lebens für sie würde. Meg wünschte sich nur, dass ihre Schwester glücklich verheiratet war und es nicht so schwer wäre, sie zu finden.

Sie hatte das Armband aus dem festen blauen Garn hervorgeholt, das sie so liebte, aber schon lange nicht mehr getragen hatte. Die Schwestern hatten sich geschworen, es nur zu tragen, wenn sie zusammen waren. Sie hatte es in einem kleinen Beutel verwahrt, den sie am Gürtel ihrer Tunika befestigt hatte, doch sie schaute häufig nach, um sich zu vergewissern, dass sich der Beutel nicht gelöst hatte und heruntergefallen war. Denn dieses Armband war ihr wertvollster Besitz.

Nachdem sie sich nun erfrischt fühlte, setzte sie ihren Weg fort, doch als sie das Getrappel mehrerer Pferde vernahm, die auf sie zuhielten, verbarg sie sich unter den Bäumen, bis sie vorbei waren. Ihre Verkleidung als Junge war ihr sehr nützlich, um sich unauffällig bewegen zu können. Mit diesem Plan hoffte sie, sich vor den Blicken vorbeikommender Männer schützen zu können. Ihr Haar war zu einem Zopf geflochten und unter der Kapuze ihres Umhangs versteckt, um das Bild zu vervollständigen. Das hoffte sie zumindest.

Die Pferde auf dem Weg beförderten eine sechsköpfige Familie. Die Leute unterhielten sich über den Markt in der Nähe der Kirche, die nicht weit entfernt lag.

Das nährte ihre Hoffnung, und ihr kam wieder der erste Plan in den Sinn, den sie überhaupt gefasst hatte. Zunächst würde sie zum Markt gehen, sich einen Kanten Brot kaufen und anschließend ginge sie dann zur Kirche in der Hoffnung, dass sich dort eine freundliche Seele fände, die ihr behilflich wäre, nach Ulva zu gelangen. Vielleicht würde man ihr sogar gestatten, eine Nacht auf einer Pritsche im Stall zu verbringen. Bestimmt würden ihr doch die Priester und Nonnen helfen, nicht wahr? Jedenfalls betete sie darum.

Mit neuer Hoffnung wartete sie geduldig, bis die Gruppe außer Sichtweite war, und folgte dann dem Weg in die Stadt. Nach nicht allzu langer Zeit stieß sie tatsächlich auf einen Markt, auf dem mehrere Händler ihre Waren feilboten.

Müßig schlenderte sie inmitten des geschäftigen Treibens im Dorfzentrum umher und nahm all die dargebotenen Schätze in Augenschein: Bänder, Stoffe, Waffen, Brot, Hühnerschenkel, Schmuck, Stiefel und Bohnen. Noch nie hatte sie so eine Auswahl zu Gesicht bekommen. Vor Jahren waren ihre Eltern einmal mit ihr ihr und Tamsin zum Markt gegangen, doch so groß war er nicht gewesen. Neben anderen Dingen hatten sie auch Bänder, Garn und Stoffe gekauft. Vor allem aber hatte sie die Menschenmenge genossen.

Meg trat an den Stand des Bäckers, entschied sich für ein Viertel Brot, das sie dem Händler bezahlte, und beim Herumdrehen stieß sie mit einem Mann zusammen, der direkt hinter ihr stand.

»Wo ist dein Vater?«

Da sie dem Mann nicht traute, antwortete sie: »Dort drüben.«

»Halt dich von ihm fern«, rief der Bäcker ihr zu.

Nachdem der Mann davongegangen war, kehrte sie zum Stand zurück und beugte sich zum Bäcker hinüber, wobei sie sich alle Mühe gab, leise zu sprechen. »Wo geht es zur Kirche?«

»Dort entlang«, antwortete ihr der Bäcker. »Ich

warne dich, Mädchen, wenn du allein bist, sprich mit niemandem und geh schnell dorthin. Ich sehe, dass du versucht hast, dich zu verkleiden, aber du bist die Art von Mädchen, die ihre wahre Natur nicht verbergen kann, also musst du kluge Entscheidungen treffen, um dich zu schützen. Die Kirche ist die beste Wahl für die Nacht. Sie werden dir erlauben, die Nacht dort zu verbringen. Es gibt immer wieder einige Schurken, denen es besonders gut gefällt, eine Braut am Markttag zu rauben. Am nächsten Tag sind sie dann mit dem Mädchen verschwunden.«

Über dieses Risiko entsetzt, brachte sie ein gemurmeltes »Vielen Dank« hervor.

Sie folgte dem beschriebenen Weg und hielt sich nach Möglichkeit am Rande und so weit es nur ging von grapschenden Händen fern. Kurz bevor sie die Kirche erreichte, kam sie am letzten Stand vorbei. Dann blieb sie jedoch stehen, als sie erkannte, dass der Händler offenbar Landkarten anbot.

Ihre Mutter hatte ihnen das Lesen beigebracht, und Meg war begeistert davon, doch dann war Mutter verstorben, ehe sie Expertinnen darin werden konnten, Worte zu bilden. Das Schreiben war schwierig, doch einmal hatte ihr Vater ihnen gezeigt, wie man eine Karte liest.

Sie ging zu dem Händler hinüber und fragte: »Hast du eine Karte, die mir den Weg nach Ulva zeigen könnte?«

Schmunzelnd antwortete der Mann: »Ulva? Du hast einen weiten Weg vor dir, Mädchen.« Er klappte die Karte auf und erklärte: »Hier sind wir im Land der Schotten, nicht weit von den Highlands.«

Sie schaute ihm über die Schulter und entdeckte die weite Landmasse, dann einen Streifen mit auf dem Kopf stehenden *Vs* darauf. »Was ist das?«

»Wasser. Das ist der Fjord von Lorn und Sund von Mull. So musst du es machen. Du musst nach Oban fahren, einen Platz auf der Fähre nach Craignure kaufen und dann irgendwie auf die andere Seite der Isle of Mull gelangen.« Er hielt inne, um ihr ganz deutlich zu zeigen, was er meinte, und wartete, bis er das Gefühl hatte, dass sie ihn verstanden hatte.

Sie verstand. Und das machte ihr Angst.

»Hast du Geld für die Fähre?«

»Das habe ich.«

»Warum willst du nach Ulva, wenn ich das fragen darf?«

»Ich möchte meine Schwester besuchen. Sie lebt auf Ulva.«

»Dann musst du die Fähre nach Craignure nehmen. Ich würde dir raten, zum MacVey Clan oder Duart Castle zu gehen, sobald du auf der Isle of Mull angekommen bist, und um eine Eskorte zur Fähre zu bitten, die dich nach Ulva bringen wird. Du musst dir ein Pferd besorgen.«

»Aber ich habe eins. Ich habe es da drüben in den Bäumen versteckt.«

»Ja, aber du wirst wahrscheinlich nicht genug haben, um die Überfahrt für dein Pferd auf dem Schiff zu bezahlen.« Er nannte ihr den Betrag, und sie runzelte die Stirn, denn er hatte recht. Sie konnte zwar ihr eigene Überfahrt bezahlen, aber nicht für ihre süße Stute. Was sollte sie mit ihr machen?

»Wenn du deine Begleitung findest, wird sie dich auf die andere Seite der Insel zur Fähre bringen. Aber du musst Ben More umgehen.«

»Ben More?«

»Der Berg. Deshalb würde ich zum MacVey Clan gehen. Das ist ein guter Clan, und dort werden sie dir helfen.«

»Wie lange dauert es von hier bis Oban?«

»Einen halben Tag, Mädchen. Geh in die Kirche. Es ist zu spät für dich, um allein draußen zu sein. Geh schnell, bevor es dunkel wird. Es gibt zu viele zwielichtige Gestalten, die darauf warten, dass sich junge Mädchen verirren.«

»Vielen Dank«, verabschiedete sie sich und bewegte sich durch die Menge, um ihre Stute zu holen und der Straße zu folgen, an der die Kirche lag. Auf ihrem Weg dorthin versuchte ein Mann, ihr Pferd in seine Gewalt zu bringen, also zog sie ihre Axt und hielt sie über ihren Kopf, bereit, sie auf seine Hand zu schlagen. »Mein Pferd, du Dieb.«

Der Mann rannte davon.

Dieses Erlebnis reichte aus, um ihr Herz zum Rasen zu bringen, und so beeilte sie sich, aus der Menge herauszukommen, um einen Platz zu finden, wo sie aufsitzen konnte, und galoppierte dann in Richtung der Kirche, die sie kurze Zeit später erreichte. Als sie im rückwärtigen Teil einen Stall erkannte, war sie sehr froh und sie führte ihr Pferd herum, wobei sie bereit war, auf einem Heuhaufen zu schlafen, um dem Regen zu entkommen. Just bei ihrem Eintreten setzte der Nieselregen ein.

Ein Mann mit freundlichen Augen kam herüber und fragte: »Kann ich dir behilflich sein, Mädchen?«

»Darf ich eine Nacht bleiben?«

»Das darfst du, wenn du bereit bist, in der Küche zu helfen. Ein Abend Arbeit für eine Nacht Aufenthalt.«

»Das halte ich für gerecht. Wirst du dich gut um mein Pferd kümmern?«

»Ja. Wenn du gut arbeitest, füttere ich sie. Wenn nicht, bringe ich sie morgen früh auf die Wiese dort hinten.«

»Einverstanden.« Meg trat zurück und wäre vor Erschöpfung und dem heftigen Herzklopfen beinahe zusammengesackt.

»Geh durch die Hintertür und frag nach der Köchin. Ihr Name ist Mabel.«

»Ich danke dir.« Nachdem sie ihrem Pferd einen Kuss auf die Stirn gedrückt hatte, ging sie in den hinteren Teil der großen Kirche. Diese hier war sehr viel größer als diejenige, die sie mit ihrer Mutter besucht hatte.

Mabel empfing sie in der Küche und reichte ihr einen Korb mit Gemüse, das sie putzen und zerkleinern sollte, woraufhin sie sich an ihre Arbeit machte. Mabel gehörte zu den Frauen, die immer redeten, wobei es ihnen egal war, ob jemand zuhörte. »Das ist für den Eintopf morgen. Wir haben ein bisschen Lammfleisch, um ihn anzureichern. Wenn du fertig bist, kannst du die

Kammer die Treppe hinunter und dann rechts nehmen.«

»Im Keller?« Meg fand das seltsam, aber was wusste sie schon von den Abläufen in einer Kirche dieser Größe? »Wie viele Kammern gibt es in diesem Gebäude? Ich habe noch nie ein so großes gesehen.«

Mit dieser Frage hatte Mabel genug Gesprächsstoff für die nächste Stunde. Sie beschrieb jede Kammer und ihre Verwendung und sie erging sich auch darin, wer sie bewohnte. Meg gab sich alle Mühe, dem Bericht aufmerksam, zu folgen, doch sie war derart erschöpft, dass sie sich mit dem Messer in den Finger schnitt. Zum Glück war sie fast fertig.

Mabel eilte zu ihr und schaute sich die Wunde an. »Ach, na ja. Du hast gute Arbeit geleistet, also kannst du deine Kammer aufsuchen. Es gibt einen Brunnen, aus dem du dir eine Schüssel Wasser holen kannst. Ich bereite dir deine Mahlzeit, sobald du zurück bist.«

Meg füllte die Waschschüssel draußen und wünschte, sie könnte ihre schmutzigen Hände mit ihrer Seife waschen. Diese befand sich jedoch in ihrem Beutel, den sie in der Küche liegen gelassen hatte. Sie spülte ihre Hände ab, aber das Blut floss weiter. Als sie wieder in der Küche war, wies Mabel ihr den Weg zu einer Kammer, also nahm sie zuerst die Waschschüssel und ihren Beutel. Als sie zurückkam, reichte Mabel ihr ein Leinentuch und eine Schale mit Gemüsesuppe, ein kleines Stück Brot und einen Becher Met.

Sie bedankte sich bei der Frau und bemühte sich, die Treppe hinunterzugehen, ohne etwas zu verschütten.

Zum Glück erhellte eine Fackel den Gang am Fuß der Treppe, sodass Meg sich nach rechts wandte und in eine Kammer mit vier Feldbetten trat. Niemand sonst war darin, und es war zwar kühl dort, aber besser als der nasse Boden. Der Regen wurde noch schlimmer, als sie sich hinsetzte und sich so gut sie konnte Hände und Gesicht wusch. Das rhythmische Trommeln gegen die Tür am oberen Ende der Treppe beruhigte sie und erinnerte sie an das Aufsagen ihrer Zahlen. Ihre Mutter hatte den Schwestern beigebracht, welche enorme Bedeutung es hatte, sauber zu sein. Also verwendete sie eine großzügige Menge der Seife und fand den Duft sogar noch beruhigender als das Prasseln der Regentropfen. Als sie sich fertig gewaschen und ihren Finger verbunden hatte, fand sie in einer Truhe einige Decken, was ihr einen erleichterten Seufzer entlockte. Es war einfach zu kalt, um in einer Höhle zu schlafen und davon hatte sie ehrlich gesagt die Nase voll.

Nachdem sie sich zu ihrer Zufriedenheit eingerichtet und all ihre Habseligkeiten wieder in ihrem Beutel verstaut hatte, zündete sie eine Kerze an der Fackel an und schloss anschließend die Tür. Sie hatte ihre Unterkleider in der Waschschüssel gereinigt, doch sie stellte fest, dass sie noch feucht waren. Also befestigte sie diese mit ein paar Wäscheklammern zum Trocknen an einer Leine an der Wand. Sie rollte sich auf einem der Betten zusammen, deckte sich mit einer Decke zu und war rasch eingeschlafen.

Die Flucht war überaus anstrengend, aber weitaus besser als eine Heirat mit diesem abscheulichen alten Baron.

# KAPITEL NEUN

## *Magni*

⸺⁓⸺

DIE VIER KINDER wurden von zwei Männern zu einem kleinen Steg geführt, an dem ein Boot festgemacht war. Magni wusste beim besten Willen nicht, wo sie waren, außer am Wasser.

Als Tora in das Boot kletterte, lächelte sie und rief freudig aus: »Ich fahre für mein Leben gern Boot. Ich werde meiner Mama zuwinken, wenn wir vorbeifahren.«

»Halt deinen Mund, Mädchen, es sei denn, du willst zum anderen Ufer schwimmen. Ich würde wetten, dass du gar nicht schwimmen kannst. Oder doch?« Er lachte und starrte sie mit glänzenden Augen an.

»Aber du kannst auch nicht schwimmen«, entgegnete sie und erwiderte sein Starren.

Er zuckte zusammen, als hätte er sich verbrannt, doch dann drehte er sich weg und fuhr sie über die Schulter hinweg an. »Setz dich einfach hin. Mach keine Mucken, Kleine.«

»Mit seiner Augenklappe sieht er wie ein Pirat aus. Meinst du, er ist einer?«, fragte Magni.

Rowan inspizierte den Kerl aufmerksam. »Nein. Es gibt hier keine Piraten, denn sonst hätte ich längst ein Piratenschiff an meinem Castle vorbeifahren sehen.«

Das Boot war bei weitem nicht so groß wie die normale Fähre, die zwischen Oban und Craignure verkehrte. Allerdings hatte Magni ohnehin noch nicht viele Schiffe in seinem Leben zu Gesicht bekommen. Was wusste er schon?

»Kennt Tora diesen Kerl?« Rowan flüsterte diese Frage Magni zu.

Magni schüttelte den Kopf.

»Woher wusste sie dann, dass er nicht schwimmen kann?«

Von der gegenüberliegenden Seite des Bootes schaute Tora ihn an und deutete auf ihre Stirn. »Ich sehe es, hier.«

»Sie ist eine Seherin«, erklärte Lia. »Der Himmel hat ihr eine besondere Gabe geschenkt.«

»Was ist eine Seherin?«, wollte Rowan wissen.

»Sie kann im Voraus sehen, was passieren wird, oder manchmal weiß sie Dinge, die eigentlich nur in deinem Kopf sind.«

»Tora, was denke ich denn gerade?«, fragte Rowan.

»Dass du mich für dämlich hältst, aber das bin ich nicht. Ich bin klüger als du.«

Rowan stampfte mit dem Fuß auf, doch dann zuckte er zusammen, weil der Kerl, der kein Pirat war, mit einem anderen Kerl zurück war.

»Er ist voller Haare«, flüsterte Magni. »Er hat überall Haare. Sie wachsen ihm sogar aus den

Ohren und aus der Nase.« Er zog eine Grimasse und sah Rowan an.

»Ja, das stimmt. Ich nenne ihn Hairy.« Rowan wäre fast in Kichern ausgebrochen, doch dann hielt er sich doch zurück und starrte die beiden Männer an.

Magni kicherte und bedeckte seinen Mund mit einer Hand. »Hairy und der Piratenmann.«

Der Piratenmann sagte: »Jeder, der meine Anweisungen nicht befolgt, muss meine Füße waschen.« Er lachte über seinen eigenen Scherz.

»Das würde ich tun, denn du hast es nötig, Mister Piratenmann.«

Der Mann packte Lia am Hals und hob sie in die Luft. »Wie hast du mich genannt?«

Tora, Magni und Rowan riefen unisono: »Nein!«

»Wie hast du mich genannt?«, wiederholte er und drückte ihr die Kehle zu.

Tora stand auf und stellte sich vor ihn, die Hände in die Hüften gestemmt. »Lass sie runter.«

Der Piratenmann ließ Lia los und warf sie Magni und Rowan auf den Schoß. Dann packte er Tora an den Schultern und schüttelte sie.

»Lass mich runter, oder ich erzähle allen von dem Ding, das du in deiner Tasche hast.«

Der Piratenmann hörte auf, sie zu schütteln, hielt sie aber immer noch über seinen Kopf. »Was für ein Ding?«

»Das Ding, das du ihm weggenommen hast«, flüsterte sie.

Er schleuderte sie zu Boden und bekreuzigte sich. »Du bist eine Hexe! Bleib mir vom Leib.«

Ein Trupp von Männern kam an Bord und ging gleich unter Deck, um die Ruder zu bedienen, wenn nicht genügend Wind für die Segel ging. Der Piratenmann kehrte zu den Kindern zurück und sagte: »Wir legen ab. Alle Kinder unter Deck und dort bleibt ihr auch.«

Magni führte die Gruppe an, Rowan ging mit Tora und Lia schlenderte hinterher. Als sie unten ankamen, warfen sie einen strengen Blick auf die Ruderer, die kein Wort sagten. Magni ging nach hinten und legte den Arm um seine Schwester. »Ich werde dich beschützen, Lia.«

»Ich bin sicher, dass ich hier keinen Schutz brauche. Aber ich danke dir trotzdem. Ich weiß, dass ich mich immer auf dich verlassen kann, Magni.«

Rowan wandte sich an Magni. »Vielleicht werden sie uns sagen, wohin wir fahren. Ich wette, sie bringen uns nach Oban.«

»Aber wohin dann?«

Rowan trat näher an einen Mann heran und flüsterte: »Wo bringt ihr uns hin?«

Der Mann grinste, wobei seine beiden fehlenden Vorderzähne zum Vorschein kamen, und beugte sich zu Rowan vor. »Ins Land der dummen Unholde. Du wirst niemals entkommen.«

Dann lehnte er den Kopf zurück und lachte schallend. Die anderen schlossen sich ihm an und lachten und lachten.

»Aber ich mag keine Unholde«, flüsterte Magni.

»Ich schon«, meinte Tora.

Der erste Mann blieb stehen und beugte sich zu Tora hinunter. »Was hast du gesagt, Kleines?«

»Ich sagte, ich mag Unholde.«

Die Augen des Mannes blitzten vor Belustigung, und er brach er in schallendes Gelächter aus.

Magni konnte nicht anders, als sich zu fragen, zu welchem Land sie unterwegs waren.

# KAPITEL ZEHN

*Lennox*

———— ⚬⚬ ————

LENNOX BETRAT DEN Bergfried und schloss die Tür hinter sich, ehe er sich dann in seine Kammer über der Treppe begab. Aus einem seltsamen Grund kamen ihm immer wieder die Ereignisse der Vergangenheit wie eine Heimsuchung in den Sinn. Es kamen immer mehr Visionen und noch mehr Erinnerungen hinzu.

Mehr Wahrheiten und Erklärungen zu den Ereignissen dieser Tage offenbarten sich, wenn sie auch noch nicht schlüssig waren.

Seine Mutter schritt auf ihn zu, ehe er bei der Treppe angelangt war. Es wäre besser, nicht mit ihr zu sprechen, das war ihm wohl bewusst, denn alle Frauen befanden sich für das Mittagsmahl im Bergfried. Mit all den Frauen und Kindern waren einfach zu viele Menschen hier drinnen.

Also ging er an seiner Mutter vorbei und die Treppe hinauf, doch als er das Klicken der Stiefelabsätze seiner Mutter auf den Stufen unter ihm hörte, war er enttäuscht. »Nicht so hastig, Lennox. Ich muss mit dir sprechen.«

»Dann sprich mit mir, während ich meine Tasche packe«, gab er über die Schulter zurück.

»Warum packst du eine Tasche? Du gehst schließlich nicht auf Patrouille? Für die Suche nach diesen Kindern brauchst du doch keine Tasche. Hör mich bitte an.«

Er wartete mit seiner Antwort, bis er in seiner Kammer war und dann bedeutete er seiner Mutter mit einem Wink, einzutreten. Sie setzte sich auf den Stuhl beim Kamin. Ihr Gesichtsausdruck verriet ihm, dass sie ihm eine ganze Mente zu sagen hatte, doch es mangelte ihm an der Zeit, ihr zuzuhören. Denn es waren vier Kinder verschwunden und die Zeit drängte.

»Berichte mir rasch, was du zu sagen hast, wenn es dein Wunsch ist. Ich habe etwas zu erledigen.«

»Was hast du vor? An deinem Gesichtsausdruck kann ich erkennen, dass du Taskill auf Patrouille geschickt hast. Was genau willst du also tun? Drückst du dich vor deiner Pflicht?«

Er drehte sich um und sah seine Mutter an. »Warum drangsalierst du mich auf diese Weise? Was habe ich denn verkehrt gemacht? Seit Papas Tod habe ich den Clan angeführt. Ich habe den Clan so weitergeführt, wie er es immer getan hat. Wir bauen unsere eigenen Nahrungsmittel an, bilden unsere Wachen aus und helfen unseren Nachbarn, wann immer sie uns brauchen. Unser Clan gedeiht und schrumpft nicht. Was willst du mehr?«

»Ich drangsaliere dich, weil ich dich nicht begreife. Bitte hör einfach auf, dich und mich zu belügen. Sag mir die Wahrheit. Warum läufst du vor der Patrouille davon? Dein Vater hätte die Verantwortung übernommen und alle Wachen angeführt. Du willst aber in die entgegengesetzte Richtung. Warum?«

»Weil ich etwas zu erledigen habe. Was kümmert dich das?«

»Weil du dich wie der Anführer verhalten sollst, der du bist. Du bist kein glücklicher Mann, Lennox MacVey. Deine Worte interessieren mich nicht. Du brauchst eine Frau in deinem Leben. Du brauchst Kinder in deinem Leben, einen Sohn, der an deinem Plaid zieht und bettelt: ›Hoch, Papa.‹ Du brauchst die Liebe eines gütigen Herzens für deine Seele, und um dich zu größeren Leistungen anzufeuern. Wenn du das hättest, würdest du mehr zustande bringen. Wenn du heiraten würdest, würden auch unsere Wachen wieder eher heiraten. Wenn du an den Hof gehen würdest, um König Robert zu treffen, würdest du seine Gunst gewinnen. Wer weiß, was du mit deinem gescheiten Verstand alles erreichen könntest? Wünschst du dir nicht mehr von deinem Leben?«

Sicher wünschte er sich mehr, aber was genau er eigentlich wollte, wusste er nicht. Ihn verlangte nach mehr, aber er hatte keine Ahnung, nach was genau. Es war ihm ein Rätsel, warum seine Mutter ausgerechnet jetzt damit anfing. Doch was wollte er denn? Das wusste er nicht. Strebte er nach Reichtum? Wollte er des Königs Favorit werden? Eine Frau haben? Vater von zehn Kindern werde? Er konnte jede Frau bekommen, nach der es ihm verlangte.

Allerdings fiel ihm nicht eine einzige ein, die es wert wäre, seinen Wunsch an sie zu verschwenden.

Das goldhaarige Mädchen hatte ihm bei ihrem Kennenlernen eine simple Frage gestellt. »Was wünscht Ihr Euch, Mylord?«

Woher um alles in der Welt hatte sie davon gewusst?

»Mutter, dies ist nicht der richtige Zeitpunkt für ein Gespräch dieser Art, aber eines kann ich dir sagen. Ich bin glücklich, Laird des Clans zu sein. Ich freue mich, dass du und meine Geschwister ein schönes Zuhause und gutes Essen haben. Was brauche ich mehr?«

»Du hast mich einmal nach Logan Ramsay gefragt. Du wärst gern ein Spion wie er, hast du damals gesagt. Weißt du, was er dir antworten würde, wenn du ihn nach dem glücklichsten Tag seines Lebens fragst? Er würde sagen, das wäre der Tag, an dem er Gwyneth geheiratet hat. Zusammen haben die beiden Kinder gezeugt und sie zu Bogenschützen ausgebildet, ehe sie dann innerhalb des Ramsay Clans ein eigenes Reich aufgebaut haben, das sich viele wünschen. Du solltest ihn einmal danach fragen. Es wäre interessant zu hören was er nun, da er ein alter Mann ist, als wertvoll erachtet.«

»Ich habe jetzt kein Interesse mehr daran, Spion zu sein.«

»Dann hör auf davonzulaufen und such dir eine Frau. Bleibe hier, wenn du nicht auf Patrouille gehen willst. Aber weglaufen passt nicht zu dir.«

»Ich laufe nicht weg!«

»Was um alles in der Welt tust du dann, Lennox?

Deine Verbündeten wurden von einer Tragödie heimgesucht und du schickst einen anderen auf Patrouille. Warum? Wo zum Teufel willst du hin?«

Lennox schloss die Augen und baute sich dann vor seiner Mutter auf. »Du bist die Einzige, die davon weiß. Wenn ich herausfinde, dass du jemandem die Wahrheit verrätst, schicke ich dich zum Rankin Clan. Hast du mich verstanden?«

»Also schön. Aber ich weiß, dass du dich allein auf den Weg machst, und wenigstens einer sollte wissen, wohin du willst und aus welchem Grund. Du bist der Laird des Clans, und allein deshalb schon solltest du niemals ohne Begleitung irgendwohin gehen. Das weißt du doch.«

Gegen ihre Argumentation konnte er nicht widersprechen, doch es widerstrebte ihm, ihr dies zu sagen, falls er mit seinem Vorhaben scheiterte. »Er ist es, den ich verfolge.«

»Er?«

»Der Mann, der um ein Haar mein Leben ruiniert hätte.«

Die Augen seiner Mutter verschleierten sich und damit hatte er wirklich nicht gerechnet. »Denkst du, er ist in dieses abscheuliche Verbrechen verwickelt?«, fragte sie dann.

»Ja, so ist es. Ich habe gründlich über deine Worte nachgedacht, und da er sein Verbrechen vor Jahren begangen hat, besteht eine große Wahrscheinlichkeit, dass er darin verwickelt ist. Ich kann nicht leugnen, dass du recht haben könntest. Dennoch kann ich meine Zeit nicht damit verschwenden, auf Patrouille zu gehen, falls er tatsächlich seine Finger im Spiel hat. Ohne jeden Zweifel ist er schuldig, einen anderen angeheuert zu haben, der ihm die Kinder bringt, weshalb es also unwahrscheinlich ist, dass er auf Mull zu finden ist. Meines Erachtens hält er sich in Oban auf. Es wäre nachvollziehbar, dass er sich irgendwo in Küstennähe versteckt.«

Mit blassem Gesicht stand seine Mutter vor ihm. »Du gehst also auf das Festland.«

»Das habe ich vor. Bitte kümmere dich nach besten Kräften um alles, während ich fort bin. Taskill wird dann alle anderen Aufgaben übernehmen.«

Für einen Moment drehte seine Mutter sich um, bis sie ihre Gefühle wieder in der Gewalt hatte. Schon oft in seinem Leben hatte er sie bei dieser Reaktion beobachtet. Noch nie hatte sie vor anderen eine Träne vergossen. Während sie sich abwandte, packte er seine kleine Tasche fertig und zog statt seines leicht zu identifizierenden dunkelgrünen Plaids schwarze Beinkleider und eine gleichfarbige Tunika an.

Als sich seine Mutter wieder zu ihm umdrehte, war das Bild ihrer Selbstbeherrschung wieder intakt und sie trug das Kinn erhoben. »Ich wünsche dir viel Glück, mein lieber Sohn. Ich bete, dass du ihn findest, selbst wenn er in diesem Fall unschuldig sein sollte.«

Nach einem Kuss auf ihre Wange meinte er: »Denk an dein Versprechen, Mama.«

»Ich würde dich nie verraten, Lennox.« Dann warf sie ihm diesen Blick zu, der den meisten ihrer Dienstmägde einen Schrecken einjagte.

»Finde diesen Schuft und stoße ihm dein Schwert in sein böses Herz.«

Daraufhin ging Lennox hinaus und schwor sich dabei im Stillen, ihren Worten Folge zu leisten.

Ehe er die Treppe hinunterstieg, verharrte er einen Augenblick und drehte sich noch einmal zu seiner Mutter um. So viele Menschen unterhielten sich in der großen Halle, dass niemand seine Worte verstehen konnte. Er trat zwei Schritte auf seine Mutter zu und tat genau das, was niemals zu tun er sich geschworen hatte. Er beugte sich vor und flüsterte ihr ins Ohr: »Du hast recht, Mama. Du hattest schon immer recht.«

Über die Wange seiner Mutter floss eine einzelne Träne.

# KAPITEL ELF

*Meg*

AM NÄCHSTEN MORGEN wachte Meg auf und hoffte, nicht zu lange geschlafen zu haben. Sie setzte sich im Bett auf und rieb sich den Schlaf aus den Augen. Es dauerte einige Augenblicke, bis sie sich wieder zurechtfand, aber kaum hatte sie alles wieder im Kopf, hörte sie Männerstimmen vor ihrer Kammer. Anstatt die Tür aufzumachen und nachzusehen, wer dort war, beschloss sie, zunächst einmal zu lauschen und trat dafür näher an die Tür.

»Du wirst sie hier behalten.«

»Sie ist auf dem Weg nach Oban«, meinte der Mann aus dem Stall. »Sie wird nicht bleiben wollen.«

»Du musst eine Möglichkeit ersinnen, sie hier zu behalten.«

»Warum? Ich weiß, dass die Lieferung angekommen ist, aber sie werden dich nicht belästigen. Sie schlafen alle. Was kann sie schon ausrichten?«

»Stimmt, aber wenn du die vier Kinder nicht selbst unter Kontrolle behalten willst, würde ich vorschlagen, dass du sie hier behältst. Die Kinder werden in ein oder zwei Tagen abgeholt. Biete ihr Geld an. Frauen können sehr viel besser mit Kindern umgehen als wir. Das weißt du doch. Und ich werde Mabel nicht bitten, diese Aufgabe zu übernehmen. Neben ihren anderen Pflichten muss sie ja auch noch für sie kochen.«

»Einverstanden.«

Meg trat von der Tür zurück, als sie eine Bewegung wahrnahm. Es wurde gegen das Holz geklopft, also öffnete sie und spähte hinaus. Dort stand ein Mann mit einer Schüssel Brei und einem Krug mit frischem Wasser. Sie drückte ihren Dank in Worten aus, schloss die Tür, setzte sich auf das schmale Bett und aß den Brei, solange er noch warm war. Ganz gleich, was sich heute noch ereignete, würde sie ihre Kraft brauchen.

Nach dem Frühstück wusch sie sich mit dem Wasser aus dem Krug und zog dann wieder ihre Kleider an. Ihr blieb noch ein Kleid, das sie nicht getragen hatte, doch sie entschloss sich, es noch ein wenig zu schonen, um es anzuziehen, wenn sie auf die Fähre gelangen sollte.

Im Augenblick wollte sie sich auf den Weg machen, ehe es noch später wurde. Ihr war nicht klar, was die Männer über Kinder und Lieferungen und dergleichen gesprochen hatten, doch für sie war die Zeit gekommen, sich zu verabschieden. Obwohl es sich um eine Kirche handelte, gab es hier vieles, was in diesem Gebäude versteckt war. Sie war sicher, dass nur wenige von den Schlafkammern im Keller wussten.

Sie hatte weder Nonnen gesehen noch Priester

gehört, obwohl sie annahm, dass die beiden Männer, die sie eben gehört hatte, Priester gewesen sein könnten. Aber ganz sicher konnte sie sich da nicht sein. Es war an der Zeit, ihrer Reise fortzusetzen. Mit aller Sorgfalt packte sie ihre Sachen, wobei sie darauf achtete, ihre Äxte gut zu verstecken. Dann verließ sie die Kammer, schaute vorsichtig in beide Richtungen, ehe sie dann so leise es nur ging die Treppe zum Hinterausgang hinaufschlich.

Behutsam öffnete sie die Tür und eilte dann zu den Ställen, aber weiter kam sie nicht. Zwei große Männer traten auf sie zu.

»Komm mit uns«, forderte der erste sie auf, packte sie am Ellbogen und drehte sie in Richtung des Gebäudes, aus dem sie gerade gekommen waren.

»Nein, ich muss mich jetzt auf den Weg machen.« Sie drückte gegen seine Brust, obwohl sie steinhart war – ihre Bemühungen brachten den Mann nicht im Geringsten ins Schwanken. Sie hatte gehofft, sich von ihm wegstoßen zu können, was er aber nicht zuließ.

»Du bleibst bei uns.«

»Nein, ich gehe jetzt.« Sie trat ihm gegen das Schienbein.

»Au, du kleines Luder.«

Sie schubste ihn noch fester, woraufhin er eine Hand über ihren Mund legte, sie hochhob und in Richtung des Gebäudes trug, das ein gutes Stück von der Kirche entfernt war. Sie wusste, dass sie fliehen musste, ehe es zu spät war. Also kämpfte und trat sie und versuchte sogar, den

Mann zu beißen, doch es gelang ihr nicht, ihn abzuwehren. Noch immer hielt sie ihre Tasche fest umklammert, doch ihre beiden Äxte lagen ganz unten in der Tasche, wo sie sie nicht erreichen konnte.

»Mach die Tür auf, Herbert.«

»Hör auf, meinen Namen herauszuposaunen.«

»Mach die Tür auf, du Trottel.«

Meg zappelte und wehrte sich, doch es war vergeblich. Herbert öffnete die Tür und der Mann, der sie in seiner Gewalt hatte, schubste sie hinein und schlug die Tür hinter ihr zu. Das Geräusch des Schlüssels, der sich im Schloss drehte, brachte ihr Inneres zum Kochen, also schwang sie sich herum und packte den Türknauf.

Er gab nicht nach.

Sie hämmerte auf die raue Oberfläche, aber eine kleine Stimme rief ihr zu: »Es wird dir nichts helfen. Wir haben es versucht, seit wir hier angekommen sind.«

Als sie sich nun ganz langsam umdrehte, bemerkte sie, was ihr zuvor entgangen war – vier Kinder, die auf einem Bett in einer Ecke zusammenkauerten. Als sie die Kälte wahrnahm, rieb sie sich die Arme und zog ihren Umhang fester um sich. Die Kammer war gerade groß genug, dass ein schmales Feldbett, ein Fass an der Wand neben der Tür und ein paar Schemel darin Platz hatten. Säcke mit Saatgut und anderem Inhalt waren in den Regalen an den Wänden verwahrt.

»Bitte hilf uns«, flehte ein Junge von etwa zehn Wintern.

Und einfach so änderte sich ihr Vorhaben. Wie konnte sie den Jungen abweisen? Sie nahm einen Schemel, der dicht an der Wand stand, und stellte ihn direkt vor die Gruppe. »Also gut. Wenn ihr meine Hilfe wollt, müsst ihr mir erzählen, wer ihr seid und warum ihr hier seid.«

Alle vier Stimmen hoben gleichzeitig an, und sie hielt ihre Hände in die Höhe, um sie zum Schweigen zu bringen. »Einer nach dem anderen. Ihr entscheidet die Reihenfolge.«

Drei der Kinder zeigten auf den Jungen. »Berichte du, wenn du willst, Magni.« Das ältere blonde Mädchen nickte ihm zu und sprach, als wäre sie eine Erwachsene und kein Kind. Meg wünschte, sie könnt ihr Alter erraten, doch das wollte ihr nicht gelingen.

»Los, Magni.«

Der Junge war der Größte in der Gruppe und freute sich, von den anderen als ihr Vertreter erwählt worden zu sein.

Meg faltete die Hände im Schoß, damit der Junge sie nicht als Bedrohung ansah. »Nur zu.«

»Ich heiße Magni und bin zehn Jahre alt. Das ist meine Schwester Lia, die fünf Jahre alt ist. Rowan ist sechs Winter alt, und Tora ist vier. Wir sind von verschiedenen Clans auf der Isle of Mull und wurden von dort geraubt. Die Männer haben uns auf ein Schiff gebracht, und wir wissen nicht, wohin unsere Reise geht. Wo sind wir hier? Kannst du uns helfen? Wir möchten nach Hause zurück.«

Von den vier Kindern waren drei angsterfüllt, während die vierte, Lia, vollkommen gelassen war, was Meg seltsam beunruhigend vorkam. Lia trug ein eigentümlich gefärbtes grünes Gewand, das mit Staub bedeckt war, während Tora ein feines Paar Wollhosen mit einer dunkelroten Tunika trug. Die Jungen trugen identische Hosen und Tuniken, und beide waren so schmutzig, wie sie es noch nie gesehen hatte. Der Zustand ihrer Kleidung zeigte, wie schlimm ihre Reise gewesen war.

»Ich werde euch helfen, wenn ich das kann. Auch ich weiß nicht genau, wo wir hier sind, außer dass wir auf dem Festland sind und etwa einen halben Tag von Oban entfernt. Wenn wir nach Oban zurückkehren, können wir eine Fähre nehmen, die uns auf die Insel bringt, wo ich hin will. Das sollte unser Ziel sein. Klingt das für euch vier einleuchtend?«

Die Kinder nickten.

»Wisst ihr denn, wer die Entführer sind? Oder wohin sie unterwegs sind?«

»Nein«, entgegnete Magni. »Piratenmann und Hairy haben uns gestern Abend hier zurückgelassen. Sie sagten, wir würden morgen wieder aufbrechen. Wir müssen schnell von hier weg.«

»Harry hat einen Namen, aber der Piratenmann nicht?«

»Nein.« Magni kicherte. »Wir nennen ihn Hairy, weil er so viele Haare hat.« Dann beugte er sich vor und flüsterte: »Sogar in den Ohren.«

»Ich glaube, sein Name ist Herbert. Sein richtiger Name, aber ich bin mir nicht sicher. Ich habe gerade gehört, dass er so genannt wird.«

»Wer bist du?«, fragte Tora.

»Ich heiße Meg und werde meine Schwester auf einer Insel besuchen.«

»Mull?«

Sie schüttelte den Kopf. »Aber sie kann warten. Zuerst werde ich euch helfen.«

»Ich will zu meiner Mama«, jammerte Tora und ihre Unterlippe zitterte. »Ich mag diesen Raum nicht.«

»Jetzt bist du traurig, Tora. Vorher hat es dich nicht interessiert«, meinte Rowan.

»Ich möchte jetzt nach Hause gehen. Ich habe es mir anders überlegt.«

»Ich sehe mich mal um, vielleicht finden wir eine Möglichkeit, die verschlossene Tür zu öffnen.« Meg holte ihre Axt aus der Tasche und tat ihr Bestes, sie aufzubrechen, aber es ging einfach nicht. Sie blickte zu den vier enttäuschten Gesichtern hinüber. »Es wäre vielleicht am besten, wenn wir es mitten in der Nacht noch einmal versuchen würden. Wenn wir es jetzt schaffen würden, sie zu öffnen, wäre es vergebens, denn die Männer stehen direkt vor der Tür. Ich kann sie reden hören, also sind sie nicht weit entfernt. Die Köchin würde uns sehen, wenn wir davonlaufen. Wir müssen warten. Ich denke, es wäre besser, im Dunkeln zu fliehen.«

Sie setzte sich zu den Kindern auf das schmale Bett. Mit dem Rücken an die Wand gelehnt, kauerten die vier um sie herum, zwei auf jeder Seite. »Ich dachte, es sei Morgen, als ich aufwachte, aber die Sonne stand schon hoch, als sie mich hierher brachten.«

»Du wirst uns doch nicht verlassen, oder?«, fragte Magni.

»Nein. Ich verspreche zu bleiben. Heute Abend finden wir einen Weg nach draußen.«

»Gut«, meinte Magni. »Weil die Männer morgen nach dem Nachtmahl herkommen werden. Vorhin haben sie uns etwas Abscheuliches zu essen gegeben, und wir haben einer nach dem anderen draußen Pipi gemacht, aber dann sind sie nicht wiedergekommen. Wir müssen morgen vor dem Mittag aufbrechen, um ganz bestimmt schon weit fort zu sein, ehe sie kommen.«

»Wir werden schon hier herauskommen. Macht euch keine Sorgen. Es ist noch nicht dunkel, das weiß ich schon, aber ihr seht alle sehr müde aus. Macht jetzt eure Augen zu.« Meg summte ein Lied, das ihre Mutter immer gesungen hatte, bis sich die vier Kinder in ihren Armen beruhigten und schließlich die Augen schlossen. In Gefangenschaft zu sein war wirklich anstrengend.

Auch sie schloss die Augen und sandte ein kurzes Gebet an Gott, dass sich ein Weg auftun möge, die Tür zu entriegeln, sobald sie wieder aufwachte.

---

Es war dunkel, als sie erwachte, und sie hatte keine Vorstellung davon, wie lange sie geschlafen hatte. Die beiden Jungen schliefen noch, aber Lia und Tora waren schon wach.

»Sie kommen, wenn die Sonne hoch steht. Ich habe sie reden hören«, meinte Lia.

»Dann müssen wir jetzt etwas unternehmen«,

bestimmte Meg, obwohl sie nicht sicher war, was genau sie tun konnten.

Tora drückte Magni einen Kuss auf die Wange. Unverzüglich schrak er mit einem lauten »Igitt« auf, strich sich über die Wange und blickte Tora vorwurfsvoll an, die sich den Finger vor den Mund hielt.

»Pst.« Sie deutete auf die Tür. Rowan setzte sich auf und wischte sich den Schlaf aus den Augen.

Meg hatte sich einen Plan ausgedacht. Zuerst einmal musste sie allerding die vier Kinder dazu bringen, ihren Anweisungen Folge zu leisten. Ihre beiden Äxte waren noch in ihrer Tasche, und dies würde ihr helfen. »Wir werden Folgendes tun. Lia, du musst laut weinen, damit die Männer kommen und nach dir sehen. Rowan, du stehst auf der einen Seite der Tür, und Magni, du auf der anderen. Wenn die beiden reinkommen, streckt ihr euren Fuß aus, um ihnen ein Bein zu stellen und sie zu Boden zu stoßen. Dann stürmen wir alle über sie hinweg, schließen die Tür und verriegeln sie. Auf diese Weise verschaffen wir uns genügend Zeit für unsere Flucht. Wir müssen aber tief in den Wald laufen und dürfen auf keinen Fall dem Hauptweg folgen. Bleibt ganz dicht zusammen, damit niemand verlorengeht. Habt ihr mich verstanden?«

»Woher weißt du, dass der Schlüssel im Schloss steckt?«, fragte Magni.

»Als die Männer gestern Abend das Essen hereinbrachten, haben sie es genauso gemacht. Sie haben den Schlüssel in der Tür stecken lassen und ihn erst herausgezogen, nachdem sie die Tür wieder zugemacht hatten. Das ist die einzige Möglichkeit, die Tür aufzubekommen. Da bin ich mir sicher.«

»Was ist, wenn nur einer reinkommt?«, fragte Rowan.

»Gute Frage.« Sie hielt einen Moment lang inne, um darüber nachzudenken. »Wenn beide Mädchen weinen, dann denke ich, dass der andere mitkommen wird. Wir fangen mit Lia an, die laut weint, und dann lassen wir Tora auch weinen, wenn es nötig ist.«

»Jetzt?«, fragte Lia.

Meg schaute sich noch ein letztes Mal in dem Raum um, ehe sie dann den ersten Schritt tat. Der Raum beanspruchte etwa die halbe Grundfläche des Gebäudes, aber sie wusste nicht, was sich in der anderen verbarg. Verschiedene Säcke und Behälter waren an den Wänden aufgestellt worden, doch sie wusste nicht, was sich darin befand. Die Tür war in der Mitte der Wand eingelassen, sodass es für die beiden Jungs leicht war, die Männer mit je einem auf jeder Seite zu Fall zu bringen. Es gab zwei Fenster, die allerdings beide zu hoch waren, um einen Blick nach draußen werfen zu können. Folglich blieb ihnen nichts anderes übrig, als alles andere nach den Geräuschen zu beurteilen, die zu ihnen drangen.

Sie schob die beiden Schemel vor die Tür, in der Hoffnung, dass die Stürze der Männer schwerwiegender ausfallen würden. Sie würde sich in der Ecke verstecken und sobald die Männer am Boden lagen, konnte sie leicht zur Tür gelangen und sie von der anderen Seite aus zusperren. Sie hielt ihren Beutel dicht vor der Brust und war bereit, eine ihrer Äxte zu ergreifen, falls dies erforderlich würde.

Noch nie hatte sie sich gegen einen Menschen zur Wehr gesetzt, doch wenn es sein musste, würde sie genau das tun.

»Aye. Warte, bis die Jungen ihre Posten eingenommen haben. sind. Wir werden zu Fuß gehen müssen. Ich habe ein Pferd, aber das hält uns fünf nicht aus, also muss ich die Stute zurücklassen. Ohne sie können wir uns auch leichter verstecken.«

Sie blickte von einem schmutzigen Kindergesicht zum nächsten, und das Vertrauen, das ihr daraus entgegensah, ließ sie demütig werden. Ganz bestimmt hatte sie selbst ein anderes Leben gelebt als jedes einzelne dieser Kinder. »Jungs, nehmt eure Positionen ein. Ich werde mich neben Magni verstecken, damit die Männer mich nicht sehen können.«

Alle nahmen ihre Plätze an der Tür ein, und dann nickte Meg kurz zu Lia, die in ein lautes Heulen ausbrach, bis die Tür aufging. Einer der Männer stand da und fuhr sie an: »Halt die Klappe.«

Dann heulte auch Tora los und der andere Mann drängte sich hinter den ersten. »Ich werde sie zum Schweigen bringen.«

Beide Männer stolperten über Magnis und Rowans ausgestreckte Füße. Der erste fiel mit lautem Gebrüll über den anderen, der daraufhin mit dem Kopf gegen einen der Schemel prallte und lautstark fluchte. Alle vier Kinder traten auf die Dummköpfe ein, während Meg sich den Schlüssel schnappte. »Schnell!«, rief sie den Kindern zu.

Die vier stürmten aus der Tür und warteten dann auf Meg. Sie schlug die Tür zu und verriegelte sie gerade noch rechtzeitig, als der Piratenmann nach der Klinke griff.

»Lauft!«, feuerte sie die Kinder an.

Meg rannte mit ihrem Beutel über der Schulter hinter den Kindern her und war überrascht, als der Stallbursche ihr einen Beutel mit irgendetwas zuwarf. Was auch immer es war, sie würde später nachsehen.

Sie rannten und rannten und folgten dabei einem Pfad, der sie vom Hauptweg weg tief in den Wald führte.

Meg hatte allerdings nicht die geringste Ahnung, wohin sie liefen.

# KAPITEL ZWÖLF

*Lennox*

---

LENNOX WOLLTE SICH auf den Weg nach Craignure machen, und Taskill kam ihm hinterher. Er hatte bereits ein paar der wichtigsten Dinge verpackt und die Tasche an seinem Sattel befestigt.

»Wo willst du um Gottes willen hin, Lennox? Ich dachte, du gehst mit uns auf Patrouille. Wir brechen in Kürze auf.«

»Hör mir zu. Es gibt eine Angelegenheit, um die ich mich kümmern muss, Taskill. Du kannst die Patrouille allein anführen. Morgen bin ich wieder zurück. Ich will nur einer Vermutung nachgehen, ohne auch nur einen Mann von der Patrouille abzuziehen.«

»Du bist der Laird dieses Clans. Du solltest nirgendwo allein hingehen. Das weißt du genau, insbesondere, wenn du die Insel verlässt.« Taskill verschränkte die Arme und blickte nun ernst drein. Das hatte Lennox nur selten bei ihm gesehen. »Wenn Mutter das herausfindet, wird sie dich das nie vergessen lassen.«

»Ich würde ja nur auf der Insel allein reisen. Auf

dem Festland kennt mich niemand. Ich werde nicht zu erkennen sein.« Zwar wartete er einen Moment, aber er wusste von vornherein, dass Taskill keine Widerworte geben würde. Das tat er nie. Denn es lag nicht in seiner Natur. »Wie soll mich jemand ohne mein Plaid erkennen?«

Taskill warf einen Blick auf seine Kleidung, zuckte dann mit den Schultern und lenkte ein: »Stimmt. Ganz in Schwarz mit schwarzem Haar. Sieht genau wie deine Haarfarbe aus, Lennox. Niemand wird dich erkennen. Erzähl mir morgen alles über dein Erlebnis und viel Glück.«

»Ja, gewiss. Du wirst der Erste sein, der alles erfährt.« Sein Bruder drehte sich weg, um zum Dounarwyse Castle zurückzukehren. Dabei beschäftigte ihn die Frage, wie zwei Brüder derart unterschiedlich sein konnten, wenn sie von denselben beiden Menschen abstammten. Taskill war blond, während Lennox wie auch seine Schwester dunkelhaarig war. Er fuhr sich mit der Hand durchs Haar und ihm kam der Gedanke, dass er die langen Haare bald einmal stutzen sollte, doch andererseits fand er es lästig, sich über so etwas Oberflächliches wie sein Aussehen Gedanken zu machen. Im Laufe der Jahre hatten sich viele Mädchen einen Heiratsantrag von ihm ersehnt, aber die meisten hatten ihr Vorhaben dann genau deshalb aufgegeben.

Endlich.

Einige der Mädchen hatten ihre Ablehnung auf seine blauen Augen geschoben, und eine hatte ihm sogar, gesagt, sie seien kalt wie Eis. Dieses Urteil hatte ihn geschmerzt, denn manchmal hatte er die Befürchtung, dass sie recht hatte. Es brauchte viel, ehe er sich auf eine Sache einlassen konnte. Die Schuld dafür gab er einem Mann namens Egan. Seit dieser traumatischen Periode während seiner Entführung und auch danach hatte er sein Herz verschlossen, und er wusste, dass es sich erst wieder öffnen konnte, wenn er die Welt von Männern wie Egan befreit hätte.

Er schob seine Gedanken beiseite, denn im Augenblick musste er sich auf seine aktuelle Aufgabe konzentrieren: Wo sollte er nach diesem Schuft suchen?

Er war fast in Craignure angekommen, als er von Dyna und ihrem Mann Derric angesprochen wurde.

»MacVey!«, rief Dyna.

»Was ist los?« Als er sich umdrehte, war er überrascht, die beiden ohne Begleitung zu sehen. »Geht ihr nicht auf Patrouille?«

»Doch, aber ich wollte mit dir sprechen. Rankin ist zu aufgewühlt, um irgendetwas zu besprechen, und Thane empfahl mir, mich mit dir über meine Visionen zu unterhalten. Er sagt, du kennst die Insel am besten.«

Dyna hatte eine Aura, die für ihn ungewohnt war. Wie wäre es, ein Kind zu haben, das genauso wie man selbst war? Und wie würde es sich anfühlen, diese kleine Person zu verlieren? Mit ihrem beinahe weißem Haar und eindringlichen blauen Augen war Tora das Ebenbild ihrer Mutter.

»Ich helfe gern, wenn ich kann.«

»Wohin bist du unterwegs? Du bist ein Laird, der allein reist?«, fragte Derric.

»Ich muss mich um eine Sache kümmern. Taskill führt die uns zugewiesene Patrouille an. Sorgt euch nicht. Morgen werde ich zurück sein. Ich muss mich um eine Angelegenheit auf dem Festland kümmern.« Dann wartete er auf Dynas Frage.

»Ich hatte ein paar Visionen, und da ich die Gegend nicht kenne, kann ich nicht sagen, wo sie sich abgespielt haben. Und ich hatte mehr als eine, was mich verwirrt. Ich benötige Hilfe, um die Bilder in meinem Kopf ordnen.«

»Nur zu. Berichte mir, was du gesehen hast.« Er zweifelte, ob Dyna tatsächlich eine Seherin war, doch es lohnte sich vielleicht, sie anzuhören. Er respektierte Dyna und Eli für alles, was sie in ihrem Leben erreicht hatten – Dyna übte zusammen mit Maitland Menzie das Amt des Lairds beim Grantham Clan aus und beide waren hervorragende Bogenschützen.

»In der einen Szene kauern die vier Kinder auf einer Bettstatt in einem seltsamen Gebäude, in der anderen sehe ich drei von ihnen in einem kleinen Boot. Sie würden doch nicht von Craignure aus in einem Boot dieser Größe fahren, oder?«

»Nein. Das Meer wäre zu rau für ein kleines Boot, aber wenn sie mindestens sechs Ruder und ein Segel haben und die See ruhig ist, könnten sie es an einem guten Tag schaffen. Vielleicht nach Ulva? Ich bin mir nicht sicher. Es könnte auch auf einem See sein. Die Bettstatt könnte überall stehen. Ich wünschte, ich könnte dir helfen, Dyna.«

»Das Boot war dunkel. Sie zogen es aus einem Gebüsch.«

Die Haut in seinem Nacken kribbelte, aber er ließ es sich nicht anmerken. »Wenn mir etwas dazu einfällt, werde ich meine Patrouille dies überprüfen lassen und dir auf jeden Fall Bescheid geben. Das ist ein bisschen zu vage.«

Dyna sah am Boden zerstört aus, aber was sollte er ihr sagen? Dass es genau nach dem Boot klang, auf dem er vor fünfzehn Jahren gewesen war, als man ihn entführt hatte?

»Dyna, hab keine Angst. Der Plan, den wir ersonnen haben, wird die gesamte Isle of Mull abdecken. Wenn die Kinder hier sind, werden wir sie finden.«

»Und wenn nicht?«

»Dann werden wir uns morgen einen neuen Plan ausdenken. Ich werde zurück sein, um dabei zu helfen. Ich werde über alles berichten, was ich auf dem Festland entdecke.«

Seine Erinnerungen überfluteten ihn und ließen ihn fast erschaudern, doch es gelang ihm, seine aufwallenden Emotionen zu zügeln. Die Erwähnung des kleinen Bootes im Gebüsch hatte seine Gedanken aufgerüttelt.

»Diamond, wir müssen weitergehen«, meinte Derric. »Viel Glück auf deiner Reise, wohin sie dich auch führt, MacVey.«

Er winkte den beiden zum Abschied und führte sein Pferd in Richtung des kleinen Hafens. Er war froh, hier nur wenige Menschen zu sehen, denn er brauchte ein wenig Zeit, um über Dynas Worte nachzudenken. So angestrengt er auch versucht hatte, alles zu vergessen, was ihm in der Vergangenheit widerfahren war, musste er sich jetzt eingestehen, dass es wohl an der Zeit war, die Erinnerungen wieder aufleben zu lassen. Immer mehr Erinnerungen nahmen in seinem Gedächtnis Gestalt an und endlich schien der Moment gekommen, in dem das Puzzle aus all den einzelnen Eindrücken, die er wahrgenommen hatte, einen Sinn für ihn ergab. Nun war die Zeit gekommen, all die Puzzleteile zusammenzufügen.

Als er sich auf dem Schiff in Richtung Oban niederließ, und damit in Richtung des Schufts, der ihn entführt hatte, ließ er die Erinnerungen zu.

Das musste ein Ende haben.

*Fünfzehn Jahre zuvor*

*Lennox wachte mit einem pochenden Schmerz im Kopf auf. Er wurde in einem Wald, den er noch nie zuvor gesehen hatte, einen Weg entlang geschleift. Er musste frei kommen. Also kämpfte er und tat sein Bestes, um sich aus der Gewalt der beiden Schufte zu befreien, von denen einer seine Arme und der andere seine Beine festhielt. Doch die Männer hielten ihn mit festem Griff.*

*»Hör auf, dich zur Wehr zu setzen, Junge. Wir werden dir nicht wehtun. Du wirst zur Arbeit gebraucht, das ist alles. Heute Abend bekommst du eine Pritsche zum Schlafen, und am nächsten Tag bringen wir dich zu einem neuen Castle, das in weiter Ferne liegt. Dort brauchen sie große, stramme Burschen zum*

*Ausmisten der Ställe und zum Tragen von Steinen für
die Ringmauer. Du wirst schon sehen. So schlimm ist
es gar nicht.«*

*»Wenn mein Vater euch findet, wird er euch töten.«*

*»Ich mache mir vielleicht Sorgen, aber dein Vater wird
uns nie finden. Oder, Egan?«*

*Lachend entgegnete der andere Mann: »Wir machen
gutes Geld mit den großen Jungen, aber sag ihm, der
nächste muss kleiner sein. Ich kann diese Burschen
nicht mehr den Berg hinauftragen.«*

*»Wo bin ich? Wo bringt ihr mich hin?«*

*»Das spielt keine Rolle. Der Fürst will ein neues
Castle und eine neue Mauer. Also wirst du sie bauen.«*

*Lennox kämpfte, was das Zeug hielt. Schließlich
bekam er einen Fuß frei, trat nach oben und erwischte
den Mann, der gesprochen hatte, direkt am Kiefer. Der
Getroffene stieß ein kreischendes Gebrüll aus, ließ
Lennox für eine Sekunde los, packte ihn dann aber
und versetzte ihm einen Schlag direkt auf den Kiefer.*

*Lennox schlug zurück.*

*»Der Schlag auf deinen Kopf hat dir nicht gereicht?
Nun, ich weiß genau, wie ich dir helfen kann, Junge.
Fingal, du weißt, wo wir ihn unterbringen, oder?«*

*»Ja, in die Hütte.«*

*»Nein. Der hier kommt in den Keller.«*

*Er packte Lennox' Beine und band sie zusammen,
dann lachte er, als er ihn wieder hochhob. »Du wirst
mich nicht mehr treten, du verzogener Rotzlöffel.«*

*»Im Keller? Das ist nicht nett, Egan.«*

*»Dort gehört er aber hin.«*

*Die beiden redeten nicht mehr und es war schon fast
dunkel, als die Bäume sich lichteten. Sie traten durch
eine Hinterpforte ein und trugen Lennox dann zur Tür*

eines heruntergekommenen Gebäudes. Lennox schaute sich genau um und bemühte sich nach Kräften, sich seine Umgebung so gut es ging einzuprägen, falls es ihm gelingen sollte, sich aus seiner Lage zu befreien.

Falls er eine Gelegenheit dazu hätte, würde er die Flucht ergreifen, doch er musste wissen, in welche Richtung er fliehen sollte.

Dann wurde er von den beiden Männern eine Treppe hinunter in die Keller des Gebäudes geschleppt. Sie traten in einen finsteren Raum, wo sie ihn auf eine alte Pritsche warfen.

»Mal sehen, wie dir das gefällt. Du kannst mit den Ratten schlafen. Wenn du aufwachst, haben sie deine Zehen und deine Nase angeknabbert.«

Die beiden Männer gingen hinaus, doch dann lachte ihn der boshafte Mann namens Egan durch das kleine Fensterchen in der Tür aus. »Ich kann es kaum erwarten, zu erleben, wie hungrig du morgen bist. Mal sehen, an wie vielen Körperstellen die Ratten dich angeknabbert haben.

Lennox entgegnete daraufhin gar nichts und blickte sich stattdessen in der Kammer nach einem Fluchtweg um, ohne jedoch auf eine brauchbare Lösung zu stoßen. Die Tür war fest verschlossen und stabil. Die Pritsche war schmutzig, aber der Boden war noch schlimmer. Eine schwach brennende Fackel weit unten im Gang spendete das einzige Licht, das durch das kleine Fenster fiel. In der Ecke stand ein Kübel, in dem man sich wahrscheinlich erleichtern konnte.

Noch nie in seinem Leben war er so verängstigt und wütend gewesen.

Er stand an der Tür und brüllte, bis seine Stimme heiser war. Er besann sich auf einen Rat seines Vaters über die Gefangenschaft, der besagte: Das Wichtigste sei, stark zu bleiben. Ist man stark genug, so kann man den richtigen Moment zur Flucht abwarten, wobei es allerdings am besten wäre, die Mistkerle auszumanövrieren.

Als Lennox' Stimme vollends versagte, setzte er sich auf die Pritsche. Der Gestank war entsetzlich, aber es war immer noch besser als der Fußboden. Ratten konnte er nicht entdecken, also verschränkte er die Hände unter seinem Kopf, weinte eine Weile und schlief schließlich ein.

Mitten in der Nacht wachte er von irgendetwas auf. Als er die Augen aufschlug, dauerte es einen Augenblick, bis er in der Dunkelheit etwas erkennen konnte, doch dann blickte er in die Augen einer Maus. Er schrie und schrie. In seiner Verzweiflung fiel ihm endlich eine Lösung ein.

Er würde ihnen geben, was sie wollten.

Als Egan und Fingal ihn am Morgen abholen wollten, rührte er sich nicht. Er hatte keine Stimme mehr, keine Kraft, keinen Lebenswillen. Er hatte alle Hoffnung verloren. Er starrte geradeaus, beantwortete keine ihrer Fragen, reagierte nicht auf die Kniffe, Schläge oder Wunden, die sie seinem Körper beibrachten.

Sie konnten mit ihm machen, was sie wollten. Er reagierte nicht und sparte seine Kräfte für das, was er tun musste.

Ein anderer Mann kam hinter Egan herein und ging zu Lennox hinüber, der auf der Pritsche saß und an der Wand lehnte. Der Mann sprach mit ihm, stieß ihn, ohrfeigte ihn, schrie ihm ins Gesicht und spuckte ihn schließlich an, aber Lennox reagierte nicht. Nicht ein einziges Mal wich er zurück.

Der Mann drehte sich um und sagte: »Er taugt nichts. Nimm ihn und wirf ihn über Bord.«

Also schleppten die Männer ihn zur Küste zurück, zerrten ein Boot aus dem Gebüsch hervor und bugsierten ihn hinein. Noch immer reagierte er nicht. Er hatte keine Ahnung, wo er sich derzeit befand, doch da er sein ganzes bisheriges Leben auf einer Insel zugebracht hatte, war er ein guter Schwimmer.

Sie ruderten über das Wasser, warteten, bis sie etwa die Mitte erreicht hatten, ehe sie ihn über die Bordwand stießen. Als er ins Wasser fiel, erzeugte er kaum ein Platschen.

Er tauchte unter, hielt die Luft an und schwamm, so schnell er konnte. Er hielt sich so lange wie möglich unter Wasser und kam erst hoch, als er nicht mehr anders konnte. Zu seiner Überraschung hatte es zu regnen begonnen, und die beiden Männer im Boot waren damit beschäftigt, einander anzuschreien um schneller voranzukommen. Sie ruderten von ihm weg.

Er tauchte wieder unter und schwamm nun mit mehr Zuversicht, wobei er mit seinen Zügen einen ruhigen Rhythmus beibehielt, bis er wieder nach Luft schnappen musste. Als er nun in beide Richtungen schaute, war er zufrieden damit, dass das Boot beinahe das Ufer erreicht hatte. Sie sahen sich nicht einmal nach ihm um, weil es sie nicht interessierte.

Er wandte sich dem gegenüberliegenden Ufer zu und war froh, dass es in Sichtweite war, aber er würde ein ganzes Stück schwimmen müssen. Also drehte er sich auf den Rücken und öffnete den Mund, um das frische Wasser zu trinken, das vom Himmel kam, und nicht das Wasser in dem er schwamm. Einmal war ihm davon übel geworden und nie wieder würde er aus Seen oder Meeren trinken.

Er schwamm und schwamm, abwechselnd auf dem Rücken und dem Bauch, und war froh, dass er auf seinem Weg zum Ufer keinem Lebewesen begegnete. Als er fast am Ziel war, kam jedoch seine Sorge auf, dass er inzwischen so geschwächt war, um nicht mehr imstande zu sein, das Ufer zu erklimmen.

Doch er schaffte es. Er kletterte über die Felsen und fand eine grasbewachsene Stelle, wo er sich erleichtert niederließ.

Die Flucht war ihm gelungen.

Dann erinnerte er sich jedoch an nichts mehr, bis er in seiner Kammer daheim aufwachte und seine Mutter schluchzend an seinem Bett saß.

Nie hatte er ihr alle Einzelheiten offenbart. Er könne sich an nichts erinnern, hatte er ihr gesagt – weder an die Männer noch an die Mäuse noch an die Schläge, die er von Egan hatte ertragen müssen, nachdem der andere Kerl hinausgegangen war.

# KAPITEL DREIZEHN

*Meg*

———◆◆◆———

DIE FÜNF AUSBRECHER waren seit zwei Tagen auf der Flucht, und Meg wusste nicht im Geringsten, wo sie sie sich befanden. Am ersten Tag ihrer Flucht hatte dieser Kerl, den sie Hairy getauft hatten, die Gruppe eingeholt, doch es war ihr gelungen, ihm mit einer ihrer Äxte frontal an der Stirn zu treffen. Er war auf der Stelle tot gewesen. Der Anblick war grausig gewesen, und so hatte sie die Kinder angefeuert, in die entgegengesetzte Richtung zu rennen, ehe sie das ganze Blut gesehen hätten. Das bedeutete für sie, dass sie einen Verfolger weniger hatten.

In der ersten Nacht hatten sie aneinandergekuschelt auf einer Lichtung geschlafen, aber gestern Abend hatten sie dann eine Höhle entdeckt. Das war eine viel verlockendere Aussicht, da der Regen wieder eingesetzt hatte. Alle schliefen sie tief und fest, und alle waren hungrig aber auch voller Hoffnung, während sie zusammenrückten, um sich warm zu halten.

Als Meg am Morgen erwachte, freute sie sich,

das Meer zu sehen, obwohl es noch in weiter Ferne lag.

Sie kehrte in die Höhle zurück, um nachzusehen, ob die Kinder schon aufgewacht waren.

Magni setzte sich auf. »Wir sind noch frei. Werden wir heute ein Boot finden? Ich gehe nach draußen.«

»Ich hoffe, wir schaffen es bald zur Fähre. Geh schon mal vor, aber vergiss bitte nicht, leise zu sein und dich nicht zu weit weg zu wagen, Magni. Die Männer könnten noch immer nach uns suchen«, riet Meg und stieß einen kleinen Schrei aus, als sie auf ihren Finger hinunterblickte. Vor zwei Tagen schon hatte sie bemerkt, dass es schmerzte, wenn sie ihn berührte. Nun war er geschwollen und feuerrot, was, wie sie wusste, schlimm war. Sie griff in ihre kleine Tasche, die an ihrem Gürtel befestigt war, und tastete nach dem Glücksarmband ihrer Schwester.

Doch es war nicht an seinem Platz.

»Ich bin gleich wieder da«, sagte Magni und hüpfte fröhlich in den kühlen Morgen.

Sie suchte den Boden um sich herum ab, ohne das vermisste Armband zu entdecken. Es konnte nicht sein, dass sie es verloren hatte.

Magni kam wieder herein und nahm ihre Hand. »Meg, was stimmt nicht?«

»Mein Armband. Ich kann es nicht finden. Es war in meiner Tasche an meinem Gürtel. Es ist verschwunden.« Sie konnte die Tränen in ihren Augen nicht zurückhalten, doch dann holte sie dreimal tief Luft, um ihren Gefühlsausbruch zu unterdrücken, denn sie musste für die Kinder stark sein. »Es ist blau. Ich habe überall gesucht. Bitte hilf mir, es zu finden.«

Sie ließ Magnis Hand los und ging zu einer Ecke der Höhle hinüber, dann rannte sie zu einer anderen, wobei ihr die Sicht verschwamm. »Ich muss es finden.«

Lia zeigte auf Magni. »Da drüben. Ich sehe etwas.«

Magni eilte herbei und beugte sich hinunter. »Ist es das? Es ist blaues Garn.« Er hielt es hoch, damit sie es anschauen konnte.

Nach einem Blick darauf stieß Meg einen Seufzer der Erleichterung aus. »Aye. Das ist es. Ich danke dir sehr, Magni.« Sie verstaute das Armband und schrie auf, als ihr Finger an ihrem Gürtel hängen blieb. »Au.« Sie tastete ihren Finger und ihre Hand ab und war überrascht, wie warm die Stelle war, die sie berührte. Sie hatte keine Salben oder Tränke bei sich, und so wusste sie nicht, wie sie die Wunde versorgen konnte. Wenn sie es schnell zur Fähre schafften, konnte sie vielleicht einen Heiler auf der Isle of Mull finden.

Magni kam näher und betrachtete ihren Finger. »Du warst gestern Abend so warm wie ein Herd, Meg. Ich habe nicht einmal den kalten Stein neben dir gespürt.«

Lia erklärte: »Sie hat Fieber, Magni.«

Meg antwortete schnell: »Nein, mir geht es gut. Es ist nur ein kleiner Kratzer, den ich mir neulich beim Gemüseschneiden zugezogen habe.« Sie konnte ihre Flucht jetzt nicht bremsen. Denn sie konnten ja schon den Fjord sehen. Also hoffte sie, dass es bis zur Fähre nur noch ein kurzes

Wegstück wäre, sodass sie bis zum Mittag an Bord eines Bootes gehen konnten. Wenn sie ein bisschen von dem Wasser übrig hätte, um ihren Finger zu waschen, würde er sicher heilen. Der Wassersack, den sie bei sich trug, war aber leer.

Sie brauchte Wasser – Wasser würde sicherlich alles wieder ins Lot bringen und den Eiter aus ihrer Wunde reinigen. Aber wo sollte sie Wasser finden? In der Nähe der Fähre! Bestimmt konnte sie die Wunde dort waschen, bevor sie an Bord gingen. »Wir müssen uns beeilen, um nach Oban zu kommen.«

Obwohl sie sich ziemlich sicher war, dass sie nicht genug Geld hatte, um sie alle überzusetzen, würde sie Sorge dafür tragen, dass zwei von ihnen die Fahrt antreten konnten. Rowan würde sie zuerst gehen lassen. Denn sein Onkel konnte ein Boot zurückschicken, dachte sie. Es hing alles davon ab, wie hoch das Fahrgeld war.

Lia sah zu ihr auf, als die anderen nach draußen gingen, und sagte: »Du hast Fieber. Du musst nach Hause gehen. Du kannst vor mir gehen. Ich habe noch eine Aufgabe zu erledigen, also bleibe ich gerne und warte auf das zweite Boot.«

»Wohin willst du, Lia? Ich könnte ein junges Mädchen nicht allein lassen, aber das weißt du sicher. Ich bleibe mit dir zurück. Aber was für einen Besuch hast du denn geplant?«

»Ich muss zum Loch Aline wandern. Meg, ich werde dir ein Geheimnis anvertrauen, aber bitte sag nichts davon zu den anderen. Ich bin eine Fee, also kann ich allein losziehen, ohne Gefahr zu laufen, dass mir etwas zustößt. Ich bin aus einem bestimmten Grund hier, aber das muss ein Geheimnis bleiben.«

Jetzt hatte Meg keinen Zweifel mehr, dass sie fieberte. Ein kleines Mädchen erwartete von ihr, dass sie ihr glaubte, eine echte Fee zu sein. Sie musste Fieber haben, denn kein Mensch würde so etwas jemals gestehen. Bestimmt hatte sie Halluzinationen.

Tora setzte sich auf und rieb sich die Augen, während Rowan aufstand und nach draußen rannte, wobei er über die Schulter posaunte: »Ich muss pinkeln.«

Tora sah Meg an und sagte: »Du siehst kränklich aus. Wir müssen dich heimbringen. Großpapa ist unten am Wasser. Wir werden ihn bald finden.« Dann stand sie auf und ging zu den beiden Jungen hinaus.

Meg fühlte sich unwohl. Nun, da sie die Kinder besser kennengelernt hatte, musste sie zugeben, dass alle vier ein bisschen seltsam waren. Lia benahm sich, als wäre sie vierzig Jahre alt und hielt sich für eine Fee. Tora behauptete, sie sie eine Seherin. Magni sagte, er sei Lias Bruder, aber sie erkannte keine Ähnlichkeit zwischen den beiden. Und Rowan behauptete, sein Onkel sei ein Laird. Sie konnte nur hoffen, dass er die Wahrheit sagte, denn die Hilfe eines Lairds könnte sie wirklich gut gebrauchen. Hoffentlich konnte er ihr auch bei ihrer Suche nach ihrer Schwester behilflich sein, sobald sie auf der Isle of Mull war. Schließlich hatte man ihr gesagt, Ulva liege auf der anderen Seite von Mull, also könnte er tatsächlich wissen, wo sie lebte.

Lia berührte sie an der Hand: »Mach dir keine Sorgen. Du wirst deine Schwester finden. Sie ist in einen Laird verliebt, und sie ist sehr glücklich.«

»Woher kennst du meine Schwester? Ich habe dir nicht einmal ihren Namen genannt.«

Lia lächelte und öffnete den Mund zu einer Antwort, doch dann kamen die drei hereingestürmt und unterbrachen sie, alle flüsterten vor lauter Schreck. Magni sagte: »Da kommt jemand. Ich habe ihn im Gebüsch gehört!«

»Ich habe ihn auch gehört! Es ist ein Mann.« Rowan rannte zu Meg, kniete vor ihr nieder und ergriff ihre Hand, aber sie zuckte zusammen und riss sie zurück. »Was ist los?«

»Nichts. Tora, hast du ihn gesehen?«

»Ja. Du musst nachsehen, wer es ist. Ich kenne ihn nicht«, antwortete Tora.

»Ich gehe«, bestimmte Meg, holte die Axt aus ihrem Sack und drehte sich zu den vier Augenpaaren um, die auf sie gerichtet waren. »Kommt unter keinen Umständen heraus, bevor ich euch sage, dass es sicher ist. Wenn er mich mitnimmt, weil ich mich nicht wehren kann, dann bleibt hier, bis wir weg sind. Dann lauft nach Oban und zur Fähre. Sie werden mich zurückholen, aber ihr müsst Hilfe holen. Folgt mir nicht.«

»Aber...«

»Kein Aber! Versprecht mir das jetzt. Sie wirbelte herum und sah die vier an. »Ihr alle.«

»Ich verspreche es. Großvater wird uns helfen. Ich werde ihn finden.« Tora nickte nachdrücklich.

Rowan und Magni sahen sich an und stimmten dann beide zu.

Lia sagte: »Ich werde alles tun, was du von mir verlangst, liebe Meg.«

»Bleib hier hinten in der Höhle.« Sie wartete, bis die Kinder gut hinter einem Felsen versteckt waren, dann trat sie hinaus. Sie lauschte auf Schritte und war froh, dass es nur ein Mann war.

Das Knistern des Gestrüpps setzte sich fort, starke, gleichmäßige Schritte, die direkt auf sie zukamen. Ihr Herz schlug ihr bis zum Hals, weil sie befürchtete, dass sie diese armen Kinder nicht beschützen konnte. Sie alle brauchten Nahrung und Wasser. Wäre sie nicht kränklich und geschwächt, würde sie ihre Axt mit der gewohnten Präzision führen, aber ihre Hand zitterte ein wenig, wenngleich sie die Wunde an der anderen Hand hatte.

Das Knirschen von Stiefeln auf dem Boden kam näher und sie fragte sich, warum der Mann nicht auf dem Weg geblieben war.

Sie zückte ihre Axt und stand aufrecht, doch ihre Beine waren zu schwach, sodass sie sich auf einen Stein setzen musste.

Der Mann erschien vor ihr.

Er war keiner der Männer, die sie in der Kirche gesehen hatte, und sie hatte ihn auch auf dem Markt nicht gesehen. Zögernd wartete sie, bis er sie sah, und hielt die Axt über ihren Kopf. »Wenn du noch näher kommst, werde ich werfen.«

Der Mann blieb stehen, als er der Axt ansichtig wurde. »Dann werde ich nicht näher kommen.

Aber ich habe eine Frage. Ich verspreche, dass ich nicht hier bin, um dir etwas anzutun.«

»Nur zu, aber wenn du näher kommst, werde ich werfen. Ich bin sehr gut darin.« Ihre Unterlippe zitterte. Um zu verhindern, dass er etwas bemerkte, klemmte sie sie zwischen ihre Zähne, aber sie war sicher, dass er trotzdem etwas von ihrer Schwäche wahrgenommen hatte. Der Mann sah prächtig aus. Er war groß und breitschultrig, und sein Haar war so dunkel wie die Nacht, während seine Augen von der Farbe eines wolkenlosen Himmels im Sommer waren. Er hatte ein Schwert über die Schulter gehängt.

»Greife bloß nicht nach deiner Waffe.«

Er hielt beide Hände hoch. »Ich dachte, ich hätte ein paar Jungen gesehen. Wir vermissen ein paar Kinder von der Isle of Mull. Ich bin gekommen, um sie heimzubringen.«

»Sicher willst du das. Du lügst garantiert. Du bist von der Kirche. Ich bin mir sicher, dass du vorhast, sie zu rauben und zurückzubringen, aber das erlaube ich nicht. Erst musst du mich töten.« Entschlossen hob sie ihr Kinn an, um ihm deutlich zu machen, dass keineswegs scherzte.

Er ließ sich auf ein Knie nieder. »Mädchen, du bist krank. An deinen geröteten Wangen und den trüben Augen kann ich erkennen, dass du Fieber hast. Wahrscheinlich kommt es von der geschwollenen Wunde an deiner Hand. Ich kann den Schorf und die Rötung von hier aus sehen. Ich muss dich zu einem Heiler bringen, wenn du leben willst.«

Er erhob sich und machte zwei Schritte nach

vorn, woraufhin sie aufstand und die Axt in einem Bogen über ihrem Kopf zurückschwang.

Schnell flogen seine Arme über seinen Kopf. »Nein, nicht. Ich bleibe stehen.«

»Du bringst mich nicht zu einem Heiler.«

»Wie wäre es damit? Es gibt vier Kinder. Zwei Jungen, etwa sechs und zehn. Zwei Mädchen um die fünf, beide blond.«

»Wenn du derjenige bist, der sie geraubt hat, dann weißt das natürlich, oder? Das beweist mir gar nichts.«

»Der jüngere Junge kennt mich. Lass ihn raus und er wird meine Rechtschaffenheit bezeugen. Dann werde ich uns alle nach Oban bringen, das etwa zwei Stunden westlich von hier. Ich habe ein Pferd, auf dem du mit den Mädchen reiten kannst. Ich bezahle die Fahrt. Ich bin der Laird des MacVey Clans. Auf der Isle of Mull haben wir zwei wunderbare Heilerinnen. Ich möchte die Kinder nach Hause bringen, und dich zu einer Heilerin.«

Sie hörte diesem gut aussehenden Mann zu und hoffte inständig, er würde die Wahrheit sagen. Er hatte ihr genügend Gründe genannt, ihm zu vertrauen, bis Rowan sich für ihn verbürgen konnte. Tränen kullerten Meg über die Wangen und sie flüsterte: »Hilfst du mir danach, nach Ulva zu kommen? Ich muss meine Schwester finden.«

»Ich verspreche, dich nach Ulva zu bringen. Ich werde dir auf jede nur mögliche Weise helfen.« Seine blauen Augen bohrten sich in die ihren, und obwohl darin ein Hauch von Kälte lag, glaubte sie seinen Worten. Er hatte eine perfekte

Möglichkeit angeboten, wie sie herausfinden konnte, ob er log. Sie musste nur Rowan fragen, ob er diesen Mann kannte.

Im Augenblick war sie auf Hilfe angewiesen. Könnte er ihr Retter sein?

Ihr blieb keine andere Wahl, als ihm zu vertrauen. Und das keineswegs wegen seines Aussehens oder seiner Worte, sondern weil sie krank wurde. Ihr Verstand wollte ihr nicht mehr so recht gehorchen. Sie war sich nicht sicher, ob sie es bis zur Fähre schaffte, und es war wichtig, dass sich jemand der Kinder annahm.

»Magni! Bring deinen Freund her.«

Einen Moment später steckte Magni seinen Kopf heraus, dann kam Rowan hinter ihm her und stieß einen Schrei aus, sobald er den Mann sah. »Onkel Lennox!«

Der große Laird breitete seine Arme aus und Rowan sprang mit einem Schrei hinein. »Wir sind in Sicherheit! Er ist der beste Freund meines Onkels. Er wird uns nach Hause bringen.«

Meg wurde ohnmächtig und sackte vom Felsen.

# KAPITEL VIERZEHN

*Connor*

───── ❧ ─────

CONNOR GRANT STAND in Oban am Hafen und schrie jedem, dem er ansichtig wurde, seine Befehle entgegen. Sein Neffe Alasdair trat neben ihn. »Chief, bitte gestatte mir, diese Aufgabe zu übernehmen«, flüsterte er leise.

Connor und sein Bruder Jamie hatten gemeinsam das Amt des Lairds beim Grant Clan ausgeübt, doch inzwischen hatten sie diese Aufgabe an ihre Neffen Alasdair und Alick übertragen. Obwohl Alasdair nun der Anführer des Clans war, redete er Connor aus Respekt noch immer als Chief an.

Mit einem Seufzen stützte Connor die Hände in die Hüften und richtete seinen Blick auf den Boden. »Du hast ja recht, Alasdair. Mir kommt mein Sinn für Vernunft abhanden, wenn ich mir vorstelle, dass eines meiner Enkelkinder in diese Sache verstrickt ist.«

»Wir wissen das noch nicht mit Sicherheit. Vielleicht ist es Dyna ja inzwischen gelungen,

Tora zu finden.« Alasdair ging zum Kapitän des Schiffes hinüber, auf dem sie die Streitrösser an Bord brachten. Viele der Grant Wachen packten bei dieser Aufgabe mit an, während das ungewohnte Rauschen der Brandung die Tiere verunsicherte.

Sela, Connors Frau, stellte sich zu ihm. »Lass Alasdair das alles machen«, bat sie ihn. »Wir werden mit dem ersten Schiff fahren. Er kann dann mit dem letzten nachkommen.«

Alasdair kehrte zu ihnen zurück und sagte: »Nein, ich werde nicht erst mit dem letzten mitfahren. Das wird Alick übernehmen.«

Connor grinste. Jede Einzelheit an Alasdair erinnerte ihn an seinen verstorbenen Vater Alexander und seinen verstorbenen Bruder Jake, der Alasdairs Vater gewesen war.

»Chief, wir hatten bereits eine Reihe von Wachen marschbereit, als wir die die erste Nachricht von Dyna empfingen. Diese Gruppe werden wir nun rasch über das Wasser bringen. Der Wind ist uns wohlgesonnen. Die anderen werden folgen.«

Das Schiff, eine Birlinn, die sie für die Überfahrt gemietet hatten, war das größte und kostspieligste Schiff, das in der Gegend zu finden war. Die Ruderer wären nicht weit von den Pferden entfernt, während die anderen auf dem Oberdeck fuhren.

»Ich muss unsere Töchter und Enkelinnen sehen«, flüsterte Sela. »Ich kann nicht erwarten, endlich an Bord des Schiffes zu gehen.«

»Und Sandor«, fügte er noch hinzu, ehe er seine

Frau auf die Stirn küsste. »Die Überfahrt ist doch keine Belastung für dich, Liebes?«

Sela lächelte und die vielen Zöpfe in ihrem fast weißen Haar passten perfekt zu dem Wind, den sie gerade erlebten. »Nein. Ich habe es geliebt, über das Wasser zu segeln.« Sela stammte aus der nordischen Region und war seit Jahren nicht mehr mit einer Birlinn gefahren. »Ich freue mich auch, Mull zu sehen.« Von der Sommersonne hatte ihre Haut hatte einen goldenen Schimmer bekommen, und die kleinen Fältchen um ihre Augen machten sie in Connors Augen noch schöner.

»Wenn Dyna den Schuft nicht finden konnte, der meine Tora gestohlen hat, werde ich ihn finden.« Connor brüllte Alasdair an, der sich inzwischen wieder unter den Wachen der Grants bewegte und Anweisungen gab. »Alasdair! Vergiss das nicht!«

Sein Neffe warf ihm ein schnelles Grinsen zu. »Ich weiß schon, Chief. Du hast Rechte.«

Diese Rechte bildeten einen Teil des Ehrenkodexes der Highlander und ihrem Prinzip der gerechten Strafe. Derjenige, der durch einen Verbrecher den größten Schaden erlitten hat, erhält das Recht, ihm den Todesstoß zu versetzen.

Und das war genau richtig. Er hatte das Recht, dem Schuft, der es wagte, ein Kind der Grants anzurühren, Gerechtigkeit widerfahren zu lassen.

Alasdair schmunzelte. »Der arme Mistkerl.«

# KAPITEL FÜNFZEHN

*Logan*

———❧———

»WER HAT DIE Kinder entführt?«, fragte Logan, wobei er sich mit seiner Frage an den Mann wandte, dem er zuvor vorgespielt hatte, einer Meinung mit ihm zu sein. Langsam wurde er zu alt, um mit solchen Kerlen Katz und Maus zu spielen, doch für den Fall, dass dieser Kerl auch nur das Geringste mit der Entführung der Kinder zu tun hatte, würde er seine Tat zutiefst bedauern.

Logan liebte kleine Kinder. Der Umgang mit ihnen war erheblich leichter als mit diesen dämlichen Erwachsenen.

»Ich weiß es nicht.«

Logan trat noch zwei Schritte näher. »Freilich weißt du es. Das kann ich in deinen Augen lesen.«

»Nein, ich habe keine Verwendung für die Kinder. Mein Ziel ist es, die Isle of Mull zu beherrschen, aber keine Kinder.« Nun spie der Mann seinen Speichel zur Seite aus und legte seine Hand an den Griff seiner Waffe. »Ich wollte dich treffen, weil sie versuchen, eine Menge Pferde auf die Fähre zu verladen. Und das ist eine riesige Birlinn, wie ich sie noch nie gesehen habe. Warum?«

»Was du hier siehst ist die Reaktion des Grant Clans auf die Entführung einer der Enkelinnen des Lairds.«

»Jemand hat ein Kind der Grants geraubt? Solch eine Dummheit würde ich niemals begehen.«

Dem Gesichtsausdruck des Mannes nach zu urteilen, vermutete Logan, dass er die Wahrheit sagte. Was aber nicht heißen musste, dass er den Kerl ungeschoren davonkommen lassen würde. Kinder waren ein wunder Punkt für ihn. »Connor Grant und sein Neffe Alasdair sind auf dem Weg. Sie sind die beiden besten Schwertkämpfer im ganzen Land. Du solltest besser die Wahrheit sagen, denn sie werden dich finden, wenn du schuldig bist.«

Der Mann stieß einen ganz langsamen Pfiff aus, doch dann bemerkte Logan das angedeutete Grinsen.

Er tat einen Schritt nach vorn und packte den Trottel an der Kehle. »Wenn ich herausfinde, dass du mit der Entführung der Kinder etwas zu tun hast, schneide ich dir die Hoden ab und stopfe sie dir dann zum Abendessen ins Maul. Dann übergebe ich dich Connor, damit er mit dir nach Belieben verfahren kann. Du sagst mir jetzt besser, was du weißt.«

Es fehlte nicht viel und der Kerl wäre ohnmächtig geworden, also ließ Logan ihn los, vor allem aber, weil er sich nicht weiter belasten wollte. Der Trottel rieb sich den Nacken und sah so schuldbewusst aus wie kein anderer. Also trat Logan noch einen Schritt näher.

Er hob die Hände. »Na schön. Ich hatte nichts damit zu tun, aber ich weiß, warum sie die Kinder gestohlen haben.«

»Ich höre zu.«

»Auf Ardnamurchan gibt es einen Mann, der die Fee will.«

»Welche Fee?«

»Die grüne Maid. Sie besitzt die Gabe, Wünsche zu erfüllen. Es wird geredet, sie erscheint mitten im Wald, wenn sie jemand findet, dem sie vertraut, und sie kann jede Gestalt annehmen, die ihr beliebt. Diesmal soll sie ein Kind sein.« Der Mann rieb sich den Nacken.

Logan hoffte, er hatte einen blauen Fleck hinterlassen, doch er musste der Sache noch etwas eingehender auf den Grund gehen.

»Spuck alles aus. Ich kann es in deinen Augen sehen.«

»Sie sagen, es gibt ein Kind, das ebenfalls eine Seherin ist, also haben sie es auch geraubt. Sie haben Pläne, wie sie die Gabe der grünen Maid für ihre Zwecke nutzen wollen, aber darüber weiß ich nichts.«

»Vielleicht, um dich loszuwerden.«

»Ich habe niemandem etwas getan.« Seine Stimme wurde eine Oktave höher.

»Wer? Ich will Namen.«

»Ich habe keine. Ich bin mit Ardnamurchan nicht vertraut.«

»Namen!«

Der Mann stieß einen tiefen Seufzer aus. »Ich weiß wirklich nicht, wer die Entführung angeordnet hat. Aber die Männer, die die Kinder geraubt haben, die kenne ich. Sie sollten die Kinder aufs Festland schaffen, sie dort eine Nacht lang verstecken und dann nach Ardnamurchan bringen.«

»Namen, sagte ich.« Zur Bekräftigung zückte Logan sein Schwert und hielt es dem Kerl an den Hals, ehe dieser auch nur die Hand heben konnte.

»Verdammt, für einen alten Mann bist du ganz schön fix.« Er schnappte nach Luft, und dann meinte er: »Herbert und Ellis. Mehr weiß ich nicht. Sie sind vom Festland in Oban.«

Logan schob sein Schwert in die Scheide zurück und bestieg sein Pferd. »Ich kann für dich nur hoffen, dass du mir die Wahrheit gesagt hast.«

# KAPITEL SECHZEHN

*Lennox*

———— ❧ ————

LENNOX SETZTE ROWAN ab und lief eilig zu der jungen Frau. Er war schockiert, dass er die Kinder nach einer zweitägigen Suche endlich wohlbehalten gefunden hatte. Dafür dankte er dem Herrn. Er nahm Meg die Axt aus der Hand und gab sie Magni weiter. »Ich weiß, wo sie sie aufbewahrt«, meinte der Junge, aber du musst ihr helfen! Ihr Name ist Meg und sie hat uns vor diesen schrecklichen Männern gerettet, die uns verhökern wollten, damit wir für einen Fremden arbeiten. Ohne sie werde ich mich nicht vom Fleck rühren.«

Lennox musste lächeln. Er hob Meg hoch, setzte sich auf den Felsen und ließ sie auf seinen Schoß sinken. »Rowan, mein Pferd ist ein kurzes Stück von hier angebunden. Bitte geh mit Magni und hole es her. Es ist nicht weit von einer kleinen Bach entfernt. Am Sattel des Tieres ist ein Wasserschlauch befestigt. Fülle ihn für mich und bringe ihn dann zusammen mit dem Pferd zurück. Sobald ich sie wachbekommen habe, brechen wir nach Oban auf.«

Magni sprang auf. »Aye, Laird. Wir werden das Pferd und das Wasser holen!«, versprach er.

Als die beiden Jungen gegangen waren, rief Lennox: »Tora! Bist du hier?«

Das weißhaarige Mädchen trat aus der Höhle und hielt dabei die Hand eines goldhaarigen Mädchens, das so heiter wirkte, wie er bei keinem anderen zuvor erlebt hatte. »Sei gegrüßt, Lia.«

»Ja, das ist mein Name. Ich glaube, wir sind uns schon einmal begegnet. Und Ihr seid der Laird des MacVey Clans, Mylord?«

»Ja, das stimmt. Tora, deine Mutter ist sehr besorgt um dich. Ich verspreche, dich vor Einbruch der Nacht zu ihr zurückzubringen.«

Tora zeigte auf das Meer. »Großpapa ist fast an der Bucht. Sie fahren rüber, um Mama zu helfen. Ich kann mit ihm reiten. Er hat sein Schlachtross, Midnight Star, bei sich.«

»Er wird sich sehr freuen, dich zu sehen, aber das Pferd wird im unteren Teil des Bootes mitfahren. Sie werden nicht riskieren wollen, dass es über Bord fällt. Musst du noch etwas aus der Höhle holen? Kannst du bitte Megs Sachen zusammenpacken, damit wir aufbrechen können, sobald die Jungen mein Pferd gebracht haben? Wir müssen sie zu unserer Heilerin bringen.«

»Oder unserer Heilerin. Eli ist sehr gut.«

»Das ist sie, und wenn Doiron ihr nicht helfen kann, dann holen wir Eli. Aber zuerst holt bitte alle eure Sachen.«

Eilig liefen die beiden Mädchen in die Höhle zurück.

Das verschaffte Lennox einen Moment Zeit,

um seinem sehnlichsten Wunsch nachzugeben —
das schönste Gesicht zu betrachten, dessen er je
bei einer tapferen Seele ansichtig geworden war.
Sie hatte sich ihm entgegengestellt, um die vier
Kinder zu beschützen — ihrem Fieber zum Trotz.
Wer war diese junge Frau? Er legte ihr seine
Hand auf die Stirn und war wenig überrascht,
dass sie dort ebenso glühte wie der Rest ihres
Körpers. Er barg ihre Wange in seiner Hand und
drehte ihr Gesicht so, dass er sie direkt anschauen
konnte.

Ihre Haut hatte eine leichte Tönung von der
Sonne und sie hatte einige Sommersprossen
auf der Nase, wobei er allerdings wetten würde,
dass ihre Haut im Winter so hell wie Elfenbein
sein musste. Sie besaß hohe, feingliedrige
Wangenknochen und rosig-rote Lippen, die
darum bettelten, geküsst zu werden, was ihn
in ihrem derzeitigen Zustand allerdings nicht
interessierte.

Ihr Haar war von der gleichen Farbe seines
Lieblingspferdes, ein Kastanienbraun, mit einem
rötlichen Schimmer. Ihre Zöpfe waren reichlich
unordentlich, was jedoch seltsam anziehend auf
ihn wirkte. Sie hatte die längsten Beine, die er je
gesehen hatte, was gut zu erkennen war, da sie eine
Männerhose trug. Über diese Merkwürdigkeit
würde er sich noch weitere Gedanken machen
müssen, doch im Augenblick war nicht der rechte
Zeitpunkt dafür. Abgesehen von den Frauen des
Grantham Clans hatte er noch nie ein Mädchen
mit einer Hose bekleidet gesehen.

Die beiden Jungen kehrten zurück. Magni eilte

mit dem Wasserschlauch zu Lennox, während Rowan das Pferd führte, das beim Anblick seines Herrn freudig schnaubte und dessen langer Schweif zur Begrüßung zischte. »Rowan, nimm bitte ein Leinentuch aus meiner Satteltasche.«

Rowan fand das Tuch, und Lennox befeuchtete es, ehe er es Meg auf die Stirn legte. Er drücke es auf ihre Wangen, als die Mädchen wieder aus der Höhle kamen und Lia verkündete: »Wir haben alles, Mylord.«

Lennox schaute die Mädchen an. Dann richtete er das Wort an die Jungen: »Rowan und Magni, würdet ihr bitte die Taschen am Pferd befestigen? Ich hatte gehofft, Meg zusammen mit Tora und Lia reiten zu lassen, aber ich glaube, ich muss sie halten. Ihr Fieber ist zu hoch.«

Tora sagte: »Ich werde laufen und dich mit meinem Bogen anvisieren.« Sie zog eine Waffe aus der Innenseite ihrer Tunika. »Ich halte sie vor bösen Menschen versteckt.«

Er konnte sich ein Lächeln nicht verkneifen. Auch wenn niemand ihm dies gesagt hätte, so hätte er gewusst, dass sie Dynas Tochter ist.

»Dann werde ich mit Meg reiten, und Lia, du kannst vor Meg sitzen, um sie zu beruhigen. Ihr Jungs geht bitte mit Tora.«

»Das werden wir«, versprach Magni, dessen Miene ernster wurde, als er näher an Lennox herantrat. »Versprichst du, dass du uns nicht wieder zu den bösen Männern zurückbringst?«

»Das verspreche ich, Magni. Fürchte dich nicht. Wenn die Dunkelheit hereinbricht, wist du wieder auf Duart Castle sein. Ich schicke einen

Boten zu deinem Onkel, Rowan. Ich denke, es ist vielleicht das Beste, wenn Eli sich um Meg kümmert.«

Meg hob den Kopf, starrte ihm in die Augen und fragte: »Wer zum Teufel bist du?«

Tora lief zu Meg, legte ihr beruhigend die Hand auf die Stirn und sagte: »Er bringt uns nach Oban und zu meinem Großvater. Nicht weinen.«

»Ich bin Lennox MacVey, der Laird des MacVey Clans«, stelle Lennox sich vor. »Ich bin hierhergekommen, um nach den vier Kindern zu suchen, und ich verspreche, euch alle sicher auf die Isle of Mull zurückzubringen. Dann werden die Kinder von ihren Eltern abgeholt, nachdem ich Boten ausgeschickt habe. Du, hingegen, wirst von unserer Heilerin behandelt werden.«

Tränen trübten ihre Augen und sie klammerte sich an seinen Arm. »Versprochen? Ich bin zu müde, um noch einen Schritt weiterzugehen. Bitte bring die Kinder sicher nach Hause.«

»Das verspreche ich.« Ihre Augen besaßen den Farbton des Waldes im Vorfrühling, wenn die Knospen gerade aufzubrechen begannen. »Meg, ich helfe dir auf das Pferd und steige hinter dir auf. Du kannst dich an mich anlehnen. Du bist nicht stark genug, um allein zu reiten.«

Sie ergriff seine Hand und widersprach: »Nein, ich gehe zu Fuß. Die Kinder können reiten.«

Drei Stimmen riefen: »Nein. Wir wollen zu Fuß gehen.«

»Sie wollen unbedingt nach Oban kommen«, meinte Lennox lächelnd. »Es ist nicht weit, und es ist besser, wenn sie sich austoben, bevor wir das

Schiff besteigen. Es wird ihnen guttun. Lia wird
vor dir reiten, also wenn du dich an jemandem
festhalten musst, dann an ihr.«

»Magni, hol bitte meine Axt.«

»Ich habe sie, Mylady.« Er grinste und hielt ihr
die Satteltasche hin.

Lennox hob die beiden auf das Pferd und
stieg dann hinter ihnen auf. Es war nicht die
beste Lösung, doch er war der Ansicht, dass
es funktionieren musste. »In diese Richtung
folgen wir dem Weg, Jungs. Wenn ihr etwas
Ungewöhnliches hört, versteckt ihr euch hinter
dem Pferd. Habt ihr mich verstanden? Du auch,
Tora?«

Die drei nickten, und schon waren sie
losgelaufen.

Lennox musste zugeben, dass er eine gewisse
Anziehung zu dieser Frau verspürte. Ihm fiel keine
andere Frau ein, mit der er so gern reiten würde,
und sie passte gut zu ihm. Ihm war aufgefallen,
dass sie für eine Frau sehr groß war, denn ihr Kopf
war fast auf gleicher Höhe mit seinem eigenen.
Lange Beine, die bis in den Himmel zu reichen
schienen, ließen ihn an Dinge denken, die ihm
bei dem kränklichen Zustand der jungen Frau
und in Gegenwart der vier Kinder eigentlich
nicht in den Sinn kommen sollten, und so musste
er sich zügeln.

Vier bedeutende Personen zählten darauf, dass
er die Kinder sicher nach Hause brachte. Er sollte
also besser aufmerksamer sein.

Als sie etwa zwei Stunden unterwegs waren,

stieß Magni einen Jubelschrei aus. »Dort ist es! Ich kann es sehen! Da ist das Meer. Wir sind auf dem Weg nach Hause. Wirklich nach Hause.«

»Thane und Tamsin werden sehr froh sein, uns zu sehen«, fügte Lia an.

Meg setzte sich auf und sagte: »Tamsin? Das ist der Name meiner Schwester. Aber sie ist nicht mit jemandem namens Thane verheiratet.«

Lennox musste zugeben, dass dieser Gedanke ihm einen Schreck einjagte. Könnte es sich bei Thanes neuer Freundin um Megs Schwester handeln? Das würde er später herausfinden.

Meg schlief wieder ein und stöhnte gelegentlich, weil sie schlecht träumte oder wegen des Fiebers. Er war nicht ganz sicher, was nun die Ursache war. »Bleib in der Nähe, Magni. Bitte laufe nicht voraus.«

Sie waren noch eine weitere Stunde unterwegs, bevor das Dock und mehrere Boote in Sicht kamen. Tatsächlich lagen hier mehr Birlinns und große Galeerenschiffe vor Anker, als er zuvor gesehen hatte. Viele Männer in roten Plaids standen mit ihren Pferden in Reih und Glied und bildeten eine ungewöhnliche Menschenansammlung für das Hafengebiet. Was musste sich wohl an der Anlegestelle der Fähre abgespielt haben, dass ein solches Gedränge entstand? Er konnte nicht umhin, sich zu fragen, warum so viele Männer auf die Insel übersetzen sollten.

Nun stieg in ihm die Sorge auf, dass sie nicht mehr an Bord gelangen würden, bevor die Überfahrten am Abend eingestellt wurden. Doch der Himmel wachte über ihre kleine Gruppe, denn Tora kam zu ihm und bat: »Hochheben, Chief, bitte?«

»Ich kann dich nicht heben, Tora. Nicht mit Meg hier.«

»Ich würde gerne hinunter, um meine Beine zu bewegen, wenn es recht ist. Tora kann hochkommen.«

Mit Magnis Hilfe tauschten die Mädchen ihre Plätze, sodass Tora die Möglichkeit hatte, in die Menge zu blicken. Augenblicke später rief sie: »Großvater! Ich bin hier drüben!«

Im Nu drehten sich alle Pferde um Lennox so weit, dass sie sich ihnen zuwandten, während die Wachen mit den roten Plaids ihre Schwerter zogen und auf ihn zielten. Er versteifte sich, unsicher, was nun geschehen würde. »Jungs, Lia, bleibt dicht bei mir. Rührt euch nicht.« Die Kinder wichen zurück und hielten sich auf einer Seite seines Pferdes.

Das Meer von Tieren teilte sich vor ihm, und ein großes schwarzes Schlachtross kam auf sie zu. Sein Reiter war dunkelhaarig und breitschultrig. Die Intensität seines Blicks hatte die Kraft, viele einzuschüchtern, nicht aber Lennox. Wer auch immer dieser Mann war, lag es nicht in seiner Absicht, eines der Kinder zu entführen.

Als der Mann sich ihnen näherte, rief er: »Tora? Bist du das, Süße?« Er ließ sein Pferd galoppieren, bis er neben ihnen angekommen war. Dabei hielt er die Hand am Griff seines Schwertes.

Magni und Rowan fingen zu weinen an, aber Tora grinste und beugte sich zu den Jungs hinüber.

»Habt keine Angst. Das ist mein Großvater. Er wird euch nicht wehtun.« Dann setzte sie sich auf. »Sei gegrüßt, Großvater.«

»Tora, hat dieser Mann dir wehgetan? Hat er dich entführt?«, wollte der Mann mit dem roten Plaid wissen.

»Nein, Großvater. Er hat uns gerettet. Und Meg hat uns auch gerettet.« Tora drehte sich zu Meg um und streichelte ihre Wange, doch Meg reagierte nicht. »Bringst du uns nach Hause? Ich will zu Mama.«

Der Mann nahm seine Hand von der Waffe und griff nach seiner Enkelin, hob sie auf sein Pferd und schloss sie fest in seine Arme. Wenn Lennox sich nicht irrte, vergoss auch er ein paar Tränen. Als er sich wieder im Griff hatte, stellte er sich vor: »Ich bin Connor Grant. Ich bin euch beiden zu Dank verpflichtet. Die junge Frau ist verletzt?«

»Lennox MacVey, Laird des MacVey Clans auf der Isle of Mull. Die Frau leidet an einem Wundfieber«, antwortete Lennox. »Sie braucht eine Heilerin. Diese junge Frau war es, welche die vier Kinder gerettet hat. Sie hat sie zu einer Höhle geführt, die drei Stunden von hier liegt. Dort habe ich sie entdeckt.«

Tora sah zu ihrem Großvater auf. »Meg hat sich in der Kirche geschnitten, wo sie uns versteckt haben. Sie haben sie auch mit uns eingesperrt. Großvater, bring sie zu Eli, bitte. Sie muss mit uns mitkommen. Sie hat uns gerettet.«

Connor nickte zu den anderen drei Kindern. »Und die anderen wurden mit dir entführt, Tora?«

»Aye«, antwortete Magni, der in Tränen

ausbrach. »Bitte bring uns zurück nach Mull. Ich will nicht mehr hier sein.«

»Grant«, meinte Lennox. »Wenn wir warten müssen, bis ihr alle übergesetzt seid, wird Meg vielleicht nicht überleben. Ich bitte höflichst darum, vor einigen eurer Männer überzusetzen.«

»Sie kann mit mir auf das erste Boot gehen. Ich kann sie nehmen, sobald wir in der Nähe der Fähre sind.«

»Nein, ich bringe sie nach Mull. Das habe ich ihr versprochen.«

»Ihr kennt sie?«

»Nein, aber ich habe mit ihr gesprochen, sie kennt mich also. Euch allerdings, könnte sie für einen anderen halten, der versucht hat, sie zu entführen.«

Connor zog verwundert eine Augenbraue hoch, doch er widersprach nicht. »Ich werde dafür sorgen, dass ihr alle bei der nächsten Fahrt mitkommt. Wenn wir alle vermissten Kinder beisammen haben, schicke ich die Hälfte meiner Leute in das Gebiet des Grant Clans zurück.«

»Dyna wird Eure Wachen willkommen heißen. Ich habe heute Morgen mit ihr gesprochen, bevor ich Mull verließ. Wir haben Patrouillen über die Insel geschickt, um nach den Kindern zu suchen.«

»Für meine Tochter tue ich alles.« Connor winkte zwei seiner Männer heran. »Bringt die Jungen und das Mädchen zum Boot. Sag Alasdair, er soll Platz für sechs weitere lassen.« Die beiden machten sich auf den Weg zum Boot. Die Menge bildete eine Gasse für die Gruppe, sobald Connor einen Pfiff ausgestoßen hatte.

Die Wachen um sie herum senkten ihre Waffen. Einer übernahm Magni, ein anderer Rowan und Lia. Die Männer winkten Tora auf dem Weg zu, und sie kicherte und winkte zurück. Lennox folgte ihnen und achtete darauf, mit dem riesigen Schlachtross Schritt zu halten, um nicht zurückzubleiben. Als sie die Ladefläche erreichten, ging alles ein bisschen durcheinander.

»Geht Euer Pferd an Bord?«, fragte Grant.

»Ja, wenn Ihr wollt.«

Eine weibliche Stimme quiekte: »Tora? Bist du das?« Eine Frau mit dem weißesten Haar, das Lennox je erblickt hatte, lief auf Tora zu und zog sie in ihre Arme, wobei ihr die Tränen über die Wangen liefen.

»Sei gegrüßt, Großmama. Mir geht es gut, weil Meg uns gerettet hat, und dann ist der Laird gekommen und der hat uns auch gerettet.«

Connor stieg ab und kümmerte sich um sein Tier, während er sich vorbeugte und die Frau und Tora küsste. »Meine Frau, Sela, Chief MacVey.«

»Ich werde sie auf die Fähre bringen, Connor. Hier draußen ist es zu voll«, meinte Sela. »Das gefällt mir nicht.«

»Einen Moment, Sela. Diese beiden Menschen haben die Kinder gerettet, also werden sie mit der ersten Fähre reisen, wie auch die anderen drei Kinder.« Er gab seinen Wachen ein Zeichen, die Kinder herunterzulassen, die dann zu Tora hinübergingen. »Die junge Frau hat Fieber, also müssen wir sie zu Eli bringen. Aber nimm bitte die beiden Jungen und das andere Mädchen mit. Geht ganz nach vorne, während ich MacVey mit der jungen Frau helfe.«

»Vielen Dank, Chief«, richtete Sela das Wort an Lennox. »Mein Mann wird sich für Eure Freundlichkeit revanchieren, wenn wir auf Duart Castle ankommen. Kennt Ihr unsere Tochter, Dyna?«

Lennox übergab Meg an Connor und stieg dann vom Pferd, bevor er sie wieder in seine Arme nahm. »Aye, wir haben eine Patrouille mit den anderen Clans zusammengestellt, um nach den vermissten Kindern zu suchen. Ich begreife nun, warum Dynas Visionen so verwirrend waren. Sie hat das Boot gesehen und den Ort, an dem die Kinder versteckt waren. Das ist eine erstaunliche Fähigkeit Eurer Tochter.«

Sie bewegten sich durch die Menge, und ein weiterer Mann, der fast genauso wie Toras Großvater aussah, näherte sich. »Tora? Bist du das?«

»Ja, Onkel Alasdair. Ich fahre jetzt nach Hause.«

»Wir werden nur vier Leute mitnehmen, da die Kinder gefunden worden sind«, meinte Connor. »Schickt die anderen zurück nach Hause. Wir brechen schnell auf.«

»Ich sage Alick Bescheid und komme nach.«

»Ihre Retterin ist krank, und ich möchte losfahren. Sobald du mit Alick gesprochen hast, hilf Sela bitte, die Kinder sicher auf dem Schiff unterzubringen. Ich kümmere mich um Midnight und MacVeys Pferd.«

Alasdair blickte zu Meg und Lennox hinüber und richtete seine Frage dann an Lennox. »Wisst Ihr, wer sie entführt hat?«

Connor wandte sich zu Lennox um, der den Kopf schüttelte. »Wir wissen nichts. Ich habe die Kinder noch nicht befragt. Sie waren zu aufgeregt. Ich war bestrebt, sie zuerst in Sicherheit zu bringen. Die fünf haben die vergangene Nacht in einer Höhle genächtigt und sind seit drei Tagen unterwegs. Ihre Entführer suchen also sicherlich nach ihnen. Meg war kurz vor dem Zusammenbruch, als ich sie fand. Ich habe getan, was ich für das Beste hielt.«

»Kluger Schachzug«, bekundete Alasdair. »Zuerst die Kinder in Sicherheit zu bringen. Wir werden die Schufte finden.«

»Sie sollten besser anfangen, die Beine in die Hand zu nehmen«, meinte Connor.

Lennox ließ sein Pferd in Connor Grants Obhut und suchte sich einen Platz auf dem Oberdeck, wo er sich dann niederließ und Megs Kopf in seinen Schoß bettete. Er würde sie so gut es ging vor dem Gerüttel auf der Birlinn bewahren. Die Wellen waren nicht schlimm, aber es gab genug Pferde auf dem Unterdeck, um gehörig Bewegung zu erzeugen, wenn sie sich aufregten. Er bemerkte, dass Alasdair einige Männer ausgewählt hatte, die unter Deck gehen sollten, um die Tiere ruhig zu halten. *Eine weise Entscheidung*, dachte er.

Das Schiff war überfüllt, als sie sich schließlich vom Dock entfernten, aber er bemerkte, dass

Magni und Rowan dicht bei Connor blieben, während Tora sich an der Hand ihrer Großmutter festhielt und auf deren Schoß saß.

»Magni, wo ist Lia?«

Magni schaute ihm nicht in die Augen, als er antwortete. »Sie musste irgendwo hin.«

Lennox warf einen Blick zurück auf die verschwindende Uferlinie und suchte nach einem kleinen Mädchen, das umherlief. »Wer hat sie mitgenommen?«

Sela brach in Tränen aus. »Ich war so aufgeregt, dass Tora wieder da war, dass ich Lia nicht beachtet habe. Ich dachte, die Jungs hätten ein Auge auf sie.«

Connor sah verwirrt aus. »Wo ist das andere Mädchen hin, Tora?«, fragte er.

»Lia sagte, sie hätte noch etwas zu erledigen. Gestern Abend hat sie uns gesagt, wir sollen uns keine Sorgen machen.«

Rowan nickte. »Sie hat gesagt, sie würde eine kurze Reise machen und dann wiederkommen. Wir mussten ihr versprechen, zu keinem ein Wort zu sagen, bis sie fort war.«

Lennox wollte nicht losbrüllen, obwohl er eindeutig das Bedürfnis dazu verspürte, doch das war lächerlich. Ein kleines Mädchen wie Lia konnte nicht einfach Pläne machen, und dann auf eigene Faust losziehen.

Tora erhob sich vom Schoß ihrer Großmutter und ging hinüber, um Lennox über die Hand zu streicheln. »Keine Sorgen machen. Sie ist gar kein kleines Mädchen.«

»Was?«, entfuhr es Connor und Lennox unisono.

»Sie ist ein Fee. Sie wird bald zurückkommen.«

# KAPITEL SIEBZEHN

*Lennox*

***

ALS SIE IN Craignure ankamen, ging Lennox sein Pferd holen, und er trug Meg dabei auf seinen Armen, die fest schlief. Er führte das Tier den Hügel hinauf, während er auf Connor und seine Frau mit den Kindern wartete. Es war niemand zu ihrer Begrüßung gekommen, aber es war auch schon fast dunkel, sodass die Patrouillen schon wieder zurück sein mussten. Es würde nicht lange dauern, bis jemand auf seinem und auf Duart Castle ihre Ankunft bemerken würde.

Sela wandte sich an ihn und meinte: »Ihr müsst wissen, dass Eli von den beiden besten Heilern auf dem Festland ausgebildet worden ist. Ich weiß nichts über Eure Heilerin hier, aber bitte bedenkt, dass es vielleicht das Beste wäre, Meg zum Duart Castle zu bringen. Es wäre mir eine Ehre, über sie zu wachen. Sie ist ein Engel, der ausgeschickt worden ist, um diese vier Kinder zu retten.«

»Vielen Dank, ich werde sie zu Eli bringen, wenn sie dafür empfänglich ist. Ich kenne Meg nicht, aber ich habe mit ihr gesprochen, also kennt sie mich genug, um mir zu vertrauen. Es war ein langer Tag. Ich werde sehen, was Dyna über die anderen Patrouillen zu berichten hat, und sie soll Boten zum Rankin Clan schicken.« Er nickte zu Rowan. »Sein Onkel ist der Laird.«

Connor war Lennox behilflich, Meg vor ihm in den Sattel zu setzen. Dann führten sie die erste Gruppe an, die den Hügel hinauf zum Hauptweg ritt, als sich zwei Reiter näherten.

»Pa!« Dyna quiekte vor Aufregung. »Ist das Tora mit Mama? Tora?«

»Mir geht's gut, Mama«, rief Tora.

Um ein Haar wäre Dyna abgestiegen, doch ihr Vater hielt sie zurück. »Tora ist wohlauf, aber ich bitte dich, mit der Begrüßung zu warten, bis wir das Castle erreicht haben. Wir müssen die junge Frau, die sie gerettet hat, zur Heilerin bringen. Sie und MacVey haben die Kinder in Sicherheit gebracht. Ist Eli im Castle?«

»Ja, gewiss. Lennox, ich muss alles hören.« Sie ging voran, und Connor fiel zurück, während Lennox neben Dyna ritt.

»Hast du sie alle gefunden?«, fragte sie.

»Die beiden Jungen kommen mit Alasdair«, erklärte Lennox.

»Und Lia?«

»Wir hatten sie, aber sie verschwand in der Menge. Sie erzählte den anderen drei Kindern eine seltsame Geschichte. Wir werden jemanden schicken, der sie holt. Was ihre Entführung betrifft, so habe ich die Gegend einen halben Tag östlich von Oban abgesucht, als ich glaubte, ich hätte Magni umherlaufen sehen. Dann bin ich ihm gefolgt. Diese junge Frau drohte, mich mit einer Axt niederzustrecken, die sie mir in die Brust schlagen würde, falls ich mich Magni näherte. Sie hatte die Kinder in einer Höhle gut versteckt, aber sie fieberte von einer Wunde. Tora erzählte, Meg hätte sie aus einer Kirche gerettet, wo sie eingesperrt waren. Mehr wissen wir im Augenblick nicht, aber sie ist sehr krank. Wir werden die Kinder fragen, sobald sie drinnen sind und sich beruhigt haben. Sie sind erschöpft, hungrig und unruhig. Tora scheint unversehrt zu sein.«

Dyna blickte zu Meg hinüber. »Wer ist sie?«

»Ich dachte, du kennst sie vielleicht.«

Sie schüttelte den Kopf. »Ich habe sie noch nie gesehen. Du hast sie nicht gefragt?«

»Als ich ihr die Axt abgenommen und die vier Kinder gefunden hatte, fiel sie ohnmächtig vom Felsen und kam erst wieder zu sich, als sie den Namen *Tamsin* hörte. Sie sagte, ihre Schwester heiße Tamsin und sie wolle sie besuchen.«

Als sie die Landzunge erreichten, führte Dyna sie zu den Burgmauern und rief den Wachen zu, dass sie die Tore öffnen und alle hereinlassen sollten. Nachdem sie abgestiegen waren, sagte Dyna zu Derric, als er sich näherte: »Bring sie zu Eli. Ich werde Tora holen. Sie ist bei meiner Mutter.«

Derric sagte: »Du hast sie gefunden? Ist das nicht Magni mit dem Rankin Jungen?«

»Ja, ich erkläre es drinnen.«

Derric führte Lennox mit Meg auf dem Arm

in den Bergfried, als Alaric und Eli die Türen öffneten, um die Ankömmlinge zu begrüßen. Broc folgte ihnen.

»Eli, sie braucht dich«, stellte Derric fest.

»Wer ist sie? Ich habe sie noch nie gesehen. War das Toras Stimme, die ich gerade gehört habe?« fragte Eli und spähte über ihre Köpfe hinweg. »Bitte sag mir, dass du sie bei dir hast, Lennox.«

»Drei der Kinder sind hier bei uns«, gab Lennox zurück. »Lia ist immer noch verschwunden. Das ist die junge Frau, die die Kinder gerettet hat. Sie hat ihnen bei der Flucht aus einem verschlossenen Raum einer Kirche geholfen.«

»Bringt sie gleich hierher. Alaric, warum gehst du nicht mit Broc? Es kommen noch viele Pferde den Berg herauf, die in den Ställen untergebracht werden müssen. Geh zuerst zu Murreal, um ein leichtes Mahl für alle anzuordnen. Dyna wird zu aufgewühlt sein, um klar denken zu können.

Eli führte Lennox in die Heilkammer und zeigte auf ein großes Bett. »Legt sie dorthin. Du kannst mir erzählen, was du weißt, und dann bitte ich dich zu gehen, damit ich sie waschen und aus der schmutzigen Hose befreien kann, die sie da trägt. Fang mit ihrem Namen an.«

Lennox leistete ihrer Aufforderung Folge und als er einen Schemel entdeckte, ließ er sich darauf sinken. Er musste zugeben, dass es ihm nicht gefiel, Meg allein zu lassen. »Sie heißt Meg, das ist alles, was ich weiß. Nach ihrer Flucht aus der Kirche hat sie die Kinder in Sicherheit gebracht und ich glaube, es waren zwei oder drei Tage, bevor ich sie gefunden habe. Sie schliefen in einer Höhle einen halben Tag östlich von Oban. Sie hatte eine Axt und war bereit, mich zu töten, wenn ich näher gekommen wäre.«

Eli sagte: »Eine Axt? Ich bin beeindruckt. Ich werde bei ihr ein paar Stunden nehmen müssen. Sie hat also alle vier gefunden, und sie sind alle hier?«

»Ja. Na ja, beinahe. Lia hat alle ausgetrickst und ist in Oban zurückgeblieben. Bis zu unserer Ankunft bei der Fähre war sie mit mir geritten. Dann war es ihr gelungen, in dem Getümmel von Menschen und Pferden zu entwischen. Den anderen Kindern hat sie gesagt, sie hätte noch etwas zu erledigen.«

»Ein so junges Mädchen?«

»Frag Tora. Sie wird dir Dinge berichten, die ich in Frage stelle.«

»Ich vertraue Dyna, dass sie sich um die Sache kümmert. Sind die drei Kinder deiner Meinung nach alle gesund?«

»Aye. Alle sind fröhlich in Richtung Oban marschiert. Sie waren verängstigt, hungrig, schmutzig, aber darauf bedacht, schnellstens von dort wegzukommen. Und sie vertrauen dem Mädchen vollkommen. Sie machen sich große Sorgen um sie.«

»Ich mache mir keine Sorgen. Wir werden Lia zurückholen. Nun aber wieder zu diesem Mädchen. Warum hat Meg Fieber? Eine Wunde?«

»Die Kinder erzählten, sie hätte sich vor zwei oder drei Tagen beim Gemüseschneiden in der Kirche in die Hand geschnitten. Sie hat durchgehalten, bis Rowan mir in die Arme lief, und dann ist von dem Felsbrocken gefallen, auf dem sie gesessen hat.«

»Eine starke Frau.«

»Aye, eine der stärksten, die ich kenne, und ich fürchte, die Axt hätte in meiner Brust landen können.«

Als es an der Tür klopfte rief Eli: »Herein.«

Lennox´ Mutter trat ein.

»Mutter, wie bist du so schnell hierher gelangt?«

»Mit dem Boot und den Pferden. Wir haben alles erfahren. Rowan geht es gut. Sloan ist auf dem Weg. Komm nach Hause, Lennox. Du sagtest, du wärst nur einen Tag fort, aber jetzt sind es schon einige Tage.«

»Nein, ich werde sie nicht allein lassen.« Er nickte zu Meg, die auf dem Bett lag. »Sieh nur, Mama. Dies ist die Frau, die die Kinder gerettet hat. Ich werde sie an ihren Bestimmungsort begleiten und dir draußen im Korridor alles erklären. Bitte erlaube mir, zuerst mein Gespräch mit Eli zu beenden, bevor ich dir Rede und Antwort stehe.«

Er hätte schwören können, dass seine Mutter lächelte, doch der Ausdruck verflüchtigte sich sogleich wieder. »Ich warte auf dich«, entgegnete sie.

Dann wandte er sich wieder Eli zu, da er nicht bereit war, zu argumentieren, weil er zu erschöpft war. »Sieh dir ihren Finger unter der Schmutzschicht an. Ich konnte die Schwellung an ihrer linken Hand sehen.«

Eli setzte sich neben Meg, hob ihre Hand und bewegte den Finger ein wenig.

Meg richtete sich im Bett auf und drohte: »Rühr die Kinder nicht an, sonst bringe ich dich um.« Sie holte mit der rechten Hand aus und traf Eli an der Wange, wenngleich der Schlag nicht genügend Kraft hatte, um zu schmerzen. »Lass sie in Frieden. Lass mich in Frieden.«

Lennox schob Eli beiseite und schlang seine Arme um Meg, damit sie sich nicht bewegen konnte. »Es geht ihnen gut, Meg.«

Sie starrte ihn an und versuchte, sich aus seiner Umklammerung zu winden. »Ich möchte sie sehen. Ich muss sie nach Hause bringen.«

»Sie sind zu Hause«, erwiderte er mit beruhigender Stimme. »Erinnerst du dich an mich? Ich bin Lennox MacVey. Ich habe dich vor der Höhle getroffen, wo du mit deiner Axt auf meine Brust gezielt und gedroht hast, sie zu werfen, falls ich mich bewege. Du bist in Duart Castle auf der Isle of Mull. Tora ist bei ihrer Mutter, und Rowans Onkel ist auf dem Weg. Magnis Vater wird bald hier sein.«

»Lia? Sie ist fort, nicht wahr? Sie sagte mir, sie würde die anderen in Oban zurücklassen.«

»Wir werden Lia holen. Das ist Eli. Sie ist Heilerin und wird deinen Finger wieder gesund machen. Wenn du gewaschen und umgezogen bist, kommen die Kinder zu dir, aber zuerst werden wir ihnen etwas zu essen geben. Du hast mein Wort, dass die drei in Sicherheit sind, und wir gehen noch einmal zurück, um Lia zu holen.«

Meg ließ den Kopf an seine Schulter sinken und klammerte sich an ihn. »Bitte lass nicht zu, dass ihnen jemand etwas antut, Lennox. Versprich mir, dass du Lia suchen wirst.«

»Wir werden sie suchen. Das verspreche ich.« Er streichelte ihr über den Rücken und schaute zu seiner Mutter hinüber, deren Augen so groß geworden waren, wie er noch nie zuvor erlebt hat.

Meg schloss ihre Augen und sagte: »Rette sie. Die Männer werden wiederkommen und sie holen. Sie haben bereits versucht, uns zu folgen. Grausame Mistkerle.«

Er blickte zu Eli hinüber, die ihm ein Zeichen gab, Meg wieder auf das Bett zurückzulegen. Nachdem er sie wieder losgelassen hatte, meinte Eli: »Ich werde sie waschen und verbinden, dann muss ich ihr den Finger aufschneiden. Dabei könnte ich deine Hilfe gebrauchen, damit sie mir nicht auch noch die andere Wange mit der Faust traktiert. Lass mir ein wenig Zeit, und dann rufe ich dich herein. Rut, könntest du Murreal vielleicht um etwas Gemüsebrühe bitten? Meg braucht ein wenig Nahrung.«

»Gewiss. Ich bringe sie dir gleich wieder herein, Eli. Ich kann ihr beim Essen helfen.«

»Nein, ich werde sie füttern, Mutter. Sie kennt dich nicht.« Lennox wollte nicht mit ihr streiten und ging hinaus.

Er schwor, dass seine Mutter Eli ansah und sagte: »Endlich.«

# KAPITEL ACHTZEHN

*Connor*

———— ∾ ————

CONNOR WAR ES gelungen, Sela und die Kinder nach drinnen zu bringen, und während die beiden Jungen sich an den Fleischpasteten labten, machte er sich wieder auf den Weg, um Alasdair bei der Versorgung der Pferde zu helfen und zu sehen, was sie außerdem noch für die Wachen benötigten. Die Köchin teilte mit, dass sie einen Vorrat an Fleischpasteten und Brotlaiben fast fertig hatte.

Die Männer konnten warten, und das wussten sie auch.

Alasdair kam herbei. »Die Stallgebäude sind wunderschön. Eines aus Holz mit vielen Boxen, aber mit einem kleinen Brandschaden, den wir beheben können, und es gibt ein Steingebäude mit Boxen und vielen Pritschen und Schemeln für unsere Männer.«

»Es ist eine schöne Nacht, um unter den Sternen zu schlafen. Sag ihnen, sie sollen die Pferde versorgen, und wir werden sie in etwa einer Stunde verpflegen.« Connors Blick wanderte zum Eingang des Castles. »Alasdair, ist das Logan?«

Alasdair drehte sich um und fragte: »Tatsächlich? Seit Alarics Hochzeit hat ihn niemand mehr gesehen. Das dachte ich zumindest. Vielleicht wohnt er ja hier?«

Connor schritt auf den Eingang zu und freute sich, seinen alten Freund zu begrüßen. Er kam mit zwei Frauen zu Pferd heran, und er hätte schwören können, dass eine der beiden Logans Frau Gwyneth war, die Frau, die sie wegen einer Infektion in ihrem Bein für tot hielten. Er näherte sich, um einer, ihm unbekannten Frau vom Pferd zu helfen. »Kann ich Euch behilflich sein, Mylady?«

»Ja, das könnt Ihr bestimmt. Ich nehme Eure Hilfe gerne an.«

Connor lächelte und hob sie herunter. »Connor Grant, Dynas Vater, Großvater der drei kleinen Höllenwesen.«

»Es ist mir ein Vergnügen, Euch kennenzulernen, Connor Grant. Ich bin Eva, die Schwester von Lennox MacVey. Ist er hier?«

»Das ist er. Ich habe seine Bekanntschaft gemacht und er ist ein guter Mann. Euer Bruder ist hat maßgeblich dazu beigetragen, dass die Kinder hier sind. Er hat die junge Frau gefunden, die sie heimlich fast nach Oban geführt hatte, und jetzt ist er bei unserer Heilerin. Allerdings nicht etwa weil er verletzt wäre, sondern wegen dieser jungen Frau. Bitte geht hinein und Ihr werdet die Geschichte hören. Ich möchte dieser Frau helfen. Broc?« Er winkte seinen Neffen herbei.

Broc lief hinüber, um zu helfen. Connor sagte: »Bitte geleite Lady MacVey hinein. Ich werde Gwyneth helfen.«

Als die beiden davongegangen waren, grinste Connor. »Zum Teufel noch mal, aber ihr zwei seid ein schöner Anblick, Logan und Gwyneth Ramsay. Was macht ihr denn hier?«

Logan stieg ab und ging zu seiner Frau hinüber. »Ich werde sie herunterholen, Connor. Sie hat jetzt Schwierigkeiten damit.«

Connor wartete, bemerkte aber sofort, dass Gwyneth ihr Bein verloren hatte. »Tut mir leid zu hören, dass du Schwierigkeiten hast, Gwyneth.« Er beugte sich vor und küsste sie auf die Wange. »Um so mehr freut mich aber, dass es dir gut geht. Bist du geheilt?«

»Aye, und meine Nichte arbeitet an einer ausgefuchsten Vorrichtung, die mir beim Laufen helfen soll, damit ich Logan nicht den Rücken breche. Es ist schön, dich zu sehen, Connor. Ich bin froh, dass du hier bist. Es gibt ein paar grausame Menschen auf dieser Insel. Es ist ein schöner Flecken Erde mit einigen großartigen Clans, aber es gibt immer ein paar schwarze Schafe. Bestimmt kannst du dem abhelfen. Dessen bin ich sicher.«

»Es gibt überall boshafte Menschen, Gwyneth, aber das weißt du ja. Ich bin froh, hier zu sein, um meine Tochter und meine Familie zu sehen. Sie sind alle drinnen. Wohnt ihr hier?«

»Wir waren eine Zeit lang beim MacVey Clan«, antwortete Logan. »Jetzt ziehen wir aber hierher. Ich werde Alaric Bescheid sagen und dann zurückkommen, sobald ich ein Ale gefunden habe, Grant. Wir müssen uns unterhalten.«

Connor nickte. »Ich warte auf dich.«

»Schau dich um und versuche, einen privaten Ort für unser Gespräch zu finden.«

»Ich werde einen finden. Ich glaube, dort drüben auf der anderen Seite des Hofes eine Bank zu erkennen.« Er deutete auf eine Stelle, die im Dunkeln lag, aber noch innerhalb der Ringmauer. »Bring mir auch ein Ale mit, wenn du so nett bist, Logan. Ich bin in einer kurzen Weile bei dir.«

Connor hatte nicht erwartet, Logan hier anzutreffen, und es war eine große Überraschung. Er vertraute auf Logans Urteilsvermögen und darauf, dass er die Lage auf der Insel einschätzen konnte. Er würde ihn über alles informieren, was er wissen musste. Logan hatte mehr Erfahrung als Derric und Dyna, und da Maitland auf dem Festland war, waren die beiden sicher damit beschäftigt, die Gegend auszukundschaften.

Wenige Augenblicke später fand Connor die Bank und ließ sich darauf nieder. Er genoss die Nachtluft und betrachtete das neue Castle, in dem seine Enkelkinder aufwachsen würden. Der Geruch der salzigen Luft war einzigartig für ihn, und er empfand ihn als angenehm. Er konnte es kaum erwarten, am nächsten Morgen die Gegend zu erkunden. Nach einer erholsamen Nachtruhe.

Zuerst einmal musste er allerdings eine Möglichkeit finden, sich alle Sorgen von der Seele zu reden. Er musste sich entspannen und das Beisammensein mit seiner Familie, seiner

Freunden, seinem Clan und ihren zahlreichen Verbündeten genießen. Tora war daheim bei ihrer Mutter. Das war das Schönste, was dieser Tag bereitgehalten hatte.

Prompt kam Logan mit zwei Bechern zurück. »Frisch eingeschenkt, und nur für uns, hat mir die Dienstmagd verraten. Mir schmeckt es gut.«

Connor trank einen Schluck und lächelte. »Das ist genau, was ich brauchte. Die Fleischpastete kann warten. Nun würde ich mir aber gerne deine Meinung über die Insel anhören. Mit Maitland habe ich bereits ausgiebig gesprochen, und bislang scheint er zufrieden zu sein. Er hat keine echten Bedrohungen ausmachen können. Deine Bedenken lassen allerdings anderes vermuten.«

»Es ist eine Angelegenheit, von der ich weiß. Ich werde dir berichten, was ich erfahren habe.« Logan setzte sich neben Connor auf die Bank, doch es blieb ihm kaum Zeit, seine Gedanken zu ordnen, als ein junger Bursche aus dem Bergfried direkt auf ihn zustürmte. »Chief Ramsay, Ihr müsst etwas unternehmen. Bitte helft ihr.«

«Du kennst diesen Jungen? War er einer, der gefangen genommen wurde?« Connor schaute fragend zu Logan.

»So ist es. Magni, beruhige dich und sag mir, warum du so außer dir bist. Er rückte auf der Bank bis ganz zum Rand und ließ einen Platz für den Jungen zwischen sich und Logan frei. »Setz dich hierhin. Hier hast du die beiden stärksten Männer, die dich beschützen.«

»Du musst zurückkehren und Lia holen. Bitte.«

»Warum ist sie nicht mit euch gekommen? Mir ist gesagt worden, dass alle Kinder gefunden worden sind.« Zur Bestätigung schaute Logan noch einmal zu Connor hinüber.

»Alle Kinder sind von Meg und Lennox gefunden worden. Lia ist nicht mit dem Schiff zurückgekehrt. Sie ist in Oban geblieben.«

»Rowan und Tora kamen mit zurück, aber Lia nicht«, fügte Magni hinzu. Sie hat uns allen das Versprechen abgenommen, kein Wort zu verraten. Also konnten wir nichts machen. Sie sagte, sie müsse noch eine Angelegenheit erledigen.«

Connor konnte erkennen, wie aufgeregt Magni war. Da er aber weder Lia noch den Jungen kannte, musste er Logan die Situation überlassen.

»Magni, warum erzählst du mir das, wenn du ihr versprechen musstest, ihr Geheimnis zu wahren?«

»Weil sie gesagt hat, dass wir es weder Meg noch dem Chief sagen dürfen, aber sie hat nicht gesagt, dass es wir es nicht einem anderen verraten dürfen. Und außerdem wisst Ihr ja bereits, dass sie eigentlich gar nicht meine Schwester ist.« Er beugte sich vor und flüsterte: »Ihr habt die Wahrheit schon erraten, Chief Ramsay. Alle denken, sie ist meine Schwester, weil sie mir gesagt hat, ich soll das sagen, und dann musste ich ihr versprechen, keinem zu verraten, wo ich sie gefunden habe. Dann hat sie gesagt, ich soll allen sagen, dass wir Bruder und Schwester sind. Sie hat aber nicht gesagt, dass ich Euch nicht die Wahrheit sagen darf, aber das wusstet Ihr ja schon, also…«

Logan hielt seine Handflächen hoch und meinte: »Magni, hol tief Luft. Beruhige dich. Siehst du diesen Mann hinter dir?«

»Aye. Toras Großvater.«

»Aye, er ist der Laird des Grant Clans und sie haben fast tausend Wachen, die ihn unterstützen. Diese Männer werden alles tun, was er ihnen befiehlt. Wir werden Lia finden. Das verspreche ich dir.«

Connor legte dem Jungen die Hand auf die Schulter. »Als einer der besten Schwertkämpfer dieses Landes, gelobe ich dir, dass wir gemeinsam mit meinem Neffen die boshaften Kerle finden werden, die es gewagt haben, meine Enkelin und dich anzurühren. Wir finden die Schufte, und dann werden sie für ihr Verbrechen bezahlen.«

»Mein Dank an Euch. Aber ich kenne Euch nicht.«

»Hör zu, Magni. Wir haben viele Ressourcen, die uns helfen können, aber du musst mir alles sagen, was du weißt«, verlangte Logan. »Fang ganz am Anfang an. Wo hat Lia dich gefunden? Und wo sind deine Eltern?«

Magni stieß einen tiefen Seufzer aus, doch dann entspannten sich seine Schultern und verrieten Connor, dass er ein bisschen ruhiger geworden war. »Lass dir Zeit, Junge. Logan wartet, bis du so weit bist.«

»Meine Eltern wurden getötet, und ich wurde geraubt. Die bösen Menschen brachten mich nach Ulva, aber ich konnte entwischen.«

»Gut gemacht, Junge«, lobte Logan.

»Also habe ich mich im Wald auf Mull versteckt

und eines Nachts habe ich geweint und da kam sie zu mir.«

»Sie?«

»Lia. Sie hatte sich unter einem Blatt versteckt.«

»Einem Blatt.« Logan nickte zwar, warf Connor aber einen seiner zweifelnden Blicke zu. Connor forderte den Jungen mit einer Handbewegung auf, weiterzureden.

»Als ich sie das erste Mal sah. Weißt du, Lia ist eine Waldfee. Und sie kann erscheinen, wie es ihr beliebt. Sie hat sich größer gemacht, aber nicht ganz so groß wie ich.«

»Warum ist Lia hier? Feen haben normalerweise besondere Kräfte, besondere Missionen.«

»Die hat sie auch. Das hat sie mir in der Höhle erzählt, nachdem Meg uns gerettet hatte. Sie sagte, sie müsse sich um eine Angelegenheit kümmern, die sie in Ordnung bringen wollte, doch dann versprach sie, dass sie wiederkommen würde. Sie kann diese Dinge nicht selbst ändern, hat sie mir erklärt, sondern sie müsse die Menschen dazu bringen, etwas zu unternehmen. Was das zu bedeuten hat, verstehe ich nicht so recht, aber sie behauptete, das die Menschen sie brauchten. Ich habe sie angefleht, nicht zu gehen. Sie hat mir versprochen, dass sie mich nicht verlässt, bis wir sicher beim Schiff wären. Und als Lennox kam, sagte sie, er würde uns alle retten, uns alle fünf. Also ging sie mit uns zu den Docks, aber dann sagte sie, sie müsse eine Weile fort. Und dann ...« Magni blickte erst zu Logan auf und dann zu Connor.

»Rede weiter, Magni. Erzähl Logan alles.«

Dem Jungen liefen die Tränen über die Wangen. »Aber Ihr werdet mir nie glauben«, jammerte er dann.

»Das werden wir. Berichte uns alles, was du beobachtet hast und was sie gesagt hat. Lass dir Zeit.« Logan legte Magni tröstend die Hand auf die Schulter, der daraufhin nickte und sich dann die Tränen abwischte.

»Sie hat sich in eine Frau mit Kopftuch verwandelt und dann hat sie gesagt: ›Darauf habe ich schon lange gewartet. Jetzt muss ich gehen, Magni.‹ Dann küsste sie mich auf die Wange und versprach: ›Ich komme wieder‹.«

Wie gebannt hatte er den Blick nun ins Leere gerichtet. Dann stahl sich aber ein breites Grinsen auf sein Gesicht. »Sie sagte mir noch, sie würde für immer meine Schwester sein. Und ich habe ihr das Versprechen auch gegeben, weil ich niemanden mehr habe. Nur Thane.«

Logan räusperte sich und lenkte den Blick zu den Sternen hinauf. »Junge, ich werde hier einen Enkelsohn brauchen. Connor hat eine Tochter, einen Enkel und eine Enkelin. Und ich habe eine Enkelin.«

»Wer ist das?«

»Eli ist meine Enkelin, aber sie verbringt ihre ganze Zeit mit Alaric, ihrem neuen Mann. Ich habe Enkel, die weit weg sind, und ich vermisse sie. Ich würde gerne einen Enkel hier adoptieren.«

Magni sah zu Logan auf, und die Hoffnung, die in seinen Augen zu erkennen war, hätte Connor fast dazu gebracht, den Blick abzuwenden, doch stattdessen zeigte er ein breites Grinsen auf dem Gesicht. Logan konnte besser mit Kindern umgehen wie niemand sonst, den er kannte.

»Ich? Du würdest mich aussuchen?«

Logan zuckte mit den Schultern. »Nur wenn du mein Enkel sein willst und wenn Thane einverstanden ist.«

»Aye. Das würde ich gern. Und Thane wird bestimmt ja sagen. Ich habe ihm erzählt, dass ich nie einen Großvater oder eine Großmutter hatte.« Dann hielt er inne und blickte ein wenig finster drein, bevor er den Kopf wieder hob. »Aber nur, wenn du versprichst, zuerst Lia zu finden.«

Connor lachte und klopfte Magni auf die Schulter. »Ramsay, er muss von dir stammen. Er ist ja bereits ein Schlitzohr.«

»Ich bin ein Schlitzohr ... was ist das?«

»Unwichtig. Ich bin mit deinen Bedingungen einverstanden.«

»Und wie finden wir Lia?«

»Hat sie dir gesagt, wohin sie wollte?«

»Nein, aber sie hat es Meg verraten! Das hat sie. Ich habe sie gehört.«

»Was hat sie gesagt?«

Er zuckte mit den Schultern und schmollte. »Ich weiß es nicht. Ich habe noch nie von diesem Ort gehört, aber Meg weiß es.«

»Dann werden wir mit der Suche nach Lia wohl bis morgen warten. Bis dahin sollte es Meg besser gehen.«

»Aber was ist, wenn wir sie nicht finden?«

»Junge, wenn alles, was du mir über Lia erzählt hast, wahr ist, wenn sie wirklich eine Fee ist, und ich glaube dir, dann werden wir Lia erst dann finden, wenn sie gefunden werden will. Aber wenn wir sie nicht finden, bin ich mir einer Sache sicher«, meinte Logan.

»Welcher Sache?«

»Sie wird zu dir zurückkommen.«

Magni stürzte sich auf Logan und schlang seine Arme um ihn.

Logan blickte zu Connor hinüber.

Connor nickte und schloss einen stillschweigenden Pakt: Sie würden die Männer verfolgen, die es gewagt hatten, die Eltern dieses Jungen zu töten und ihn zu entführen.

»Magni, ich glaube, das Brot sollte jetzt fertig sein. Geh nachsehen. Du hast bestimmt noch Hunger.«

»Den habe ich!«

Logan gab ihm einen kleinen Schubs in Richtung des Bergfrieds, wobei der Junge so schnell rannte, dass Connor nur noch den Kopf schüttelte.

Die beiden Männer erhoben sich gleichzeitig und richteten den Blick auf den Bergfried.

»Glaubst du ihm?«, fragte Connor.

Logan fuhr sich mit einer Hand durch sein langes, ergrautes Haar. »Seltsamerweise ja. Gwynie wird ihm auch glauben. Mich interessiert, was Meg zu erzählen hat. Ich werde Eli und Lennox die Anweisung geben, dass sie mich wecken, wenn sie zu sich kommt.« Er verschränkte die Arme vor der Brust und fragte: »Glaubst du, dass er die Wahrheit sagt, Grant?«

»Ja, obwohl ich keinen triftigen Grund habe, an eine Fee zu glauben. Meine Tochter ist eine

Seherin, und ich glaube, meine Enkelin hat diese Gabe ebenfalls. Und manchmal wundere ich mich über Astra. Sie ist anders, aber Sela und ich haben noch nicht ganz herausgefunden, in welcher Weise.«

»Ich werde dich um einen Gefallen bitten.«

»Frag und ich erfülle ihn.«

»Ich kann mein Schwert nicht mehr so gut führen wie früher. Manchmal lassen mich einfach meine Schultern im Stich. Wenn wir die Schufte finden, die seine Eltern getötet haben, erweist du mir dann die Ehre?«

»Ich werde sogar etwas Besseres machen. Ich werde das Schwert halten, und du kannst es ihm ins Herz stoßen.«

Connor legte Logan eine Hand auf die Schulter und die beiden machten sich auf den Weg nach drinnen. »Ich bin froh, dass du noch hier bist. Du hast uns viele Sorgen gemacht.«

Logan lachte und sagte: »Sag allen beim Grant Clan, dass wir zu Besuch kommen werden, sobald wir diese Sache hinter uns haben. Vorher haben wir allerdings noch etwas zu erledigen. Ich habe Brenna aufgetragen, allen vom Ramsay Clan das Gleiche zu sagen.« Er blieb vor der Tür zur Halle stehen und blickte zur Brüstung hinauf. »Du vermisst deinen Vater, Grant.«

»Jeden Tag.«

»Brichst du morgen mit mir auf, Grant?«

»Beim ersten Licht.«

# KAPITEL NEUNZEHN

*Meg*

ALS MEG ERWACHTE, war sie verwirrt und verspürte Schmerzen, doch rasch erinnerte sie sich an die Geschehnisse. Bei näherem Umsehen erkannte sie, dass sie sich tatsächlich in der Kammer der Heilerin befand, und zwar laut der Aussage der Heilerin seit gestern Abend in einem Castle auf der Isle of Mull. Eli. So hatte es geheißen.

Sie erinnerte sich an Elis sorgfältige Behandlung, als diese die Wunde an ihrem Finger aufstach, um die widerwärtige grüne Flüssigkeit ablaufen zu lassen, und anschließend mit Wasser spülte, ehe sie das Ganze mit einer Salbe bedeckte. Zusätzlich hatte Eli ihr einen Trank eingeflößt, der gegen das Fieber helfen sollte, und auch gegen die Schmerzen.

Mehr als an Eli erinnerte sie sich allerdings an Lennox.

Lennox hatte sie festgehalten, als Eli ihre schmerzhafte Wunde aufschnitt. Sie hatte, mit dem Rücken an ihn gelehnt, auf seinem Schoß gesessen und ihren Kopf an seine Brust gelegt.

Ihren Tränen hatte sie freien Lauf gelassen, während Eli die schmerzhafte Prozedur durchgeführt hatte. Es war schlimmer gewesen als ein Bienenschwarm, der einen attackierte, wenn man versuchte, ihren Honig zu ernten, hatte ihre Mutter immer gesagt.

Lennox hatte sie behutsam, aber dennoch fest in seinen Armen gehalten, und seine Hände waren sanfter als bei allen anderen Männern. Die Haut war rau, aber sein Griff war sanft. Seine Brust hatte sich angefühlt, als lehnte sie an einer Mauer, aber die Wärme seiner Arme, die sie umfing, hatte in ihr den Wunsch geweckt, nie wieder fortzugehen. Ihr kam in Gedanken die Frage in den Sinn, wie lange es her war, von einer Umarmung gewärmt worden zu sein.

»Du bist wach?«

Sie hatte geglaubt, sie sei allein, und so suchte sie in der Dunkelheit nach dem Ursprung der Stimme.

»Lennox? Du bist noch hier?« Sie suche den von einer kleinen Kerze beleuchteten Bereich neben der Tür ab. Es musste mitten in der Nacht sein.

»Natürlich. Wie geht es deinem Finger?«

Sie hob ihn hoch und inspizierte den Verband, den Eli ihr angelegt hatte. Dann bewegte sie ihren Finger vorsichtig. »Es ist schon viel besser. Auch das Fieber ist meines Erachtens abgeklungen.«

»Du siehst immer noch ein bisschen erhitzt aus, aber nicht mehr so schlimm wie zuvor.«

»Und ich bin hungrig. Ist das nicht ein gutes Zeichen?«

»Aye. Ich werde eine kleine Mahlzeit für dich besorgen, wenn du möchtest. Im Castle war heute Abend jede Menge los, also gibt es noch Brot und Ale, wenn die meisten auch schon schlafen gegangen sind. Vielleicht auch etwas Wein. Hast du einen besonderen Wunsch?«

»Nein, kein Ale oder Wein. Die Brühe war gut. Sie hat meiner Kehle gutgetan. Wir hatten alle nicht viel getrunken, während wir uns versteckt hielten.« Dann blickte sie zu ihm auf. Die Bartstoppeln, die sein Gesicht zierten, waren inzwischen so dunkel wie der sternenlose Himmel, und das wirkte seltsam anziehend auf sie.

Lennox war ein gut aussehender Mann.

Sie besann sich. »Lennox, wo sind meine Sachen?« Sie sah sich hektisch auf dem Bett um und hatte schon die Beine ausgestreckt, um aufzustehen, doch er hielt sie auf.

»Mädchen, du hast nichts im Magen. Ich will nicht, dass du zusammensackst. Was genau suchst du? Du hast deine Axt mitgenommen. Ich habe die Tasche gesehen.«

»Mein Armband. Das, das mir meine Schwester geschenkt hat. Bitte ...« Sie kämpfte mit den Tränen und versuchte, sich aus seinem Griff loszumachen. »Ich muss es finden. Tamsin sagte...«

»Ich werde nachsehen. War es in deiner Tasche?« Lennox ging zu einer Truhe hinüber, in der ihre Tasche mit der Axt lag. »Ist es in diesem Beutel?«

»Nein, ich hatte das Armband in einer kleinen Tasche an meinem Gürtel befestigt. Es ist blau.«

Lennox suchte die Umgebung ab und zog dann

etwas aus der größeren Tasche. »War es in dieser hier?«, fragte er und brachte es ihr.

»Ja«, bestätigte sie erfreut, nahm ihm den Beutel ab und öffnete die Verschlüsse. Sie griff hinein und befingerte das weiche Garn, um dann einen tiefen Seufzer der Erleichterung auszustoßen. »Hier ist es. Ich habe es gefunden. Ich danke dir so sehr.«

»Soll ich das Armband wieder zurücklegen?«, fragte Lennox.

»Nein«, entgegnete sie eine Spur zu scharf und behielt es in ihrem Schoß.

»Warum trägst du es nicht? Dem Armband wird hier nichts passieren. Ich helfe dir, es umzubinden. Woraus ist es gefertigt?«

»Ich kann das Armband nicht tragen. Ich habe meiner Schwester versprochen, es nur zu tragen, wenn sie das ihre trägt. Aber ich werde es in meiner Nähe behalten.« Sie tat es in die kleine Tasche zurück und zog die Bänder zu, ehe sie dann wieder zu ihm aufblickte und sich plötzlich in dem Blau seiner Augen verlor. Hatte sie jemals zuvor so blaue Augen gesehen? Das Kerzenlicht verlieh ihnen einen seltsamen Glanz.

»Sieh mal, Meg. Ich bin nicht sicher, wie gut du dich erinnerst, aber dank dir sind wir mit Magni, Tora und Rowan nach Hause zurückgehrt. Lia wird noch vermisst. Alle sind dir so dankbar für das, was du für die Kinder getan hast, doch sie wünschen sich auch Antworten.«

»Alle sollten auch dir dankbar sein für das, was du getan hast, Lennox. Du hast uns allen geholfen, Oban zu erreichen. Allein wäre ich nicht mehr weit gekommen.« Das meinte sie ernst. Da sie nun wieder klarer denken konnte, erinnerte sie sich, wie schlecht es ihr gegangen war und wie ihr Verstand immer mehr verschwommen war. Hätte sie bis nach Oban gelangen können? Wahrscheinlich nicht ohne etwas zu essen und Wasser. Dieser Mann war ihr Held.

»Ich denke, du hättest es geschafft, wenn du gemusst hättest. Du hast uns allen deine Stärke unter Beweis gestellt. Aber wir haben noch eine ganze Menge Fragen, und wir bitten dich in dieser Sache um deine Hilfe. Wir müssen herausfinden, wer die Kinder geraubt hat, und aus welchem Grund.

»Das weiß ich nicht.« Meg konnte nicht genau sagen, was im Einzelnen passiert war, und so versuchte sie, die Einzelteile in ihrem Kopf zusammenzufügen. *Vierunddreißig, fünfunddreißig, sechsunddreißig, siebenunddreißig...* Sie ließ ihre Finger beim Zählen knacken, denn sie musste sich an etwas Bestimmtes erinnern.

Lennox stand auf und setzte sich neben ihr aufs Bett, um ihre unverletzte Hand in die seine zu nehmen. Er umschloss sie, bis seine Wärme in ihre Haut eindrang. Dieser Mann bewirkte etwas in ihr, das ihr unbekannt war. Es war verwirrend, aber angenehm.

Aus der Nähe betrachtet wurde sie von seinen Augen noch mehr in Bann gezogen, denn sie waren von einem ungewöhnlichen Blau. Sein Haar war fast schwarz und kräuselte sich leicht im Nacken, und seine gesamte Ausstrahlung war derart anziehend, dass sie seinen Worten nur mit

Mühe folgen konnte. War sie einem Mann je zuvor so nahe gewesen? Von ihrem Vater einmal abgesehen?

Der widerliche Baron zählte nicht. Sie hatte sich nur gewünscht, ihn weit von sich zu schieben.

Lennox rieb ihr mit seinem Daumen über den Handrücken. »Hör zu. Vielleicht erinnerst du dich an mehr, als du denkst, wenn wir darüber reden. Es wurde auch vorgeschlagen, dass es besser wäre, mit dir zu sprechen, solange die Kinder nicht dabei sind, um deine Antworten zu hören.«

»Aber die Kinder könnten einige Informationen von großer Bedeutung hinzufügen, die mir nicht bekannt sind, denn sie waren ja von Anfang an dabei.«

»Das waren sie, aber jetzt sind sie im Bett. Es ist schon spät. Toras Eltern und Großeltern sind hier und möchten dir Fragen stellen, und Rowans Onkel ist auch hier. Ich begleite dich, wenn du bereit bist. Ich setze mich beim Kamin zu dir, um dich zu wärmen, und ich verspreche dir, dich zu unterstützen, wo immer ich kann, aber wir können nicht riskieren, dass diese Männer wegen der Kinder ein weiteres Mal herkommen. Denn das halten wir durchaus für eine Möglichkeit.«

Das hatte auch sie befürchtet und aus diesem Grund hatte sie die Kinder bei Lennox´ Ankunft in der Höhle warten lassen. Sicher befürchteten alle genau diese Situation. »Ja, das ist gewiss möglich. « Sie ließ sich seine Bemerkung durch den Kopf gehen nach und antwortete: »Ich werde die Fragen beantworten, wenn ich kann. Ich werde alles tun, was uns hilft, die kleine Lia zu finden. Vielleicht können die anderen mir helfen, meine Schwester ausfindig zu machen.«

»Ich denke, dass sie dir bestimmt dabei helfen können.«

»Aber zuerst müssen wir den Kindern helfen.«

»Aye«, entgegnete er mit einem Lächeln, das ihn noch anziehender machte. Er stand auf und streckte ihr die Hand hin. Ich helfe dir beim Aufstehen, mal sehen, wie du dich fühlst. Ich kann Eli reinschicken, wenn du sie brauchst.«

»In Ordnung. Ich werde es versuchen.« Meg schob ihre Beine auf die Seite des Bettes. »Ich würde mir gerne das Gesicht waschen und den Mund ausspülen. Gibt es hier Wasser?«

»Ich hole dir eine Schüssel.«

Sie stand auf und freute sich, dass ihre Kräfte tatsächlich zurückkehrten. »Ich werde dir folgen. Mal sehen, wie gut ich mich mache.«

Lennox entdeckte einen Wasserkrug, und füllte eine Schüssel, die er auf einen Tisch mitten in der Kammer stellte. Dann suchte er zwei Leinentücher und ein Stück Seife. »Ich würde den Verband nicht befeuchten, Mädchen, bis Eli ihn abnimmt. Ich bin sicher, sie wird ihn morgen früh inspizieren.«

»Ich danke dir sehr.« Meg wusste nicht genau, wie sie mit einem Mann wie Lennox sprechen sollte. Noch nie war sie einem Laird begegnet, schon gar nicht einem, der ihr Herz höherschlagen ließ und bei dem ihr von einer einzigen seiner Berührungen bis in die Zehenspitzen warm wurde. Er war hochgewachsen und breitschultrig, während sein Körperbau von vielen Stunden

Arbeit mit dem Schwert zeugte, wenn sie raten sollte. Der Mann bestand ganz und gar aus Muskeln und hatte kein dickes Bäuchlein, wie sie es bei dem Baron gesehen hatte.

»Ich werde Eli für dich finden.«

»Lennox, warte bitte«, stotterte sie, als er näher kam. *Sechzehn, siebzehn, achtzehn…*

»Aye?«

»Ich möchte dir für deine Hilfe danken. Wir hatten schon keine Hoffnung mehr, als du uns gefunden hast, und … es tut mir leid, dass ich fast meine Axt nach dir geworfen hätte. Ich war zu der Zeit etwas verwirrt, aber ohne deine Hilfe … und danach erinnere ich mich nicht mehr an viel. Ich weiß nicht einmal mehr genau, wie ich überhaupt hierhergekommen bin, aber … ich danke dir.«

»Es war mir ein Vergnügen, dich zu finden und dir bei deiner Rückkehr auf die Insel zu helfen. Denk nicht länger daran. Wir alle stehen in deiner Schuld, weil du den Kindern geholfen hast … Ohne deine Hilfe hätten wir sie vielleicht nie gefunden. Wir müssen jetzt in die Zukunft schauen.«

Dann lächelte er und seine Zähne waren so weiß, dass sie die dunkle Kammer heller wirken ließen. Und sie konnte ihn nur noch anschauen. Doch mit seiner nächsten Tat überraschte er sie sogar noch mehr.

Er beugte sich vor, küsste sie auf die Wange und flüsterte: »Ich danke dir für mehr, als du ahnen kannst. Das mit der Axt sei dir verziehen. Ich würde mich freuen, wenn du mir eines Tages zeigen würdest, wie du sie einsetzt.« Mit einem Lächeln öffnete er die Tür. »Ich komme wieder, wenn Eli bei dir war. Wir versammeln uns dann am Kamin, damit du dich aufwärmen kannst.«

Er ging, und wenige Augenblicke später kam Eli mit einem Umhang für sie herein. »Lennox sagte, er hätte dich gefragt, ob du mit uns sprechen würdest. Fühlst du dich dazu in der Lage? Wir alle würden es begrüßen, wenn du dich jetzt dazu bereit erklären würdest. Wir wollen keine Möglichkeit versäumen, diese boshaften Kretins aufzuspüren, die es gewagt haben, die Kinder zu entführen.« Ihre Worte kamen ihr so schnell über die Lippen, dass Meg eine Ahnung davon bekam, wie zornig die Eltern der Kinder waren.

»Wenn du mir helfen könntest, mich zu waschen und mir dann noch einen Becher von der Brühe besorgen könntest, stünde ich in deiner Schuld, Eli. Vielen Dank, für deine Hilfe bei meiner Wunde. Dann beantworte ich dir gerne alle deine Fragen.«

Eli half ihr beim Waschen und anschließend beim Ankleiden des Nachthemdes, über das sie einen Umhang legte. Sie waren fast fertig, als es an der Tür klopfte.

»Wir sind gleich da, Lennox.«

Eli versuchte, Megs Haar ein wenig zu ordnen und ihr die Strähnen aus dem Gesicht zu schieben, aber Meg sagte: »Das macht mir nichts aus. Sie stören mich nicht.«

»Und du bist mit oder ohne die wilden Locken in deinem Gesicht wunderschön.«

Meg errötete, denn sie war es nicht gewohnt,

Komplimente zu bekommen. »Ich bin bereit.«
Noch nie in ihrem gesamten Leben hatte sie sich
für schön gehalten.

Eli öffnete die Tür, und Lennox stand draußen.
Er reichte ihr den Arm, um sie zu stützen.
»Wir sind bereit für dich, Meg. Ich werde dich
vorstellen, sobald du dich bequem hingesetzt
hast. Wir werden uns in den großen Sessel vor
dem Kamin setzen. Ich trage Sorge dafür, dass du
es warm haben wirst.«

Meg hatte keine Vorstellung, was genau sie
erwartete. Abgesehen von ihren Besuchen in
der Kirche hatte sie noch nie mit Erwachsenen
zu tun gehabt, und das würde folglich eine
ungewöhnliche Erfahrung für sie werden. *Elf,
zwölf, dreizehn…*

Lennox führte sie zu einer kleinen Gruppe,
die sich bei der Feuerstelle versammelt hatte. Es
waren mehrere Männer und Frauen, während ein
grauhaariger Mann auf und ab ging. Sie nickte in
die Runde, woraufhin die Männer aufsprangen,
während Lennox sie auf einen Sessel setzte, der
breit genug für zwei Personen war, und ihr ein
Fell für ihren Schoß gab.

»Erlaubt mir, euch vorzustellen, und dann bitten
wir Meg, uns die Geschichte so zu erzählen, wie
sie sie in Erinnerung hat. Sobald sie geendet
hat, könnt ihr eure Fragen stellen. Meg, wenn
du irgendwann zu müde wirst, dann sagst du
es, und ich werde dich dann in die Heilkammer
zurückbringen. Die Fragen haben dann ein
Ende.«

Sie nickte und musste schlucken, als sie die

Anwesenheit der Männer und Frauen um sie herum wahrnahm. *Sieben, acht, neun, zehn...* Sie presste die Handflächen aneinander, um die Zahlen nicht mit den Fingern einzeln abzuhaken.

Eli reichte ihr einen Becher und stellte einen kleinen Tisch neben sie, um ihn darauf abzustellen. Meg nippte dankbar an der warmen Brühe, ehe sie den Becher auf das Tischchen stellte.

Lennox wies auf einen Mann. »Grant?« Zwei Männer und eine Frau traten vor, während ein weiterer Mann einer weißhaarigen Frau den Arm um die Taille legte.

Sie glaubte, es könnte sich um Toras Mutter und ihren Vater handelte.

»Meg, das sind Toras Eltern und Großeltern. Connor Grant, der ehemalige Laird des Grant Clans, mit seiner Frau Sela. Sein Neffe Alasdair Grant, der jetzt Laird des Clans ist. Dyna Grant, Connors Tochter, und ihr Mann, Derric.«

Meg nickte allen zu, und Connor richtete ein paar kurze Worte an sie. »Wir stehen in deiner Schuld, junge Frau. Sag uns, wie wir diese Schuld begleichen können, und ich werde Sorge dafür tragen.«

Meg nickte und wartete, während Lennox die nächste Person vorstellte. »Meine Mutter, Rut MacVey.«

»Es ist mir ein Vergnügen, dich kennenzulernen, Meg. Möge der Herr weiterhin mit seiner Gnade über dich walten.«

Lennox´ Mutter hatte die Aura einer Königin, die Hof hielt, und das Kleid, das sie trug, war mit nichts zu vergleichen, was Meg je zuvor erblickt hatte. Megs eigene Mutter hatte oft von der Schönheit des königlichen Hofes gesprochen, obwohl Meg ihn nie mit eigenen Augen gesehen hatte.

Lennox wies auf einen anderen Mann, der etwas zu nahe an sie herantrat, aber sie konnte nirgendwohin ausweichen, also hielt sie still. »Das ist Rowans Onkel Sloan, der Laird des Rankin Clans.«

Auch er war ein gutaussehender Mann. Er ergriff ihre Hand, doch so schnell wie er sie in seine genommen hatte, wehrte Lennox ihn auch schon ab. »Rühr sie nicht an.«

Sloan wandte sich an Lennox und bemerkte: »Ich wollte ihr zum Dank die Hand küssen. Die junge Frau ist unverheiratet, nicht wahr?«

Lennox sah ihn aus schmalen Augen an. »Sie ist verwundet. Du wirst sie nicht anfassen«, entgegnete er dann.

Die beiden Männer standen sich einige Augenblicke lang gegenüber, was Meg jedoch nicht verstand. Aber sie nahm einige andere Bewegungen wahr, während sich die beiden mit Blicken maßen.

Rut verdeckte mit einer Hand ein breites Lächeln, Dyna lächelte offen und ebenso breit, und Alasdair kam herüber und legte Sloan eine Hand auf die Schulter. »Später. Wir haben Wichtigeres zu tun.«

Sloan trat einen Schritt zurück und verbeugte sich leicht. »Ich stehe auch in deiner Schuld, Meg.«

Der Mann mit dem grauen Haar hielt inne und

sagte: »Fangen wir an, MacVey. Die Zeit drängt.«

»Und wer seid Ihr, Mylord? Ich habe Euren Namen nicht gehört.« Meg wartete und war überrascht, als der Mann abwinkte und ihre Frage abwies.

»Du wirst noch früh genug erfahren, wer ich bin.« Dann wandte er sich wieder von ihr ab.

Meg stand auf und sagte: »Entschuldigt mich.«

# KAPITEL ZWANZIG

*Meg*

***

DER GRAUHAARIGE MANN drehte sich mit schockierter Miene zu ihr um, doch Meg hatte wirklich genug von Männern und ihren Unhöflichkeiten ihr gegenüber.

»Hast du mit mir gesprochen, Meg?« Nun zeigte das Gesicht des Mannes ein Grinsen, das ihr überhaupt nicht gefiel. Wer war er bloß und in welcher Beziehung stand er zu den Kindern?

Sie blieb stur, und Lennox stellte sich sofort neben sie, was sie ihm nicht so schnell vergessen würde. Seine Unterstützung bedeutete ihr alles.

»Das habe ich, Mylord. Ich bin die meiste Zeit meines Lebens von meinem Vater herumkommandiert worden, und das ging sogar so weit, dass er mich mit einem Baron verlobte, der mir zuwider war. Daraufhin bin ich auf eigene Faust losgezogen und auf meiner Wanderschaft bin ich auf vielerlei Weise beleidigt worden und das sogar in einer Kirche. Dann traf ich erneut auf Männer, die über mein Los bestimmten, und das ohne mich zu fragen. Sie wollten vier unschuldigen Kindern und mir vorschreiben, wie wir den Rest unseres Lebens verbringen sollten. Um ehrlich zu sein, habe ich für meinen Geschmack genug Beleidigungen über mich ergehen lassen, und nun habe ich in die meisten Männer kein Vertrauen mehr. Also wiederhole ich meine Frage: Wer seid Ihr? Bitte antwortet respektvoll und stellt euch vor, oder geht ganz einfach.«

Der alte Krieger schritt zu ihr hinüber und stellte sich vor sie, seine wachen Augen waren dunkelgrün. Lennox trat einen Schritt auf ihn zu, aber der Mann legte die Hand auf seine Brust. »Nicht nötig, MacVey. Bitte nehmt Platz, Mylady, und ich werde Euch alles erklären.«

Sie gab sich alle Mühe, um das Zittern in ihren Beinen unter Kontrolle zu halten, bevor sie sich wieder setzte und das Fell auf ihrem Schoß zurechtrückte. Zu ihrer Überraschung kniete der Mann nun vor ihr nieder. »Mein Name ist Logan Ramsay, und ich stehe in Eurer Schuld, weil ich es nicht dulde, dass Männer Frauen und Kinder so behandeln, wie Ihr behandelt wurdet. Ich werde das Unrecht rächen, das Euch widerfahren ist. Darauf habt Ihr mein Wort«, antwortete er.

»Vielen Dank, Logan Ramsay. Es ist mir ein Vergnügen, Eure Bekanntschaft zu machen. Also, wo soll ich anfangen? Mit meiner Wanderschaft oder den Kindern? Obwohl ich Euch gerade die wichtigsten Teile meiner Reise geschildert habe.«

»Die Geschichte der Kinder also, wenn Ihr wollt«, schlug Connor vor.

Sie räusperte sich gerade in dem Moment, als Lennox sich auf einem Stuhl ihr gegenüber niederließ und seinen Blick auf ihr Gesicht richtete.

»Ein Händler auf dem Dorfmarkt sagte mir, dass die Kirche mir eine Nacht Obdach gewähren würde, wofür ich dann in der Küche half. Ich schnitt das Gemüse, bekam eine warme Mahlzeit und ein kleines Bett für die Nacht. Als ich aufwachte, hörte ich, wie Männer über eine Lieferung von Kindern sprachen, die sie erhalten hatten, und der eine Mann riet dem anderen, mich nicht gehen zu lassen, damit ich mich um die Kinder kümmern könnte.«

»Ich versuchte, mich davonzuschleichen, doch vergeblich. Dann wurde ich in einen Raum in einem anderen Gebäude gezwungen, wo ich Lia, Magni, Rowan und Tora fand. Sobald wir die Gelegenheit dazu hatten, haben wir die Flucht ergriffen und uns auf den Weg zum Meer gemacht.«

»In welcher Stadt hat der Markt stattgefunden?«, fragte Alasdair. »Oder weißt du den Namen der Kirche?«

»Das kann ich euch nicht sagen. Als ich jünger war, war ich nur in einer Kirche und auf einem kleinen Markt, daher kenne ich mich in der Gegend nicht aus. Es war zwei Tage zu Pferd von meinem Zuhause entfernt. Vorher war ich noch nie in dieser Kirche gewesen. Ich folgte einer Familie zum Markt und wurde dann von einem Händler gewarnt, zu meiner eigenen Sicherheit zur Kirche zu gehen, da sich auf dem Markt zwielichtige Gestalten herumtrieben, wie er zu berichten wusste. Ich ritt auf meinem Pferd zur

Kirche. Ich musste meine Stute zurücklassen, als wir flohen. Die Kirche war ein großes Gebäude mit dem Altar, und in einem kleineren Teil im hinteren Bereich befand sich die Küche. Ich schlief im Keller. Hinter der Kirche befand sich ein Stall und zwei weitere Außengebäude, dasjenige, in dem wir festgehalten wurden, und ein weiteres. Ich habe keine Ahnung, wozu das andere Gebäude diente.«

»Die Männer«, meinte Logan. »Namen? Habt Ihr Namen gehört?«

»Einer hieß Herbert.«

»Der andere muss Ellis gewesen sein.«, vermutete Connor.

»Dann werde ich ihn auch so nennen«, meinte Meg. »Die Jungs nannten Ellis *Piratenmann*, weil er eine Augenklappe trug.« Sie tat ihr Bestes, um beide Männer zu beschreiben. »Herbert war sehr haarig, deshalb nannten die Kinder ihn Hairy, aber ich hörte, dass er Herbert genannt wurde. Er hatte schütteres braunes Haar, einen langen braunen Bart, Haare, die aus beiden Ohren und aus der Nase wuchsen, und er war sehr dünn. Ellis war groß und stärker, und er war es gewesen, der mich einfach hochgehoben hat, als ich mich wehrte, aber gegen die beiden konnte ich nichts ausrichten.«

»Wie viele Tage habt ihr gebraucht, um von der Kirche nach Oban zu kommen?«, fragte Sloan.

Sie dachte einen Moment nach und antwortete dann: »Wir sind einen ganzen Tag lang gerannt und gelaufen, haben eine Nacht auf dem Boden verbracht und dann eine Höhle für die zweite

Nacht gefunden. Ich weiß nicht mehr, wie lange wir von der Höhle, in der Lennox uns fand, bis nach Oban gebraucht haben.«

»Ein halber Tag, also eine zweieinhalbtägige Reise von Oban.«

»Ist euch niemand gefolgt?«, fragte Dyna.

Meg errötete, denn plötzlich kam ihr eine Erinnerung in den Sinn. »Aye.« Sie hielt inne, knetete die Hände in ihrem Schoß und nahm einen Schluck von der warmen Brühe, bevor sie ihre Tat gestand. Das war ihr unangenehm, aber sie vermutete, dass diese Menschen hier ihre Hilfe brauchten. Ihre Hände zitterten bei der schrecklichen Erinnerung an das, was sie vergessen hatte.

Zu ihrer Überraschung kam Lennox heran und legte seine Hand auf ihre. »Wir werden dich vor jedem beschützen, Mädchen. Wir alle stehen in deiner Schuld. Und wenn sie sich alle auf den Weg machen«, sprach er weiter, während sein Blick die Gruppe abtastete, »verspreche ich dir, dich zu beschützen und dich zu deiner Schwester zu bringen. Niemand wird dir auch nur ein Haar krümmen.« Er ging zwei Schritte zurück, doch dann blieb er stehen.

»Du wirst vielleicht nicht mehr so empfinden, wenn ich alles erzählt habe.« Sie blickte zu Lennox auf, denn sie war ihm für seine Anwesenheit dankbar, aber sie musste ihm die Wahrheit sagen. »Ich habe einen Mann getötet. Er hat versucht, Lia und Tora zu stehlen, also habe ich meine Axt geworfen und ihn an der Stirn getroffen. Ich habe nicht nachgedacht, ich habe einfach instinktiv reagiert.« Bei der Erinnerung an das Blutbad musste sie vor lauter Qual die Augen schließen.

Niemand sagte ein Wort, aber plötzlich wurde sie hochgehoben, und als sie die Augen aufschlug, fand sie sich neben Lennox im Sessel. Er hatte seine Arme um sie geschlungen, die sie wärmten. »Ich nehme an, der Sheriff wird mich holen, weil ich einen Mann getötet habe.«

»Von wegen. Macht Euch darüber keine Sorgen«, widersprach Logan. »Ich gebe Euch eine Belohnung dafür, dass Ihr einen Mann tötest und vier unschuldige Kinder rettet. Habt Ihr den Mann erkannt?«

Sie nickte. »Herbert. Der, den die Kinder Hairy nannten.«

»Wir brauchen dich, um diese Sache zu Ende zu bringen«, forderte Lennox. »Ich werde dich warm halten.« Sein Versprechen kam ihr sehr gelegen. »Also, wie genau seid ihr aus dem Raum in der Kirche entkommen?«

Sie holte tief Luft und fragte: »Wer sind die Eltern von Lia und Magni?« Sie hatte diese Information bei der Einführung überhört oder vergessen.

»Sie sind Waisen. Bruder und Schwester«, antwortete Dyna. »Warum fragst du?«

Sie war sich nicht ganz sicher, wie sie sich ausdrücken sollte, doch letztendlich fragte sie: »Hat jemand den Eindruck, dass Lia anders ist? Wir waren geraume Zeit in diesem Raum eingesperrt. Ich habe mehrmals versucht, die Tür aufzubrechen, und meinen Dolch und sogar meine Axt zur Hilfe genommen, aber ich habe es nicht geschafft. Sie war von außen verschlossen und es gab kein Fenster, das wir erreichen konnten. Also schmiedeten wir einen Plan, um die Männer in den Raum zu locken, ihnen ein Bein zu stellen, dann zu fliehen und sie einzuschließen. Es hat funktioniert, aber ich glaube, Lia hat ein bisschen nachgeholfen.«

»Lia?«, fragte Sloan.

»Lia wirkt viel älter, als sie in Wahrheit ist. Sie hat es geschafft, die Männer in den Raum zu locken, ohne dass wir viel dafür tun mussten. Sie ist ... anders.«

Logan warf Connor einen Blick zu, doch keiner der beiden äußerte sich dazu.

»Wo ist Lia? Ich weiß, dass sie vermisst wird, aber mir fehlt die Erinnerung daran, was im Einzelnen passiert ist.«

»Sie sagte Magni und den anderen, sie habe etwas zu erledigen«, erklärte Lennox. »Sie hat ihm hoch und heilig versprochen, zurückzukommen, und dann ist sie absichtlich in der Menge verschwunden. Wir haben vor, bei Tagesanbruch zurückzukehren und sie zu suchen.«

»Wenn alles gesagt ist, woran du dich erinnerst, werden wir unsere Pläne machen, aber wir werden uns in Gruppen aufteilen«, meinte Connor. »Eine Gruppe wird die Kirche suchen, eine macht sich auf die Suche nach Lia und eine wird versuchen herauszufinden, wer diesen Haufen von Hundesöhnen anführt. Wer hatte das Sagen – Ellis oder Herbert?«

»Weder noch. Ich hörte, wie sie sagten, sie würden dafür bezahlt, die Kinder von den

Entführern zur Kirche zu bringen, wo sie am nächsten Tag abgeholt werden sollten, um über das Meer zu fahren. Alles schienen verschiedene Männer zu sein. Einige, um sie zu entführen und zur Kirche zu bringen, andere, die sie bewachen, bis sie auf das Boot gebracht werden. Das Ziel kenne ich nicht.«

Dyna drehte sich, schlang ihre Arme um ihren Mann und vergrub ihr Gesicht an seiner Brust.

»Ich werde derjenige sein, der die Entführer findet, die die Kinder auf der Insel verschleppt haben«, meldete sich Sloan zu Wort. »Diese Reiter, die beim MacQuarie Clan waren, und derjenige, der Rowan entführt hat, und auch denjenigen, der sich Tora geschnappt hat. Entweder sind diese Männer von hier oder sie kamen gerade von Ulva oder Iona oder von irgendwoher in der Nähe. Ich will diese Mistkerle.«

»Ich will den Leiter der Operation«, verkündete Connor. »Ich werde nach der Kirche suchen. Meg kann mir die Kirche genau beschreiben. So viele kann es zwei Tage von Oban entfernt nicht geben, in der Nähe eines Marktes mit Nebengebäuden, wie sie beschrieben hat.«

»Du hast erwähnt, dass du mit einem Baron verlobt bist«, meldete sich Dyna zu Wort. »Ich frage mich, ob er etwas mit all dem zu tun haben könnte?«

»Ich weiß nicht, wie das sein könnte. Er sollte am Tag meines Aufbruchs zurückkehren. Er kann mir nicht gefolgt sein. Und ich glaube nicht, dass er sich auf eine solche Situation einlassen würde. Er wollte Erben. Drei Burschen in zwei Jahren.«

Connor fragte: »Meg, hat der Baron deinem Vater irgendeine Geldsumme für dich bezahlt?«

Sie dachte an das Gespräch zurück, das sie mitgehört hatte, und musste zugeben, dass Connor wahrscheinlich richtig vermutete. »Ich denke schon. Ich weiß nur nicht, wie viel. Warum fragst du?«

»Denn wenn er für eine Frau Geld bezahlt hat, wird er dich finden wollen. Bitte bedenke das. Ich stimme dir zwar zu, dass er wohl nicht derjenige ist, der vier Kinder stiehlt, wenn er dich heiraten will, aber ich glaube, dass er nach dir suchen könnte. Er könnte einige Männer angeheuert haben, um seine Braut zu finden. Ich würde nirgendwo allein hingehen. Da du ihm einen Tag voraus warst, hat er dich einfach noch nicht gefunden. Ich würde wetten, dass er nach dir suchen wird.«

Das hatte sie überhaupt nicht mehr bedacht, seitdem sie die Kinder gefunden hatte. Sie hatte sich auf die Rettung dieser vier Unschuldigen konzentriert, aber nicht auf ihre eigene Situation. An Connors Aussage war viel Wahres.

Sicher war weder ihr Vater noch der Baron über ihre Flucht erfreut.

Es wurden noch ein paar weitere Fragen gestellt, und Meg beantwortete sie so gut sie konnte, aber sie musste zugeben, dass sie rasch ermüdete. Andererseits hatte auch sie selbst einige Fragen.

Logan stand auf und richtete das Wort zum Abschied an sie. »Vielen Dank, Meg. Ich glaube, wir werden uns ein paar Stunden ausruhen und dann bei Tagesanbruch aufbrechen. Ich schlage vor, wir treffen uns bei den Ställen und teilen die Männer ein, wie wir es brauchen.«

Alle stimmten zu und standen auf, um sich zu verabschieden. Das wollte sie aber nicht zulassen.

»Wartet einen Moment bitte.« Meg stand ebenfalls auf und entfernte sich von Lennox.

Alle drehten sich um und sahen sie an. Ihre Stimme klang ein bisschen schwach, aber sie ließ sich nicht ignorieren. »Was ist mit mir? Ihr habt alle gesagt, ihr stündet in meiner Schuld, aber ihr habt mich überhaupt nicht gefragt, was ich brauche. Ich brauche eure Hilfe. Ich brauche eure Unterstützung. Bitte. Ich weiß nicht, wo ich bin, wer ihr alle seid und wohin ich als Nächstes gehen soll.«

Logan hob das Kinn und verschränkte die Arme. »Sag es uns und es wird erledigt.«

»Ich muss meine Schwester finden. Sie soll auf der Ulva sein. Und wo ist diese Insel? Ich habe keine Ahnung. Ich habe kein Schiff. Ich habe kaum noch Geld. Was soll ich tun? Ich hatte eine Stute, aber ich musste sie in der Kirche zurücklassen. Bitte helft mir.«

Eli kam aus der Kammer, während die anderen sich um Meg versammelten. »Wie heißt deine Schwester?«

»Tamsin. Sie hat einen Mann namens Raghnall Garvie geheiratet, aber ich habe ihn nie getroffen. Habt ihr von ihm gehört?«

Eli nickte, dann lächelte sie. »Spucke und Schleim! Hat deine Schwester ein blaues und ein grünes Auge?«

»Ja, das hat sie. Du kennst sie?«

»Aye. Das ist eine lange Geschichte, aber deiner Schwester geht es gut. Ihr Mann ist verstorben, aber sie lebt mit dem MacQuarie Clan auf der Isle of Mull. Sie ist sehr glücklich, und es wird dich freuen zu hören, dass du eine wunderschöne Nichte namens Alana hast. Ihr Laird, Thane, ist gerade auf dem Weg hierher. Du kannst mit ihm sprechen, wenn er eintrifft.«

Meg ließ sich wieder auf den Sessel sinken und schluchzte. Sie wusste sofort, dass dies ihre Schwester war.

Tamsin hatte ihr einmal gesagt, sie würde ihre Tochter, wenn sie jemals eine hätte, Alana nennen.

Sie hatte ihre Schwester gefunden.

# KAPITEL EINUNDZWANZIG

*Lennox*

———❧———

LENNOX BEGLEITETE MEG in die Heilkammer zurück, während Eli ihr folgte. »Ich übernehme das jetzt, Lennox. Ich möchte noch einmal etwas von der Salbe auf ihre Wunde auftragen.«

»Ich danke dir sehr, Eli.«

Meg war schon im Begriff, Eli in die Kammer zu folgen, doch dann hielt sie inne und zupfte Lennox am Arm. »Warte. Ich erinnere mich gerade an etwas, das Lia in der Höhle zu mir gesagt hat. Sie sagte, sie müsse zu einem Loch gehen. Dem Loch Aline, sagte sie, glaube ich. Weißt du, wo das ist? Wird das helfen, sie wiederzufinden?

»Nein«, log Lennox. »Ein Loch mit diesem Namen kenne ich nicht. Ich denke, wir haben eine relativ gute Vorstellung davon, wie wir weitermachen werden. Sorge dich nicht.«

Meg nickte, betrat die Heilkammer und schloss die Tür hinter sich.

Es gefiel Lennox ganz und gar nicht, Meg anzulügen, doch er wusste ganz genau, wo Loch Aline lag, und genau dorthin wollte er sich auf

den Weg machen. Dies wäre sein Beitrag zu der
Suche, den er allerdings allein leisten würde. Er
war dem Schuft noch etwas schuldig, der ihn
vor so vielen Jahren entführt hat, und er könnte
schwören, dass ebendieser Mann im Castle
über Loch Aline hauste. Ihm war die Nachricht
übermittelt worden, er sei fortgezogen, doch das
stellte er nun in Frage. Vielleicht musste Lennox
dorthin zurückkehren, wo das Verbrechen gegen
ihn verübt worden war.

So sehr er sich auch bemühte, alle Einzelheiten
in seinem Gedächtnis wachzurufen, hatte er die
Erinnerung jahrelang verdrängt, was ihn bislang
daran gehindert hatte, diesen Schuft zu verfolgen.
Immer wieder war er von Grauen erregenden
Träumen heimgesucht worden, in denen es um
ein Ruderboot gegangen war, aber es fehlten
immer noch einige Puzzleteile, um die gesamte
Begebenheit zu einem vollständigen Bild
zusammenzusetzen. Als ein anderer Albtraum
seine Erinnerung an den schrecklichen Vorfall
wachgerufen hatte, war er zu diesem Ort
aufgebrochen, um dann erfahren zu müssen, dass
dieser grausame Schuft fortgezogen war. Er war
der Ansicht, er hätte alles getan, was in seiner
Macht stand, doch nun konnte er nicht länger
die Augen davor verschließen. Er musste diesen
verkorksten Machenschaften dieses Mannes ein
Ende machen. Er wollte zu niemandem ein Wort
sagen, aber bei Tagesanbruch musste er wieder zu
seinem Castle zurückkehren. Und Meg würde
ihn begleiten. Unter keinen Umständen würde er
sie zurücklassen. Er konnte es sich nicht so recht

erklären, aber er fühlte sich sehr zu ihr hingezogen und wollte sie noch nicht verlassen. Er könnte sie bei seiner Mutter und Eva zurücklassen und dann aufbrechen, ohne jemandem ein Wort zu sagen.

Allerdings müsste er eine Möglichkeit finden, um dorthin zu gelangen, denn er weigerte sich, das Boot zu benutzen, das in seinem Bootshaus lag. Jedes Mal überlief ihn ein Schauder wenn er sich ihm näherte. Allerdings konnte er den Grund dafür nicht genau benennen.

Dennoch hatte er das Gefühl, dass die ganze Wahrheit über dieses Ereignis ans Licht kommen würde.

Also kehrte er in die Halle zurück, wo die Gruppe in aller Ruhe eine Lagebesprechung abhielt. Seine Mutter hatte sich nicht von der Stelle gerührt, doch Lennox war sich sicher, das sie alles gehört hatte.

Beim Näherkommen fragte er: »Wie sieht euer Plan aus, Männer? Und Dyna. Ich bitte um Verzeihung.«

Logan drehte sich zu ihm um. »Hör mal, MacVey. Ich bin nicht sicher, ob du und Rankin euch dessen bewusst seid, aber irgendjemand versucht, genügend Männer um sich zu versammeln, um die Herrschaft auf der Insel zu übernehmen. Weißt du, wer das sein könnte? Wo sind sie aktiv?«

Dieser Kommentar überraschte ihn, und er schaute kurz zu Sloan hinüber, um zu sehen, ob er etwas dazu sagen konnte. Sloan wirkte allerdings genauso verwirrt wie er selbst. »Nein, davon weiß ich nichts. Auf der Ostseite der Insel hier gibt es den Grantham Clan und den MacVey

Clan. Die MacQuaries sind auf der Westseite, und wir sind gut mit ihnen befreundet. Ich weiß, dass MacClane versucht, sich hier breit zu machen, aber er hat nicht genügend Männer, um die Insel zu erobern. Woher hast du diese Information, Ramsay?«

»Ich habe meine Quellen. Ich habe meinem Informanten gesagt, dass es eine unmögliche Aufgabe sei, da Duart Castle von den Grants und Ramsays bewohnt würde. Das machte ihm keine Sorgen. Ich habe ihm auch mitgeteilt, dass wir seine Hoden mit einem Pfeil durchbohren, sollte er etwas mit der Entführung der Kindern zu tun haben, doch er hat geschworen, keinerlei Interesse an den Kindern zu haben.«

Alasdair stemmte die Hände in die Hüften und beschrieb einen kleinen Kreis mit seinen Schritten, ehe er wieder stehen blieb. »Wir haben also verschiedene Möglichkeiten – den Baron, der Meg heiraten will, dieser Trottel, der glaubt, die Insel übernehmen zu können, und zwei verquere Seelen in einer Kirche, die auf dem Festland etwa zwei Tage von Oban entfernt liegt. Habe ich jemanden vergessen? Hat jemand besondere Vorlieben für die Verfolgung? Wer geht wohin?«

»Ich möchte die Insel absuchen«, meldete sich Sloan. »Ich will den Schuft, der Rowan entführt hat, und ich bin sicher, dass er hier ist. Er ist von außerhalb angeheuert worden.«

»Alasdair, wir suchen die Kirche«, meinte Connor. »Dyna, ich liebe dich von ganzem Herzen, aber ich möchte, dass du hierbleibst. Es gibt keine Garantie dafür, dass die Hundesöhne nicht wiederkommen und angreifen. Du musst hier sein, um die Kinder zu beschützen – und auch dich selbst und Derric. Ich lasse die Hälfte unserer Truppen zum Schutz von Duart Castle hier.«

»Ich bin deiner Meinung, Connor«, entgegnete Derric. »Wir werden hierbleiben, und ich danke dir für die zusätzlichen Wachen. Aber bitte findet diese Schurken. Der Gedanke daran, was die arme Tora wohl alles erleiden musste, hat mir den Schlaf geraubt.«

»Ich reite mit dir, Grant«, erbot sich Logan.

Dann wandten sich alle an Lennox.

»Ich kehre zu meinem Clan zurück, versammle ein paar Wachen, und wir machen uns auf den Weg nach Coll.« Das war nicht gerade eine Lüge, aber die Wahrheit war es auch nicht. »Ich habe schon oft gehört, dass eine Gruppe auf den westlichen Inseln Unruhe stiftet. Was, wenn sie auf Coll sind? Wir müssen weiter draußen suchen und nicht nur in nächster Umgebung.«

»Warum?«, fragte Sloan, die Hände in die Hüften gestemmt. »Wir wissen, dass die Männer, die die Kinder entführt haben, von hier sind.«

»Ihr alle habt gerade auf Mull alle Winkel durchsucht. Die erste Gruppe dieser Verbrecher ist vielleicht von hier, aber sie werden von jemandem für ihre Arbeit bezahlt. Der Mann, mit dem Ramsay gesprochen hat, stammt von Coll oder Tyree, glaube ich, oder vielleicht auch von Skye. Wir wissen es nicht. Meg sagte, dass es verschiedene Gruppen waren. Eine schafft die Kinder zur Kirche, eine andere kümmert sich

um sie, bis die dritte Gruppe eintrifft. Wie viele
Gruppen sind noch beteiligt? Das spielt aber
keine Rolle, denn der eigentliche Befehl wird
von jemandem erteilt, der mächtiger ist als ein
paar Männer auf Mull, und ich muss erfahren,
wer das ist. Ich habe genug von üblen Taten
gehört – Garvie, Thanes Mutter und Magnis
Eltern wurden getötet, Logan hat von jemandem
gehört, der die Insel übernehmen will. Das ist
etwas Größeres, und ich will herausfinden, wer
dahintersteckt.«

»MacVey hat recht«, meinte Logan. »Begib dich
in ein anderes Gebiet und sieh zu, was du dort
entdecken kannst. Wir müssen die Umgebung
hier weiter erkunden. Wir werden auf dem
Festland sein und alles in Erfahrung bringen, was
wir nur können. Hoffentlich werden wir auch Lia
finden. Mull wird Rankins Aufgabe sein, MacVey
übernimmt Coll. Wir treffen uns in einer Woche
wieder hier und lasst uns hoffen, dass wir bis
dahin alle ein paar Ergebnisse vorweisen können.
Gwynie wird hier bei dir bleiben, Dyna.«

»Wunderbar. Eli und ich freuen uns über eine
weitere begabte Bogenschützin.«

»Ich habe Alick gesagt, er solle achtzig Mann in
der Gegend zurückhalten, falls du es dir anders
überlegst, Chief«, meinte Alasdair. »Sie werden
sich noch nicht sehr weit von Oban entfernt
haben.«

»Eine wunderbare Idee. Dann werde ich
noch mehr Männer hierlassen, um das Castle
zu schützen. MacVey, Rankin, wenn ihr mehr
Männer braucht, kann ich euch jeweils einen

Trupp zuweisen, die mit euch gehen. Lasst es mich einfach wissen.«

»Ich nehme das Angebot an«, meinte Sloan.

»Vielen Dank, aber im Augenblick habe ich genügend Männer«, entgegnete Lennox.

Er sagte den anderen nicht, wohin er in Wahrheit gehen wollte. Oh, er könnte natürlich auf Coll an Land gehen, aber er wollte direkt über den Sound of Mull zum Loch Aline fahren. Nach allem, was ihm eben gerade zu Ohren gekommen war, fasste er den Entschluss, Meg bis zu seiner Rückkehr auf Duart Castle zu lassen. Hier wäre sie mit all den Grant Wachen zur Verteidigung sicher aufgehoben. Die Wachen würden Duart Castle vor Angreifern schützen.

Er würde den Schurken namens Egan finden, und wenn er sein Leben dabei ließe.

# KAPITEL ZWEIUNDZWANZIG

*Rut*

———❧———

RUT SCHRITT VOR der Heilkammer auf und ab und schenkte der Unterhaltung in der großen Halle keine Beachtung. Diese Männer konnten ihre Pläne schmieden, um die Schufte aufzuspüren, die die Kinder entführt hatten. Rut war sich sicher, dass ihnen das auch gelingen würde, obwohl sie glaubte, dass Lia ihr Schicksal selbst in der Hand hatte. In ihrer Vorstellung waren Feen real. Bislang war sie noch keiner begegnet, aber sie hütete sich auch, mit einer aneinanderzugeraten.

Die Zeit würde es zeigen.

Sie hatte Wichtigeres zu erledigen.

Darauf hatte sie schon lange gewartet. Endlich war ihr Sohn verliebt, und zwar in ein Mädchen, das so klug und temperamentvoll war, wie es nicht besser ging. Rut hatte Douglas, dem alten Ziegenbock, so viele Dinge zu erzählen, und er würde jedes einzelne genießen. Obwohl sie in Wirklichkeit ja glaubte, dass sie ihm nichts zu erzählen brauchte. Ihr verstorbener Mann wachte die ganze Zeit über sie.

Gerade war sie Zeugin des Ereignisses geworden, auf das sie seit Ewigkeiten gewartet hatte, und wie wundervoll es gewesen war, dass es sich vor ihren eigenen Augen abgespielt hatte. Als Sloan Meg hatte berühren wollen, war Lennox eingeschritten und hatte ihn daran gehindert. Um ein Haar wäre Rut aufgestanden und hätte gejubelt.

Lennox war in Meg verliebt.

Rut MacVey hatte als Ehefrau des früheren Lairds Douglas MacVey die Pflicht, die Angelegenheit zu einem Abschluss zu bringen. Sie selbst hatte ihre Pflicht erfüllt und zwei Knaben geboren, die den Clan MacVey übernehmen sollten. Jetzt musste sie dafür sorgen, dass ein paar Enkelkinder auf die Welt kamen, ehe sie sich zurückziehen konnte.

Knaben oder Mädchen, das spielte keine Rolle. Von Lennox und Meg gezeugte Kinder würden mächtig sein. Dessen war sie sich vollkommen sicher.

Jede junge Frau, die ihren Sohn mit einer Axt bedrohte, verdiente es, eine MacVey zu sein.

Jetzt musste sie die Sache in die richtigen Bahnen lenken. Das war ihre Pflicht.

Sie hatte gehört, wie Lennox von Meg nach Loch Aline gefragt worden war, und sie hatte gehört, wie er sie nach Strich und Faden belogen hatte, als er rundheraus behauptete, er würde einen solchen Ort nicht kennen – das war ein weiteres Ereignis, das sie fast zum Jubeln brachte. Nie hätte sie geglaubt, dass es so verdammt unterhaltsam werden würde, ihrem Sohn zuzusehen, wie er sich verliebte. Nun war sie an der Reihe, in Aktion zu treten.

Sie würde Meg zur Seite nehmen und ihr sagen, sie hätte einen Weg gefunden, den genauen Standort von Loch Aline zu bestimmen. Dann würde Rut sie einladen, zu ihrem Clan zu kommen, weil er näher beim Loch liege, und Rut würde auch versprechen, jemanden mit ihr zu schicken, um Lia am Loch Aline zu suchen.

Das würde ausreichen, um Lennox aufzubringen und ihn zum Handeln zu zwingen, so sicher wie der Mond in der Nacht scheint.

Rut würde nicht tatenlos zusehen, wie ihnen dieses hübsche Mädchen durch die Finger schlüpfte. Sie musste ein Enkelkind haben, und in einem Jahr würde sie eines bekommen.

# KAPITEL DREIUNDZWANZIG

*Meg*

———————•◆◆•———————

DIE MORGENDÄMMERUNG BRACH herein, bevor sie es wusste. Wie konnte sie sich da so sicher sein?

Es lag an dem geschäftigen Treiben in der Halle. Die Wachen aßen sich an Brot und Porridge satt und ihr Geplänkel klang unbeschwert und freundlich, doch da war auch noch etwas anderes.

Die Kinder waren zurück und die Freude, die Aufregung, aber auch die Anspannung war deutlich spürbar. Magni hüpfte zwischen den Leuten umher, umarmte sie und kicherte, aber Meg merkte auch, dass der arme Jungen trotz seiner Aufregung zurückhaltend war. Lia war noch nicht zurück. Auch Tora hatte sich nicht weit von ihrer Mutter entfernt, und Rowans Eltern waren angekommen. Rowan weigerte sich, von der Seite seines Onkels zu weichen.

Meg war früh erwacht und hatte sich zunächst gewaschen und eine schöne weiche Hose angezogen, die Eli *Strumpfhose* genannt hatte. Noch nie zuvor hatte sie so ein Kleidungsstück für eine Frau gesehen, aber Eli hatte ihr berichtetet, dass alle Frauen ihres Clans sie gelegentlich tragen würden. Sie hatte Meg auch die schönste Tunika geschenkt, die sie je gesehen hatte. Sie war von einem satten Dunkelblau, das sie so liebte, und eine weitere Tunika in einem schönen Braun.

Meg war unendlich dankbar für alles, was diese Menschen für sie taten, und sie bedankte sich mehrere Male bei Eli, insbesondere, nachdem Eli ihren Verband noch einmal gewechselt und ihr einen zusätzlichen Verband sowie einen Vorrat an Salbe für ihre Wunde überreicht hatte. Eli winkte mit einem Lächeln ab.

Meg hatte sich mit niemandem in der Halle unterhalten, denn die Männer waren vollauf mit der Entscheidung beschäftigt, wer wohin reiten sollte, welche Pferde, welches Boot, welche Wachen. Sie fand es faszinierend, den strategischen Überlegungen einer so großen Operation zuzuhören, doch selbst nachdem sie alles gehört hatte, verspürte sie noch immer eine gewisse Beunruhigung.

Würden die Männer die kleine Lia ausfindig machen können?

Es standen noch weitere Probleme an, das wusste sie. Es galt, Ellis, die Kirche, die Männer, die die Insel erobern wollten, zu finden, aber sie konnte nur an das liebenswerte Mädchen denken, das auch dem kleinsten Insekt nie etwas zuleide tun würde.

Meg verspürte den Drang, Lia auf eigene Faust zu suchen, da sie fürchtete, das Mädchen könnte bei all den anderen Sorgen des Clans vergessen werden. Wenn sie nur wüsste, wo sich dieses Loch befand – aber wenn Lennox es nicht wusste, wie könnte sie es dann erfahren?

Sie saß in einem Stuhl am Kamin und verzehrte gerade ihren letzten Löffel Porridge, als Rut zu ihr kam. Sie beide waren die einzigen Anwesenden am Feuer, und so begrüßte sie Lennox' Mutter mit aller Herzlichkeit. »Guten Tag, Mylady.«

»Guten Morgen. Wirst du mit uns zu unserem Castle zurückkehren, Meg? Du bist mehr als willkommen, und mit all den Grant Wachen hier haben Eli und Dyna mehr zu tun, als sie bewältigen können, fürchte ich. Bei uns wäre es viel ruhiger, und wir haben einen schönen Ausblick auf den Sund.«

»Ich werde darüber nachdenken, aber ich möchte Euch eine Frage stellen, Mylady. Ich bin mir nicht sicher, wie ich Euren Sohn anreden soll.«

Rut winkte ihr mit der Hand zu. »Er ist nicht dein Laird, also nenn ihn einfach Lennox. Es wird ihm nichts ausmachen. Kümmere dich nicht um die anderen.«

»Mir ist aufgefallen, dass die Tische heute Morgen im Morgengrauen sehr voll waren. Sind sie normalerweise nicht so voll?«

»Nein, Connor Grant hat all seine Wachen mitgebracht, um Tora zu finden. Sie kommen aus den Highlands und die Übeltäter werden für das, was sie Tora angetan haben, ihre gerechte Strafe erhalten. Connor und Alasdair werden die Trottel finden, die es gewagt haben, Connors Enkelin anzurühren.« Nun beugte sich Rut näher zu Meg. »Die Schurken sollten fliehen, wenn sie bei Verstand sind. Alasdair und Connor sind beide große, starke Krieger, wenn du mich fragst. Wie gerne wäre ich dabei, wenn sie diese Kerle finden.«

Meg nahm das Glitzern von Wertschätzung wahr, das sich in den Augen der älteren Frau zeigte, und das mutete ihr seltsam an. Sie hatte noch viel über die Welt zu lernen, nachdem sie ihr ganzes Leben lang nicht aus ihrem kleinen Dorf herausgekommen war. »Steht Lennox in gutem Einvernehmen mit dem Clan, in dem Eli meine Schwester vermutet?«

»So ist es. Er wird dich gerne dorthin führen, obwohl ich wetten möchte, dass Thane deine Schwester hierher bringen wird, sobald er von deinem Hiersein Kenntnis bekommt. Bestimmt ist er schon auf dem Weg hierher, um nach dem Rechten zu sehen. Wahrscheinlich wird er nur mit seinen Männern reiten, aber ich denke, er wird zuerst zu unserem Clan kommen. Magni und Lia waren eine ganze Weile bei ihm. Thane ist ihr Retter, vor ... nun, den Kerlen, die sie auf Ulva in ihrer Macht hatten. Wie auch immer, liegt unser Clan näher, also macht er normalerweise bei uns Halt, bevor er den ganzen Weg bis Duart Point kommt.«

Meg überlegte und schaute sich das Treiben in der Halle an. »Wenn Eli und Lennox einverstanden sind, würde ich gern mitkommen.«

»Du kannst deine eigene Kammer im Obergeschoss neben Lennox' Kammer haben. Er wird dich beschützen. Du musst keine Angst haben.«

Meg konnte sich vorstellen, dass ihre neue eigene Kammer größer wäre als diejenige, in der ihre Eltern immer geschlafen hatten. Es war eine andere Welt auf Mull.

Nun griff Rut nach ihrer Hand. »Außerdem habe ich zufällig mitbekommen, wie du mit Lennox über ein Loch gesprochen hast, von dem er aber nichts wusste. Mein Douglas liebte Landkarten. Wir besitzen Karten von sämtlichen Inseln und beinahe von ganz Schottland. Wenn du dieses Loch finden willst, kann meine Tochter Eva dir sicher helfen. Sie war hier, doch sie ist bereits nach Hause zurückgekehrt. Sie hatte gehofft, dich kennenzulernen.«

Eine große Gruppe von Wachen erhob sich von den Tischen, einige flirteten mit den Dienstmägden und andere gingen schon zur Tür hinaus, während Logan und die beiden Grant Lairds sich in der Nähe der Feuers miteinander unterhielten. Lennox trat zu ihnen. Er grüßte seine Mutter und fragte dann: »Und wie geht es dir heute Morgen, Meg?«

»Besser, danke, Lennox. Brichst du heute Morgen auf?«

»Aye, wir werden in einer kurzen Weile losmarschieren. Ich gebe den Grants zuerst Zugang zu den Ställen, damit sie sich auf den Weg zur Fähre machen können. Sloan hat sich verabschiedet. Wir werden uns als Nächstes auf den Weg machen. Wenn du möchtest, kannst du hier bei Eli und Dyna bleiben. Ich werde dich morgen abholen.«

»Oh«, brachte Meg hervor. Sie war unsicher,

wie sie ihre Bitte formulieren sollte. »Wäre es akzeptabel, wenn ich mit dir zu Dounarwyse Castle reisen würde? Das Duart Castle scheint ein wenig überfüllt zu sein, und deine Mutter meinte, Thane würde vielleicht zuerst auf eurem Land Halt machen. Ich würde ihn gern nach meiner Schwester fragen. Und...«

»Und ich habe ihr gesagt, dass Eva sie gerne kennenlernen würde. Hast du irgendwelche Einwände, Lennox?« Seine Mutter unterbrach Meg, womit sie nicht gerechnet hatte.

Lennox wirkte überrascht, schüttelte dann aber den Kopf, obwohl sein Gesichtsausdruck der eines misstrauischen Menschen war, dachte Meg.

»Nein, es macht mir nichts aus, obwohl ich selbst auf Patrouille sein werde.« Mit schmalen Augen blickte er von seiner Mutter zu Meg zurück.

»Ich kümmere mich um Meg, und Doiron kann ihr mit den Verbänden helfen«, schlug Rut vor. »Eli und Dyna haben genug Sorgen. Damit wäre das geklärt. Meine Satteltasche steht an der Tür, Lennox. Ich werde Meg helfen, ihre Sachen zu holen.«

Meg konnte nicht übersehen, wie gut Lennox´ Mutter ihn manipulierte und sicherstellte, dass sie ihren Willen in der Frage durchsetzte, wohin Meg als Nächstes ging.

Wenn sie wirklich aufrichtig war, so musste sie zugeben, dass sie sich freute, zu Lennox nach Hause zu gehen, weil sie sich in seiner Nähe sicher fühlte. Nicht, dass sie sich hier mit all den Grant Wachen nicht sicher gefühlt hätte, aber sie kannte Lennox. Sie vertraute ihm. Er hatte ihr geholfen, als sie verloren war. Das musste doch etwas bedeuten.

Einmal abgesehen davon, dass sie ihre Gefühle für ihn noch etwas eingehender erforschen wollte. Nie zuvor hatte sie sich in Gegenwart eines Mannes so bewegt gefühlt. Ihr Herz schlug schneller, ihre Handflächen fingen zu schwitzen an, und ihr Verstand arbeitete langsamer als je zuvor. Außerdem gerieten ihre Gedanken in seiner Nähe ganz durcheinander.

Doch diese Gefühle schlugen schon bald in Besorgnis um. Die Dringlichkeit, die sie wegen Lia verspürte, überwog wieder, weshalb sie sich zwang, den Gruppen in der Halle erneut zuzuhören. Die Emotionen wallten auf, und es entstanden häufiger Meinungsverschiedenheiten, denn jeder hatte eine feste Meinung darüber, was als Nächstes zu tun sei, und wohin man sich wenden sollte. Die Männer debattierten über die Kirche, über die Männer, die sie verfolgten, über den Baron und über den Mann, der vorhatte, die Macht auf der Insel an sich zu reißen.

Es gab einen Namen, den sie bei all dem nicht hörte, und das ärgerte sie. Sie war so wütend darüber, dass sie zu dem Schluss kam, dass es vielleicht das Beste sei, sich selbst darum zu kümmern.

Lia zu finden.

Der Name des Mädchens wurde kaum erwähnt, und Meg machte sich Sorgen. Das Mädchen schien von einer anderen Art zu sein, aber trotzdem war sie erst fünf Sommer alt, und sie war irgendwo allein dort draußen, ohne dass jemand wusste, wo sie sich befand. Lennox hatte gesagt, er würde auf Patrouille gehen, aber wo genau wollte er hin?

Jemand musste sich um die kleine Lia kümmern. Meg hatte sich ausreichend erholt und sie fühlte sich ausgeruht. Es war vielleicht an der Zeit, dass sie sich auf eigene Faust auf die Suche nach dem Mädchen machte, wenn sie nur in Erfahrung bringen konnte, wo genau Loch Aline lag.

Lennox' Castle mit den Karten schien ein guter Anfang zu sein.

Und obwohl ein kleiner Teil in ihr lieber zur anderen Seite der Insel gelaufen wäre, um ihre Schwester zu treffen, war ihr vollkommen klar, dass sie zuerst Lia finden musste. Wenn sie Thane begegnete, konnte sie ihn vielleicht dazu bringen, dass er ihr bei der Suche nach Lia half. Sobald Lia gefunden war, würde Meg zu Tamsin eilen.

Lennox sah Meg an und fragte: »Ist dir das recht so, Mädchen?«

»Ja, ich würde gerne dein Haus sehen, und ich könnte auch…«

»Eva und vielleicht auch Thane kennenlernen.« Rut unterbrach sie sofort, da war sie sich sicher. Die eigentliche Frage war also, warum Rut die Karten nicht vor ihrem Sohn erwähnen wollte?

Was hatte die Frau im Sinn?

# KAPITEL VIERUNDZWANZIG

*Lennox*

EINIGE STUNDEN SPÄTER stand Lennox in der Nähe der Stallungen auf dem MacVey Gelände und gab Jasper, der einer seiner zuverlässigsten Wachmänner war, Anweisungen. »Ich werde für etwa zwei Tage unterwegs sein. Taskill wird hier zurückbleiben, aber ich werde fünf Wachen mitnehmen.«

»Wo wollt Ihr hin, Chief?« Der ältere Mann stand mit erhobenem Kinn in strammer Haltung, denn er war stolz auf seine harte Arbeit. Vor Lennox war er auch schon für Douglas als Wachmann tätig gewesen.

»Letztendlich nach Coll. Ich werde einen kurzen Ausflug über den Sund machen, dann werde ich zurückkehren, um die Männer abzuholen und nach Tobermory zu reiten, um dort mit der Fähre überzusetzen. Ich möchte die Pferde mitnehmen. Du kennst meine Favoriten.« Wenn er Jasper diese Aufgabe übertrug, würde dieser nicht bemerken, dass Lennox allein unterwegs war. Diese Angelegenheit musste er unbedingt allein erledigen.

»Aye, wird erledigt, Chief.«

Lennox hatte die Zeit in den Stallungen verbracht, während seine Mutter Meg schnell nach drinnen geführt hatte, obwohl er nicht verstand, warum sie es so eilig hatte. Manchmal wurde ihm klar, dass es nicht immer die beste Idee war, sich in die Angelegenheiten der Frauen einzumischen, und so hatte er sich seinen Aufgaben zugewandt. Zweifellos würde Rut auf direktem Wege mit Meg zu Doiron gehen, um die Wunde behandeln zu lassen. Bis sich die Ärmste vollständig erholt hatte, würden noch Tage ins Land gehen.

»Wo um alles in der Welt ist Taskill, Jasper?« Er trat aus den Ställen und sah sich suchend nach seinem Bruder um.

»Eure Frau Mutter hat vor kurzem um seine Anwesenheit gebeten, Chief«, gab Jasper zur Antwort und ging auf eine Gruppe von Wachen zu, die sich auf den Übungsplätzen im Schwertkampf übten.

Seine Mutter hatte Taskill rufen lassen? Was um alles in der Welt führte sie jetzt im Schilde?

Seine Schwester kam aus der Tür, und er rief nach ihr. »Eva, ist Taskill drinnen?«

»Aye, er studiert die Karten mit Meg. Sie sucht Loch Aline. Vielleicht solltest du dich ihnen anschließen, liebster Bruder? Unsere Mutter zeigt sich von ihrer besten Seite.« Dann schaute sie ihn mit diesem warnende Grinsen an, das die Geschwister immer dann austauschten, wenn es um die Verrücktheiten ihrer Mutter ging.

»Zur Hölle nochmal«, brummte er. »Ich danke

dir, Eva.« Er betrat den Bergfried, wobei seine Stiefelschritte auf dem Steinboden widerhallten, da die große Halle nun verwaist war. Er liebte die Halle der MacVeys, mit ihren schönen Wandteppichen des Castles und von Mull, welche die Wände schmückten. Es gab je einen Kamin zu beiden Seiten des Raums, um ihn warm zu halten. Wie immer, wenn er allein war, blieb er einen kurzen Moment stehen, um die Pracht der dunklen, geschnitzten Holzstühle auf dem Podium zu bewundern, und auch die sorgfältig genähten, gepolsterten Stühle, die in einem Halbkreis um jede Feuerstelle angeordnet waren. Manchmal erstaunte es ihn, dass jetzt, wo sein Vater nicht mehr war, all dies nun ihm gehörte.

Plötzlich entstand das Bild einer Halle voller Kinder vor seinem inneren Auge, die um die Tische herumliefen, und einer wunderschönen jungen Frau mit langen Beinen, die ihn mit einem Lächeln anschaute, das ihn mehr als alles andere berührte. Wie hatte diese Begegnung mit diesem einzigartigen Mädchen seine Sicht auf das Leben so sehr verändern können? Er schüttelte die Vision ab und hielt auf die Stimmen zu, wobei er nicht überrascht war, das Trio in seiner Kabinettstube vorzufinden, um die Karten zu studieren.

»Dort ist es«, erklärte Taskill. »Es ist wirklich fast genau gegenüber von unserer Anlegestelle. Wir haben einige kleinere Boote und ein Schiff, das wir benutzen. Wir bewahren alle in einem Bootshaus am Sund auf, obwohl Lennox nicht will, dass eines davon benutzt wird. Aber heute ist es windstill. Wir könnten leicht übersetzen. Möchtest du, dass ich dich hinbringe?«

Es war, als ob eine kleine Explosion in seinem Kopf ausbrach. Was hatte er gerade gehört? Taskill wollte wen wohin bringen? Was um alles in der Welt wurde hier gespielt?

Lennox sauste um die Ecke in seine Stube und stand in der Tür. »Nein, du wirst sie nirgendwo hinbringen. Er wusste, dass er ein bisschen laut geworden war, aber wie war aus der Begegnung der beiden in weniger als einer Stunde eine Reise über den Sund geworden? »Taskill, Jasper braucht dich draußen. Geh schon und hilf ihm. Wir brechen später zu unserer Reise auf und ich benötige deine Unterstützung.«

Taskill reagierte wie üblich, indem er mit den Schultern zuckte und dazu lächelte. »Sicher, Chief. Kein Grund, aufzubrausen. Ich habe nur versucht, behilflich zu sein. Nun werde ich mich aber verabschieden.«

»Aye, geh schon. Er versetzte seinem Bruder einen Stoß gegen die Schulter, als er die Tür erreichte, und schickte ihn nach draußen. Wenn er es recht bedachte, war dies alles Teil der sorgfältigen Planung seiner Mutter und nicht Taskills. Somit gab es also keinen Grund, auf seinen Bruder wütend zu sein.

Er trat zurück, um ihm den Weg frei zu machen, doch dann beugte sich Taskill vor und flüsterte ihm ins Ohr: »Wenn du sie nicht für dich beanspruchst, werde ich es tun. Sie ist eine Schönheit.«

Er packte den Waffenrock seines Bruders und sagte: »Nein, das wirst du nicht. Geh jetzt raus.«

Taskill lachte leise und entfernte sich nach einem vielsagenden Augenzwinkern.

Lennox trat in die Kabinettstube, wo seine Mutter mit einem süffisanten Blick hinter dem Schreibtisch saß, über die er sich später eingehendere Gedanken machen würde. Dafür hatte er im Augenblick keine Zeit.

Meg schaute ihn an. »Lennox, Loch Aline ist gleich hinter dem Sund. Taskill hat es mir auf der Karte hier gezeigt.«

»Du kannst eine Karte lesen?« Sein Unmut und seine schlechte Laune verflüchtigten sich, als er Meg in die Augen blickte, deren Schönheit ihn einfach überwältigte. Sie war nicht länger zerzaust und fiebrig. Kein Wunder, dass Taskill an ihr interessiert war. Er konnte nicht anders, als seinen Blick kurz zu ihren Zehen schweifen zu lassen und war überrascht, dass sie, ebenso wie die Frauen der Granthams, enge Strumpfhosen trug. Sie waren von der Art, die ihre weiblichen Rundungen besonders gut umschmeichelten. Ein leises Stöhnen kam ihm ungewollt über die Lippen. Er hatte es einfach nicht unterdrücken können. Diese langen Beine zogen ihn erneut in ihren Bann.

Seine Mutter stand auf, schlenderte zur Tür und warf einen Blick in den Korridor.

»Was ist?« Meg warf ihm einen fragenden Blick zu, bevor sie sich über die Lippen leckte. »Hast du etwas sagen wollen oder bist du wütend auf mich?«

»Ich habe nur gefragt, ob du eine Karte lesen kannst. Die meisten Frauen sind dazu nicht imstande.«

»Ich bin nicht wie die meisten Frauen, Lennox. Ich weiß, dass die meisten viel weltgewandter sind als ich, aber ich kann eine Karte lesen.«

Die Frau war im Begriff, ihn in Verlegenheit zu bringen. Seine Erektion zwang ihn, hinter seinen Schreibtisch zu treten und sich dabei ein wenig zur Seite zu drehen, um sie zu verbergen. »Wie?« Nur dieses einzige Wort konnte er über seine Lippen bringen, denn er musste etwas sagen, um sie abzulenken.

Sie hielt inne, ließ die Schultern hängen und blickte in auf eine Weise an, als sei er dumm. »Meine Mutter hat mir das Lesen beigebracht, und mein Vater hat mich im Kartenlesen unterwiesen.«

»Das heißt aber längst noch nicht, dass du eine Karte *deuten* kannst, aber das hast du gut gemacht. Die meisten Mädchen besitzen diese Fähigkeit nicht.« Er wischte sich eine Schweißperle von der Stirn. Er litt Qualen wegen dieser jungen Frau. Noch nie hatte er so ein Verlangen verspürt und eine Frau so sehr verehrt, ohne sie berühren zu können, wie er es sich wünschte.

Überall. Er wollte ihren langgliedrigen herrlichen Körper überall berühren. Zuerst nur mit seiner Hand, doch anschließend auch mit seinem Mund. Jeden einzelnen Teil von ihr würde er kosten, wenn ihm die Gelegenheit dazu geboten würde. Was um alles in der Welt stimmte nicht mit ihm?

Sie schmiegte ihre Hand an ihre kurvenreiche Hüfte. »Warum hast du mir nicht sagen wollen, dass Loch Aline dort drüben liegt?« Sie tippte auf den Sound of Mull.

»Ich dachte, ich hätte Loch Aleve gehört. Ich habe dich wohl nicht richtig verstanden.« Verdammt, aber jetzt steckte er in der Klemme. Er log nur sehr ungern, doch manchmal gab es keinen anderen Ausweg.

Seine Mutter hustete so lautstark, dass er ihr einen warnenden Seitenblick zuwarf, doch sie hatte den Blick noch immer auf den Korridor hinaus gerichtet und warf nur gelegentlich einen Blick zu den beiden zurück.

»Ich würde gerne dorthin fahren, wenn es dir nichts ausmacht«, meinte Meg. Ich kann auch alleine rudern. Darf ich mir ein Boot leihen?«

»Aye, es macht mir etwas aus. Du kannst nicht dorthin. Du bist kränklich.«

Meg lenkte den Blick zu Lennox´ Mutter, die mit den Schultern zuckte, doch dann schaute sie ihn wieder an. »Ich bin nicht kränklich, Mylord. Es geht mir gut. Ich mache mir große Sorgen um Lia. Wie ich sehe, habt ihr alle eure eigenen Ziele, also werde ich mich selbst auf die Suche nach ihr machen.«

»Mein Name ist Lennox. Nicht *Mylord*.« Er wollte seinen Namen so oft wie möglich auf ihren Lippen hören. Der Klang hatte etwas an sich, das ihn faszinierte.

»Gut. Lennox, darf ich mir dein Boot ausleihen?«

»Nein, das darfst du nicht. Frauen begeben sich nicht allein auf ein Boot, Meg. Ich erkenne, dass du nicht verstehst, wie diese Dinge geordnet sind, aber ich sehe dir deine Unwissenheit nach.«

Meg sah nun aus, als hätte er sie geohrfeigt, und er konnte die Wut in ihrer Miene deutlich erkennen. Ihre Wangen waren so rot wie der prächtigste Apfel im Obstgarten. Verflixt, aber selbst so wütend war sie einfach hinreißend. Allerdings konnte er trotz allem, was er gesagt hatte, nicht so recht verstehen, warum sie so außer sich war. Er hatte doch nichts Falsches gesagt. Oder doch?

»Übrigens«, unterbrach seine Mutter ihn, »Meg ist in Sorge wegen des Barons. Was sollen wir tun, wenn er sie holen kommt?«

»Meg wird nirgendwo hingehen. Sie wird nicht über das Wasser fahren, und schon gar nicht mit einem Baron mitgehen, wer auch immer das sein mag. Wenn du dich an seinen Namen erinnerst, lass es mich bitte wissen, und ich werde dem Kerl eine Nachricht zukommen lassen.«

»Aber Lennox, jeder Baron könnte doch den König anrufen, um seinen Willen durchzusetzen ...« Seine Mutter war hartnäckig.

»Das würde König Edward vielleicht versuchen, aber König Robert würde ihm keine Rechte an einer schottischen Frau zugestehen. Ich werde sie heiraten, und das würde der Sache sicher ein Ende bereiten.«

Meg keuchte, dann stieß sie ihn gegen seine Brust. »Du sprichst von mir, als wäre ich ein Kind, oder überhaupt nicht anwesend. Als hätte ich in meinem Leben nichts zu sagen. Geh mir aus dem Weg.«

»Lennox. Nimm mehr Rücksicht auf ihre zarte Konstitution«, ermahnte ihn seine Mutter.

Er drehte sich seiner Mutter zu, um ihr zu antworten. Es war an der Zeit, sie aus der Kabinettstube zu komplimentieren. »Zarte Konstitution! Sie ist ungefähr so zart wie Dyna Grant. Bist du nicht ganz bei Trost, Mutter? Ich habe keine Zeit für solchen Unsinn.« Er wollte sich wieder Meg zuwenden, doch da gab es ein Problem.

Meg war verschwunden.

»Meg, komm wieder her.« Dann fügte er hinzu: »Komm *bitte* wieder her.«

Es fehlte nicht viel und er würde den Verstand verlieren.

# KAPITEL FÜNFUNDZWANZIG

*Rut*

R UT HÄTTE FAST laut gelacht und vor
Freude in die Hände geklatscht, doch sie
konnte sich gerade noch beherrschen. »Oh,
Douglas. Unserem Sohn steht eine höllische
Nacht bevor.«

Sie war froh, dass sie Meg in weiser Voraussicht
mit einer kleinen Führung durch den Bergfried
alles gezeigt hatte, und bemerkte, dass das
Mädchen bereits ihre Tasche genommen hatte
und zur Hintertür hinauseilte.

Rut eilte zur Treppe und rannte, so schnell
sie konnte, hinauf. Als sie den Treppenabsatz
erreichte, stieß sie beinahe eine Frau des Gesindes
um. »Verzeihung. Ich werde mich ein wenig
ausruhen. Bitte stör mich nicht, Mädchen.«

Dann rannte sie zum Ende des Ganges und
riss die Tür zu den Brüstungen auf, um dort
hinauf zu gelangen, ehe sie noch etwas verpasste.
Sie schnappte sich ihren Schemel den sie in der
kleinen Nische für ihren eigenen Gebrauch
verborgen hielt, öffnete die Tür und eilte um
die Ecke, um auf die Rückseite des Castles zu

gelangen, damit sie das Spektakel verfolgen konnte.

»Douglas, wir werden das genießen. Dein Sohn ist dabei, sich in dieses Mädchen zu verlieben. Ich wette, er wird mit ihr im Bett liegen, ehe diese Nacht zu Ende ist. Das wird allerdings erst dann geschehen, wenn sie ihn über ihre Stellung als Frau aufgeklärt hat.«

Rut spähte durch die Zinnen und war froh zu sehen, dass Meg fast am Ufer angelangt war und nun versuchte, ins Bootshaus zu gelangen. Lennox sauste hinterher, um sie einzuholen, und rief laut nach ihr, während er sein Bestes gab, um sie einzuholen.

»Da siehst du, was ich meine, Douglas? Er ist derart außer sich, dass er nicht die Ruhe bewahren kann. Er kann nur brüllen. Und ich habe das Gefühl, dass unsere Meg seinem Gebrüll ganz schnell ein Ende machen wird. Ganz bestimmt wird es überaus unterhaltsam sein, das zu beobachten!« Sie kicherte und hielt sich dabei den Mund zu.

»Wage es nicht, das Boot oder das Ruder anzufassen, Meg.«

Lachend warf Rut den Kopf zurück, wobei sie sich beide Hände vor den Mund hielt, damit ihr Sohn sie nicht hörte. Sie hatte Glück, denn alle Geräusche, die in der Nähe des Wassers entstanden, wurden wunderbar übertragen. »Douglas, ich glaube, wir werden jedes einzelne Wort hören.«

# KAPITEL SECHSUNDZWANZIG

## *Meg*

———◦❀◦———

**M**EG WAR DERART zornig auf Lennox, dass sie kurz davor war, vor ihm auszuspucken.

»Meg, warte. Bitte.«

Sie hielt an und drehte sich um. »Gut. Dann warte ich. Was willst du mir jetzt sagen? Wie töricht ich bin? Wie schwach ich bin? Und was nun? Ich bedauere, dass ich kein Laird bin wie du. Das heißt aber nicht, dass ich keinen Verstand habe.«

»Verzeih bitte. Ich wollte damit nicht sagen, dass du unwissend bist.«

»Genau dieses Wort hast du benutzt, Lennox. Ich verzeihe dir deine *Unwissenheit*. Hast du das schon vergessen?« Sie hatte die Hände in Hüften gestemmt und diese ballten sich jetzt zu Fäusten. Ach, wie müde war sie von all den Männern, die ihr vorschrieben, was sie zu tun hatte.«

»Deine Unwissenheit gegenüber Frauen, die ihr eigenes Boot rudern. Weiter nichts. Vergib mir. Bitte beruhige dich und gewähre uns die Zeit, darüber zu sprechen.«

»Oh, ich glaube, ich weiß genau, was du mir sagen willst. *Sei nett, Meg. Mach mich nicht wütend, Meg. Tu, was ich dir sage, Meg. Befolge meine Ratschläge, Meg.* Was hast du noch zu sagen?«

»Du verdrehst meine Worte, Mädchen. Nutze das nicht zu deinen Gunsten aus.«

»Na schön. Dann lass uns damit anfangen. Warum hast du mich wegen Loch Aline angelogen?«

»Das war nicht absichtlich geschehen. Es war...«

»Es war ganz bestimmt deine volle Absicht. Und damit eine weitere Lüge.«

Er knurrte. »Meg, bedränge mich nicht auf eine Weise, die du eigentlich nicht beabsichtigst. Ich kann nur ein gewisses Maß an Unverschämtheit tolerieren.«

»Du kannst nur ein gewisses Maß an Unverschämtheit tolerieren? Ich bin keine Angehörige deines Clans, Lennox. Weißt du was? Ich bin es leid, mir von Männern sagen zu lassen, was ich tun soll. Warum denken Männer, sie hätten das Recht zu entscheiden, was das Beste für mich ist? Vielleicht weiß ich ja ganz genau, was das Beste für mich ist und was ich möchte. Übrigens werde ich dich nicht heiraten, du ungehobelter Flegel. Wie kannst du es wagen, mir so etwas anzutragen?«

»Ungehobelter Flegel! Du beleidigst mich auf meinem eigenen Grund und Boden, nachdem ich so gastfreundlich zu dir gewesen bin?«

»Ja, das tue ich. Ich werde das Boot nehmen, ob es dir gefällt oder nicht. Du kannst mich begleiten, wenn es dir beliebt, aber ich werde über das

Wasser fahren und wenn ich einen Baumstamm finden muss, an dem ich mich festhalten kann. Dort drüben ist irgendwo ein kleines Mädchen von fünf Sommern, das mich braucht. Ihr klugen Leute macht euch um alles andere Sorgen. Ich sorge mich um Lia!«

»Du wirst das Boot nicht nehmen. Ich habe niemandem erlaubt, es zu berühren, also werde ich auch dir ganz bestimmt nicht gestatten, es zu benutzen. Lass es in Ruhe, Meg.«

Sie drehte sich um, machte die Tür zum Bootshaus auf, und zog eines der Boote heraus, das sie dann ins Wasser schob.

»Das kannst du nicht tun.«

Sie drehte sich um und schaute ihn an. »Schau mir zu.« Sie griff nach dem Boot, aber er riss es zurück.

»Dieses hier nicht.«

»Warum nicht?«

»Ich muss dir keinen Grund nennen. Nimm eines der anderen.«

»Die sind schmutzig.«

»Nun, du kannst keines von beiden nehmen. Ich werde es nicht zulassen. Alleine schaffst du es nie.«

»Lennox, ich bin kein kleines Kind. Ich kann rudern.«

»Vielleicht an einem anderen Tag, aber währen der letzten beiden Tage hattest du Fieber. Wie kannst du der Annahme sein, du wärst stark genug, um allein über das Wasser zu rudern?«

»Vielleicht, weil ich stark *bin*? Ich kann eine Axt werfen. Ich habe einen Mann getötet, indem ich ihm eine Axt mitten in die Stirn schlug. Ich war intelligent genug, unsere Spuren zu verwischen, als wir das Festland in Richtung Oban überquerten. Ich habe meinen eigenen Weg gefunden, als ich mein Zuhause verließ. Und ich kann sehr wohl ein kleines Mädchen finden, bevor sie jemand raubt und sie beleidigt. Den. Ganzen. Tag. Lang.« Tränen trübten Meg die Sicht, aber sie wischte sie fort. »Warum musst du mich immerzu beleidigen? Ich bin weder schwach, noch bin ich töricht Lennox. Bitte geh mir aus dem Weg.« Wieder wollte sie nach dem ersten Boot greifen.

»Dieses nicht.«

»Mir ist dies hier lieber.« Sie warf ihm einen langen Blick zu, griff sie nach ihrer Tasche und warf sie in das Boot. Das Wasser war so still, wie an einem der schönsten ruhigen Sommertage, aber es war fast Eis im Winter. »Mir wird nichts geschehen. Ich verspreche, dir dein Boot morgen zurückzugeben, Lennox. Und jetzt tritt bitte zur Seite, und ich werde dich nicht länger belästigen.« Sie senkte die Stimme zu einem ruhigeren Tonfall. Sie war es leid, sich mit dem arroganten Mann zu streiten. Und ganz bestimmt würde sie nicht weinen.

Er griff nach zwei weiteren Rudern und warf sie ins Boot. Dann nahm er eine Tasche aus dem Bootshaus und warf sie hinterher. Nun legte er sein Schwertgehänge ab und legte es auf den Boden des Bootes, das ihm so zuwider war. Er wusste nicht, ob er imstande war, einen Fuß hinein zu setzen, aber sie änderte ihre Meinung nicht. Er würde der Starke in dieser Partnerschaft sein müssen.

»Ich komme mit dir mit.«

»Nicht nötig. Ich komme schon zurecht.«

»Es ist mein Boot. Ich fahre mit dir.« Mit einem Seufzen meinte er: »Willst du die Wahrheit wissen? Ich war auf dem Weg nach Loch Aline, ganz allein. Der Mann, der im Castle lebt, hat mich vor langer Zeit entführt. Ich konnte entkommen, weil es mir gelang, ihn zu überlisten. Er hatte mich in einem Boot entführt, das genauso wie dieses aussah. Diese Schufte hatten mit mir dasselbe machen wollen − sie wollten mich an einen Trottel verhökern, der mich zum Bau einer Mauer einsetzen wollte, und ich sollte nie wieder nach Hause zurückkehren. Sie warfen mich über die Bordwand, in der Hoffnung, ich würde ertrinken, aber ich schwamm unter Wasser. Weder meiner Mutter oder sonst jemandem habe ich je erzählt, was sich in Wahrheit abgespielt hat. Aber ich weiß es. Ich weiß genau, wie er aussieht und wo er sich versteckt. Ich werde ihn suchen. Ich kann dir nicht erlauben, allein zu gehen. Du hast keine Ahnung, mit wem du es zu tun hast.«

Meg war stehen geblieben und blickte zu Lennox auf, der die Hände in die Hüften gestemmt hatte. Seine Augen zeigten die Schatten eines tiefen Schmerzes, das Blau war so kalt wie das Eis eines Sees im Winter. Irgendwie verstand sie diesen gut aussehenden, starken Mann jetzt, der vor so langer Zeit als Junge aus dem Gleichgewicht geraten war, und dessen Welt plötzlich von einem seelenlosen Narren zerstört worden war, der ihm seine Unschuld gestohlen hatte.

»Es tut mir leid, Lennox.« Was konnte sie noch dazu sagen? Dieser mächtige Laird hatte ihr gerade etwas gestanden, was er vor allen anderen verheimlicht hatte. Er hätte eine Umarmung verdient, doch das wäre unangemessen gewesen. Sie konnte ihm nichts anderes als Worte bieten.

»Ich begleite dich, Meg«, raunte er mit leiser Stimme. »Das muss ich tun. Manchmal bin ich ein Narr, aber ich weiß, was recht ist und was unrecht, und diese Schurken sind einfach im Unrecht.«

Sie streckte die Hand nach ihm aus und streichelte seine Wange. »Ich danke dir sehr. Ich würde mich freuen, dich bei mir zu haben.« Dann ließ sie ihre Hände sinken und drehte sich wieder um, aber er zog sie noch einmal in seine Arme.

Lennox bedeckte ihren Mund mit einem Kuss, der sie in Staunen versetzte, und zwar insbesondere, weil sie noch nie zuvor so geküsst worden war.

Aber verdammt sollte er sein, wenn es ihr nicht gefiel. So rasch wie er sie an sich gezogen hatte, ließ er sie wieder los, doch dann küsste er sie auf die Stirn und meinte: »Lass uns Lia suchen.«

Lennox half ihr ins Boot, befestigte die Ruder in den Riemen und verstaute ihre wenigen Habseligkeiten. Doch dann geschah etwas Seltsames. Als er das Boot von der Küste wegschob, hätte Meg schwören können, dass sie jemanden applaudieren hörte.

# KAPITEL SIEBENUNDZWANZIG

*Lennox*

———◦◦◦———

DIESE JUNGE FRAU würde ihn auf die Probe stellen, aber er hasste es zugeben zu müssen, dass er sich noch nie so lebendig gefühlt hatte. Meg war wunderschön, klug und lebhaft und sie hatte Beine, von denen er hoffte, dass sie sie bald um seine Taille schlingen würde.

Noch immer schockiert darüber, dass er sie freiwillig heiraten wollte, um sie aus ihrer Verlobung zu befreien, stellte er fest, dass die Ehe gar nicht so eine abstoßende Idee war, wie er sie in der Vergangenheit immer betrachtet hatte.

Er konnte sich Meg als seine Frau vorstellen, wie sie nur einen Atemhauch entfernt auf der anderen Seite seines Bettes lag, das Castle verwaltete und sogar ihre Kinder gebar. Zuerst wünschte er sich allerdings, sie mit offenem Haar zu sehen. Wie lang war es wohl? Würde es ihr bis zur Taille reichen oder war es lang und dick genug, um ihre runden Hinterbacken zu bedecken?

Er schüttelte den Kopf, um seine abschweifenden Gedanken aus seinem Kopf zu vertreiben.

Sie hatten den Sund bereits halb durchquert und weit und breit waren zum Glück keine anderen Boote in Sicht.

»Das ist Loch Aline. Das Castle, das ich aufsuchen will, liegt am anderen Ende des Sees.« Er zeigte nach vorne, die Landschaft war schön, wie fast immer im Sommer.

»Es tut mir leid, dass du das durchleiden musstest, Lennox. Ich bin sicher, dass deine Erinnerungen dich nicht so schnell loslassen«, meinte sie und drehte sich zu ihm um, während sie ruderten. Sie ruderten im gleichen Takt, und beide hatten den Blick auf den See gerichtet. Obwohl seine Schläge kräftiger als die ihren waren, konnte sie seinen beeindruckenden Rhythmus beibehalten.

Er durfte sich nicht von der Schönheit vor seinen Augen ablenken lassen, denn er musste entscheiden, wohin er sich wenden wollte, sobald sie das Festland erreicht hatten. An der Anlegestelle am Ende des Hafens würden noch andere Menschen zugegen sein – Fischer, einige Besucher, die aus der kleinen Stadt in der Nähe kamen –, doch er würde seinen Blick auf das Castle richten. Er war sicher, dass der Mann namens Egan vor vielen Jahren vom MacKinnis Castle aus operiert hatte. Seitdem hatte er ihn dort nie wieder gesehen, aber heute war ein neuer Tag.

»Dort drüben, Meg. Wir verstecken das Boot hinter den Büschen. Das habe ich schon oft genug getan.« Schon oft hatte er Lust verspürt, den Schurken aufzuspüren, in der Hoffnung, dass durch die Rückkehr in diese Gegend seine

Erinnerungen wieder geweckt würden, aber das war nie geschehen.

Bis vor kurzem. Aus irgendeinem seltsamen Grund hatte er einen Traum gehabt, in dem er sich an alles erinnert hatte. Er betete, dies würde ihnen helfen, Lia ausfindig zu machen.

Als sie das flache Ufer fast erreicht hatten, sprang er aus dem Boot und zog das Vorderteil des Bootes an Land. Dann reichte er Meg die Hand obwohl er befürchtete, dass sie zornig genug war, um sie abzuweisen. Doch dann ergriff sie seine Hand, und er zog sie fest an sich, um ihr die aufrichtigste Erklärung für sein Verhalten zu liefern, die er ihr bieten konnte. »Mädchen, wenn ich in deiner Nähe bin, gerate ich immer so schrecklich durcheinander. Ich fühle mich wie ein junger Kerl, der seinen ersten Kuss ersehnt. Ich entschuldige mich dafür, dass meine Worte so konfus geklungen haben. Es hat nie in meiner Absicht gelegen, dich zu beleidigen.«

Sie stand ganz dicht vor ihm, und ihre Blicke trafen sich. Darauf verlor er die Spur seiner Gedanken, denn er war von ihrer schlichten, exquisiten Schönheit voll und ganz ergriffen, und auch von all den Bildern, die sie in seinem Kopf lebendig werden ließ. Also musste er sich von ihr losmachen. Er ließ von ihren Händen ab, damit er seine Waffe aus dem Boot nehmen konnte, ehe er es im Gebüsch versteckte. Nachdem dies getan war, folgten sie dem Weg an der Küste entlang bis zur Residenz der MacKinnis, dem Kinlochaline Castle.

Vor vielen Jahren hatte er diese Stelle mit

seiner Mutter besucht, nachdem er an der Küste gefunden worden war. Aus Respekt vor ihr hatte er allerdings nie erwähnt, was ihm hier widerfahren war. Nie hatte er jemandem erzählt, was genau geschehen war, insbesondere deshalb, weil er sich erst Jahre später an alle Einzelheiten erinnern konnte. Sein Vater hatte darauf bestanden, alles zu erfahren, doch ihm gegenüber hatte Lennox behauptet, er könne sich nicht auf alles besinnen. Damals hatte er die Wahrheit gesagt, aber jetzt erinnerte er sich, insbesondere an einen Mann namens Egan.

Lennox und Meg folgten dem Weg an der Küste und wanderten nach Kinlochaline. Zu seiner Überraschung trafen sie unterwegs den Laird des Clans, Angus MacKinnis. Lennox stellte Meg vor und beschloss dann, ohne Umschweife zur Sache zu kommen.

»Chief, verzeiht unser Eindringen. Dies ist eine Freundin unseres Clans, Meg. Ich habe hier vor vielen Jahren jemanden kennengelernt und mich gefragt, ob er noch zu euren Wachen gehört. Ein Mann namens Egan?«

»Egan?« Angus gab sich keine Mühe, seine Überraschung zu verbergen und kratzte sich nachdenklich am Kinn, während sein Blick schmal wurde. »Ich erinnere mich sehr wohl an ihn, doch er gehört nicht mehr zu uns. Der Halunke hatte beschlossen, sich auf unangemessene Praktiken zu verlegen, und so ließ ich ihn ziehen. Das ist jetzt wahrscheinlich schon mehr als ein Jahrzehnt her, wenn ich mich recht erinnere. Kann ich Euch sonst noch irgendwie behilflich sein, MacVey? Kann ich euch zu einer kleinen Mahlzeit einladen? Ihr seid immer willkommen.«

»Meinen herzlichsten Dank, aber wir haben keine Zeit. Wenn es nicht zu unverschämt ist, könnte ich mir dann vielleicht zwei Pferde ausleihen? Ich verspreche, sie innerhalb eines Tages zurückzugeben.«

»Gewiss. Ich weiß sehr wohl, wie schwierig es ist, die Pferde über das Meer zu transportieren. Meines Glaubens schulde ich Euch noch etwas für die gleiche Gefälligkeit, die Ihr mir letzten Herbst erwiesen habt.«

»Ich danke Euch sehr, Angus. Ich hoffe, Eure Frau ist wohlauf.«

»Das ist sie.« Angus zeigte auf die Rückseite des Schlosses. »Die Ställe befinden sich in dem Bereich hinter uns. Isaac wird euch behilflich sein. Er ist schon lange hier.«

»Nochmals vielen Dank.« Lennox legte Meg eine Hand auf den Rücken und führte sie über den Hof in Richtung der Stallungen. Als sie sich dem Gebäude näherten, wurden sie von einem Jungen begrüßt.

»Mylord, kann ich Euch behilflich sein?«

»Aye, ist Isaac verfügbar?«

Ein Mann trat aus dem Stalltor und hob das Kinn. »Ach, MacVey. Wie ist es Euch ergangen, Chief? Und wie ich sehe, habt Ihr eine hübsche junge Frau bei Euch. Wie kann ich Euch behilflich sein?«

»Das ist Meg, Isaac. Würdest du für sie eine liebe Stute und einen umgänglichen Hengst für mich aussuchen, die wir uns für ein oder zwei Tage ausleihen können? Angus hat seine Einwilligung gegeben.«

»Freilich hat er das. Man muss seinen Nachbarn auf der anderen Seite des Wassers seine Pferde ausleihen. Das ist die einzige Möglichkeit, wenn man am Sund lebt. Ich habe zwei gute Reittiere für euch, die gut miteinander auskommen, und ich gebe euch auch einen Sack Futter mit.

Lennox verspürte den Drang, Meg an der Hand zu nehmen, also unternahm er einen Versuch, wobei er allerdings vorher um Erlaubnis fragte: »Macht es dir etwas aus?«

»Nein«, entgegnete sie.

Er führte sie weiter nach hinten und damit von dem Stalljungen weg, da er unter vier Augen mit ihm sprechen wollte. »Isaac, ich habe eine Frage an dich. Kannst du dich an einen Mann namens Egan erinnern?«

Isaac hielt abrupt inne und drehte sich zu ihm um. »Der Schurke Egan? Derjenige, der kleine Jungen nur des Geldes wegen ausnutzte? Meinst du diesen Egan?« Isaac wusste genau, von wem er sprach, denn es gab etwas, das ihm noch frisch in Erinnerung war.

»Ja. Genau das ist er. Wir vermissen ein Kind aus der Nachbarschaft und ich dachte, ich schaue mal nach bei ihm nach.«

Während Isaac die beiden Pferde sattelte, fuhr er mit seiner Geschichte fort. »Er ist ein verlogenes Stück ... Verzeihung, Mylady. Egan ist ein Taugenichts. Der Laird hat ihn schon vor vielen Jahren davongejagt, doch er treibt immer noch sein Unwesen hier. Ich hörte erst vor

kurzem wieder davon. Das liegt jetzt vielleicht
ein halbes Jahr zurück. Er hat einen Jungen von
Ardtornish Castle entführt. Und wenn Ihr dieses
nichtsnutzige Dreckstück ... Verzeiht, Mylady.
Wenn Ihr ihn dort nicht entdecken könnt, dann
versucht es in Drimnin. Dort werdet Ihr ihn
bestimmt finden.«

»Isaac«, sagte Meg. »Du hast nicht zufällig
irgendwo ein goldhaariges Mädchen in grüner
Kleidung gesehen, oder? Sie ist verschwunden
und wir müssen sie finden.«

»Nein, und ich würde es merken, wenn so ein
Mädchen hier wäre. Hier gibt es keine Mädchen.«

»Vielen Dank, Isaac«, beendete Lennox die
Unterhaltung. »Wir werden sehen, ob wir
in Ardtornish oder Drimnin mehr über ihn
herausfinden können.«

Isaac nahm einen leeren Leinensack und warf
ihn dann mit aller Gewalt auf den Boden, um
dann darauf herumzustampfen. »Das werde ich
diesem Scheusal antun, wenn ich ihn je in die
Finger bekomme. Jemand muss ihm ein Schwert
in seine verkorkste Seele rammen. Er hat schon
zu vielen Leuten den Kopf verdreht. Mir aber
nicht. Ich habe es dem Laird sofort gesagt, als ich
sah, was er im Schilde führte.«

Zu der Zeit als Lennox hier festgehalten wurde,
war Isaac war noch nicht hier gewesen, denn sonst
hätte er Lennox´ Entführung wahrscheinlich
verhindert. Allerdings war jetzt nicht der rechte
Zeitpunkt, um sich darüber Gedanken zu
machen, was hätte sein können. Die Sache war
nun einmal passiert, sagte er sich, und nun galt

es, ein kleines Mädchen zu finden, ehe Egan sie verscherbeln konnte.

Als die Pferde bereit waren, bot Isaac Meg ein wärmendes Fell an. »Für Euren Schoß, Mylady. Dies ist ein Geschenk von mir. Die Nächte sind kühl, wie Ihr bestimmt wisst. Viel Glück euch beiden und findet diesen verlogenen Mistkerl.«

Also ritten sie los und stießen bald darauf auf den Hauptweg, wobei Lennox den Weg zum Ardtornish Castle anführte, das in der Nähe eines blühenden Dorfes lag. Er hoffte, ein Gasthaus zu finden, da es ein guter Platz wäre, um die Dorfbewohner zu befragen und herauszufinden, ob jemand etwas über Egan oder Lia wusste.

Die Sonne stand hoch am Himmel, doch als sie auf die Dorfgrenze zu ritten, war es schon mitten am Nachmittag.

Aeoineadh Mor war ein schmuckes Dorf, das nicht weit von Loch Arienes entfernt in einem schönen Tal zwischen den Bergen der Highlands gelegen war. Als sie das Gasthaus gefunden hatten, ließen sie die Pferde in den Stallungen der Ortschaft zurück, um sich mit einer kleinen Mahlzeit zu stärken.

Sie verspeisten ein herrliches Mittagsmahl – bestehend aus Lammeintopf mit einem kleinen Obstteller –, doch auf ihre Fragen nach Egan wusste niemand etwas zu berichten.

Lennox entlohnte den Gastwirt, erstand etwas Trockenfleisch und Käse für ihre Reise und dann setzten sie ihren Weg fort. Sie saßen fast schon wieder im Sattel und waren aufbruchbereit, als eine Frau aus dem Gasthaus gerannt kam.

»Verzeihung, aber Ihr seid es doch, die nach Egan suchen?«

Lennox drehte sich zu der Frau, die in der Küche zu arbeiten schien. Sie umklammerte seinen Arm mit einem verzweifelten Griff, der ihm verriet, wie aufgebracht sie über diese Situation war. »Ich konnte Euch nicht gehen lassen. Es ist nun schon beinahe zwei Jahre her, dass Egan mir meinen Sohn weggenommen hat, aber das werde ich nie vergessen. Ich bin zum Sheriff gegangen und habe versucht, ihn ins Gefängnis bringen zu lassen, aber er ist immer wieder entwischt.« Sie machte eine kleine Pause, um sich zu sammeln, und ihr Atem ging schnell und stoßweise.

»Weißt du, wo wir ihn finden können?«, fragte Meg.

»Drimnin. Dort erledigt er die meisten Geschäfte, das schwöre ich. Er verhökert die Kinder, damit sie in Europa für die Reichen arbeiten. Ich hasse ihn. Bitte findet ihn und reißt ihm das Herz heraus.«

Lennox nickte. »Wir werden tun, was wir können.«

»Reißt ihm das Herz heraus, denn genau das hat er mir angetan. Findet ihn.«

# KAPITEL ACHTUNDZWANZIG

*Connor*

***

»NORDOSTEN, AYE?« CONNOR blickte fragend zu Alasdair, der mit einem Nicken antwortete.

Kurze Zeit später trafen sie auf Alick. Alasdair setzte seinen Cousin über die Lage ins Bild. »Ich habe vierzig Wachen in der Nähe, Chief. Die anderen beiden habe ich nach Hause geschickt. Wie viele willst du mitnehmen?«

»Zwei Männer. Fünf von uns werden ausreichen. Ich will nicht zu auffällig vorgehen. Hoffentlich sind bei Einbruch der Nacht zurück, und wenn unsere Mission erfolgreich ist, könnt ihr in das Gebiet der Grants zurückkehren.«

»Ist Tora wohlauf? Und die anderen ebenso?«

»Ja, die kleine Tora ist ebenso widerstandsfähig wie ihre Mutter. Die beiden Jungen waren erschrockener als die beiden Mädchen, aber Tora verriet mir, dass sie mich in der Nähe gesehen hat, und das hat sie beruhigt.« Connor zuckte mit den Schultern. »Wenn ich das sagen darf, war Astra glücklicher, Tora zu sehen als alle anderen zusammen. Sie fühlte sich für die Sache verantwortlich, weil sie zusammen auf einem Pferd geritten sind.« Er wusste, wie empfindsam Astras Herz war, also vermutete er, dass sie mit ihm und Sela nach Hause zurückkehren würde. Die kleine Tora hatte die Konstitution ihrer Mutter und offenbar noch einiges mehr von ihr. Von der besonderen Gabe seiner Tochter verstand er nicht viel und da seine Enkelin nun ähnliche Begabungen zeigte, verstand er das alles noch weniger.

»Soll ich ihnen irgendetwas berichten, wenn ich dorthin aufbreche, Chief?«

»Ich bin sicher, dass Sela mir mindestens zwei Wochen lang nicht erlauben wird, nach Hause zurückzukehren, aber Alasdair werde ich eine Nachricht mitgeben, es sei denn, es wird erforderlich, dass er noch länger bleibt. Es sollte nicht sehr lange dauern, bis wir diesen Schuft aufgespürt haben. Wir haben genug Männer ausgeschickt, die alles nach ihm absuchen.

Alick nickte. »Ich wünsche dir viel Glück. Ich werde in der Nähe sein, wenn du zurückkehrst.«

Sie warteten auf die beiden Männer, die Alick ausgewählt hatte, um ihre Gruppe zu begleiten, und dann brachen sie auf, wobei sie genau erklärten, wonach sie Ausschau hielten.

»Logan, du übernimmst die Führung, denn du bist der beste Fährtenleser. Kennst du dich von deinen Tagen als Spion in dieser Region aus?«

»Aye. Ich weiß von ein oder zwei Kirchen, wobei diejenige, an die ich denke, größer ist und sich mehrere Gebäude dahinter befinden. Megs Beschreibung passt zu meiner Erinnerung, die ich noch daran habe.«

»In welchem Dorf liegt sie?«, fragte Alasdair.

»Taynuilt. Es gibt eine Kapelle ganz in der Nähe, und sie liegt ungefähr zweieinhalb Tagesreisen zu Fuß entfernt. Der Zeitrahmen würde also passen.«

»Was ist mit der Höhle? Vielleicht können wir sie auf unserem Weg dorthin finden. Dann wissen wir zumindest, dass wir in die richtige Richtung unterwegs sind.« Alasdair ließ seinen Blick suchend in der Umgebung schweifen. »Weißt du etwas von der Höhle, Logan?«

»MacVey hat mir gesagt, wo sie liegt. Folgt mir.«

Sie waren gerade erst eine Stunde unterwegs, als Logan die Hand hob. »Halt.« Er wies in der Ferne auf eine näherkommende Gruppe.

Connor lenkte sein Pferd neben Logans. »Engländer? Ich glaube, diese Soldaten sind Engländer. Was zum Teufel suchen sie hier so weit nördlich der Grenze?«

Sobald der Anführer des englischen Trupps sie entdeckte, winkte er und rief Logan zu sich.

Logan näherte sich, doch er blieb auf Abstand. »Was wollt ihr? Habt ihr euch vielleicht verirrt?«

»Ich spreche im Namen von Baron Neville de Wilton«, entgegnete der Anführer der kleinen Kavallerie. »Wir sind auf der Suche nach seiner Verlobten, die aus ihrem Haus geraubt wurde. Habt Ihr ein junges Mädchen gesehen, das von jemandem gefangen gehalten wird?«

»Nein. Kehrt jetzt ins Grenzland zurück.«

Der Mann funkelte ihn an, wendete dann aber sein Pferd und ritt in Richtung Oban.

»Wer war das?«, fragte Alasdair. »Ich konnte ihn nicht verstehen.«

»Ich glaube nicht, dass ich deine Antwort hören möchte, Logan«, meinte Connor.

»Ich glaube, das war Megs Verlobter. Er suchte nach einem Mädchen, das geraubt worden ist. Er sagte, es handele sich um die Verlobte des Barons. Ich hoffe, sie reiten nicht nach Mull«, meinte Logan und sah dem Trupp nach, als dieser sich entfernte.

»Es geht nichts über ein paar Engländer, die MacVey davon überzeugen, seinen Anspruch geltend zu machen«, stellte Connor fest. Er grinste, und Logan schnaubte.

»Das könnte gut passieren, wenn dieser Trupp sich auf Mull blicken lässt. Ich denke, wir sind uns alle vollkommen im Klaren darüber, dass MacVey seine Meg niemals ziehen lassen wird.«

»Die Männer des Barons sind auf dem Vormarsch«, meinte Alasdair. Wir müssen es schaffen wieder auf Mull zurück zu sein, ehe sie sich entscheiden auf die Insel zu kommen. Wir müssen MacVey warnen, dass der Baron seine Verlobte holen will. Auch Meg muss Bescheid wissen. Ich würde sie nicht mit ihm gehen lassen. Der arrogante Schnösel hatte nicht mal den Mumm, eigenständig das Wort zu ergreifen. Er hat seinen Stellvertreter für sich sprechen lassen. Ich wusste genau, dass er derjenige war, der sich hinter seinen Männern versteckte.«

»Papa hätte das nie getan«, meinte Connor. »Er

lebte in dem Glauben, seine Männer anführen zu müssen, wohin sie auch gingen.«

»Deshalb hat dein Vater auch seinen legendären Ruf, und diese aufgeblasene Kröte konnte nicht einmal sein Pferd vorantreiben, um sich mit uns zu unterhalten.« Logan spuckte verächtlich aus. »Denkst du, er hat etwas mit den Kindern zu tun?«

Connor und Alasdair antworteten unisono. »Nein.«

»Er hat nur eines im Sinn«, fuhr Connor fort, »und zwar, Meg ein Kind zu machen. Wir müssen Meg warnen. Reite weiter, Logan. Kümmere dich um die Mission, derentwegen wir hergekommen sind und wir nehmen uns den Baron und seine Männer vor. Wenn ich den Rest meiner Wachen hinter ihm her schicken muss, werde ich das tun, bevor wir den Fjord erneut überqueren.«

Nordöstlich von Oban machte sich die Gruppe nun auf den Weg und fand die Höhle ohne Schwierigkeiten.

»Die Höhle liegt genau an der Stelle, die MacVey mir beschrieben hat«, bemerkte Logan. Ich kann die Spuren der Kinder in der Gegend an den zertrampelten Grasbüscheln erkennen. Kinder bewegen sich immer dicht beieinander.« Als sie weiterzogen, fügte er hinzu: »Vergesst nicht, das sie zu Fuß unterwegs waren. Wir sollten den Ort bei Einbruch der Nacht erreicht haben, wenn wir nicht zu viele falsche Abzweigungen nehmen.

»In Ordnung«, entgegnete Connor.

Sie folgten der Spur ein wenig abseits des

Hauptweges, wo Logan immer wieder auf stark zertrampeltes Gras und kleine abgebrochene Äste aufmerksam machte, die sich etwa in der Höhe der Kinder befanden. Seit deren Flucht hatte es nur wenig geregnet, und eigentlich war es bloß ein Nieselregen gewesen, sodass er gut erkennen konnte, wo sie entlanggelaufen waren.

Kurz nachdem die Sonne den Zenit erreicht hatte, stießen sie auf Leichengeruch. Logan deutete auf eine Stelle hinter einer Baumgruppe. »Dort. Dahinten liegt dieser Schurke.«

Connor stieg von seinem Pferd und schlug ebendiese Richtung ein. »Ich bleibe sitzen«, verkündete Logan. »Schau ihn dir aus der Nähe an, damit wir sicher sein können, dass er wie Hairy aussieht.«

Connor schritt voran und sein Neffe folgte ihm, aber keiner von beiden war auf den Anblick vorbereitet, der sie erwartete. So etwas hatte Connor noch nie gesehen, und damit war die Axt gemeint, die dem Toten geradewegs aus der Stirn ragte. »Verdammt, aber das Mädchen kann mit einer Axt zielen.«

»Sie hat es auch verlauten lassen«, meinte Alasdair.

Connor schnaubte. »Ich könnte einen Mann nicht so treffen, selbst wenn ich zwei Monde lang üben würde. Wie dem auch sei? Ich bin beeindruckt.«

Alasdair lachte leise. »MacVey sollte sie besser bald zu seiner Frau machen. Tut er das nicht, wird ein anderer sie zur Frau nehmen wollen. Jeder Highlander würde eine temperamentvolle junge Frau wie Meg mit Freuden zur Braut nehmen. Er sollte besser verhindern, dass Broc sie kennenlernt.«

Sie kehrten zu Logan zurück, und Alasdair erklärte nach besten Kräften, was sie gesehen hatten. »Die Axt steckt mitten in seiner Stirn, und seine langen Haare standen überall hervor. Und aye, ich habe in seine Ohren geschaut. Ich bin sicher, dass er der Hairy Herbert ist.«

Logan grinste. »Dann sind wir auf dem richtigen Weg.«

Connor griff nach den Zügeln von Logans Pferd und führte es zu der betreffenden Stelle. »Das musst du selbst ansehen. Das Mädchen hat eine tödliche Treffsicherheit.«

Logan stieß einen anerkennenden Pfiff aus, als er die Leiche erblickte. »Sie muss eine zweite andere Axt gehabt haben. MacVey sagte, sie hätte ihn fast mit einer getroffen.«

Alasdair trat zu ihnen. »MacVey wurde von einer anderen Waffengattung getroffen, und zwar einem Pfeil direkt in sein Herz. Meiner Vermutung nach wird er sie zu seiner Frau machen wollen, aber sie ist zu verunsichert, um ihn als Ehemann zu akzeptieren. Nach allem, was Emmalin durchgemacht hat, war sie anfangs genauso.«

Logan wendete sein Pferd und ritt auf den Weg zurück. »Ich denke, MacVey wird genau das bekommen, was er will. Ich denke, er hat einfach auf sie gewartet. Ihr wisst beide genau, wie die Lairds sind. Nur ein hübsches Gesicht stellt sie nicht zufrieden. Die jungen Frauen würden nie vermuten, dass sie mit der Art, wie sie eine Axt werfen, schneller einen Ehemann finden als mit einem hübschen Kleid.«

»Oder wie schnell sie fünf Pfeile abfeuern können.«

»Oder damit, dass sie es wagen, sich mit einem Mann auf Augenhöhe zu messen ohne sich einschüchtern zu lassen. So krank, wie sie war, hat sie trotzdem die Axt in der Hand gehalten, und das ist ein Zeichen für eine kräftige Konstitution. Sie erinnert mich an Sela.« Connor lächelte bei der Erinnerung an seine Frau, als sie sich zum ersten Mal in Inverness begegnet waren.

»Und Emmalin.«

»Meine Gwynie.« Logan musste lächeln. »Findet man einmal eine Frau mit dieser Art von innerer Stärke, wird man sie nicht mehr loslassen.«

Sie ritten weiter und kurze Zeit später kam die Kapelle in Sicht, wo sie abstiegen und ihre Pferde versteckten. Logan nickte in Richtung der Kirche. »Willst du dir die Ehre geben, Grant? Sie ist deine Enkelin. Es ist dein Recht.«

»Ich weiß«, entgegnete Connor, der daraufhin auf den Hintereingang der Hauptkirche zuging und nickte, als er die äußeren Gebäude erblickte. Sobald er wieder zum Vordereingang zurückkehrte, fügte er hinzu: »Klopfe an die Vordertür, Logan. Alasdair und ich gehen hinten herum, damit wir ihn erwischen, wenn er davonläuft.«

Connor stand eine Pferdelänge von der Tür entfernt, und hatte seine Hand am Griff seines Schwertes. Wenige Augenblicke später sprang die

Tür auf, und ein Mann in einer Robe sauste ins Freie. Beim Laufen schaute über die Schulter zu Logan, der hinter ihm herkam. Dann prallte er direkt auf Alasdair.

»Wohin seid ihr unterwegs Vater?«, wurde er von Alasdair gefragt, der den Priester am Arm festhielt.

»Lass von mir ab. Ich will meine abendlichen Gebete sprechen. Wie kannst du es wagen, einen Priester aufzuhalten?«

»Du wirst nirgendwo hingehen, Vater, bis du uns sagst, wo sich der Pirat versteckt hält.« Inzwischen hielt Connor sein gezogenes Schwert vor sich und ließ die Arme kreisen, um seine Schultern aufzuwärmen, für den Fall, dass er sich zur Wehr setzen müsste. »Obwohl ich meine Zweifel habe, dass du ein echter Priester bist.«

»Der Pirat?«

Logan baute sich hinter ihm auf. »Hör zu, du verlogenes Dreckstück. Du bist kein Priester, und du verdienst Geld damit, dass du Kinder verschacherst. Wenn du nicht willst, dass ich dich an deinen Hoden an dem Baum dort aufhänge, wirst du uns sagen, wo der Pirat ist. Wir meinen den Mann mit der Augenklappe, der eine Gruppe von Kindern in dem Nebengebäude dort drüben eingesperrt hat. Soll ich nachsehen, wie schmutzig es dort ist? Kann ich irgendwelche Hinweise von kleinen Kindern dort finden? Wahrscheinlich mussten sie in den Eimer pinkeln, den du immer noch nicht geleert hast. Du hast doch nicht vergessen, dass du Unschuldige gefangen gehalten hast? Wir könnten dich einsperren, während wir nach dem anderen suchen.«

»Nein, bitte, nein. Er nötigt mich. Ich habe keine Wahl. Wenn ich die Kinder nicht für eine Nacht behalte, will er mich und unsere Köchin meucheln. Er hat überhaupt keinen Respekt vor dem Priesterkragen. Ich will das gar nicht tun. Deshalb habe ich die junge Frau hierbehalten, damit die Kindern es netter haben, aber dann sind sie alle weggelaufen. Herbert kam nicht mehr zurück, aber Ellis sagte, er würde schon wiederkommen.«

»Trägt Ellis eine Klappe über einem Auge?«

Er nickte. »Ich weiß nicht, wo er ist.«

Die Köchin kam durch die Hintertür und sagte: »Ich werde dir sagen, wo er ist. Er wohnt auf der anderen Seite des Dorfes, in einem kleinen Häuschen am Ende der Gasse bei der Schmiede.«

Logan packte den Mann am Hals. »Wenn dein Priesterkragen nicht wäre, würde ich dich wegen deiner Lüge an diesem Baum aufknüpfen. Es sind Kinder, du kranker, schwachsinniger Idiot.«

Er stieß den Priester zurück, woraufhin dieser über seine eigenen Füße stolperte und mit dem Gesicht voran im Schlamm landete.

Eine Stunde später hatte die Gruppe Ellis gefunden, der allerdings behauptete, nicht zu wissen, wovon sie redeten. Connor fesselte seine Hände und band das andere Ende des Stricks an sein Pferd. Er ließ Ellis hinter sich her laufen, um ihm zu zeigen, was mit seinem Freund geschehen war.

Es dauerte nicht lange, bis sie die Leiche hinter

den Bäumen erreicht hatten. Ellis schüttelte den Kopf. »Nein. Ich will ihn nicht wiedersehen.«

»Du wusstest, dass er tot war, weil du ihm gefolgt bist. Sieh dir an, wie er jetzt aussieht. Du erinnerst dich doch sicher an deinen Freund, Herbert?«, fragte Connor und schob ihn in Richtung der verwesenden Leiche. »Ich denke, du solltest deinen Freund anständig begraben.«

»Er ist nicht mein Freund. Ich habe ihn nur an dem einen Abend gekannt.«

»Ich glaube dir kein Wort, aber ich werde kein Blatt vor den Mund nehmen. Erinnerst du dich an das kleine Mädchen mit den weißen Haaren? Du hast sie gegen ihren Willen festgehalten. Sie ist meine Enkelin, und ich habe hier zwei Männer, die abwarten und sich langweilen. Sie würden gerne eine Runde Hängepartie mit dir spielen.«

Connor stieg von seinem Pferd und schritt bedrohlich auf ihn zu. Ellis drehte sich um, und wollte fliehen, doch er prallte direkt gegen Alasdairs Oberkörper. Connor stellte ihn wieder auf die Füße auf und schleuderte ihn über Alasdairs Kopf, so dass er mit einem Stöhnen auf dem Boden landete. Dann setzte Connor seinen Stiefel auf Ellis' Brust, und platzierte die Schwertspitze an seiner Kehle.

Ellis stöhnte, und auf seiner Hose zeichnete sich ein nasser Fleck ab. »Das wusste ich nicht. Das schwöre ich. Ich dachte, sie wären Waisen. Wir wollten ihnen ein Zuhause geben.«

»In die Brust oder die Kehle? Entscheide dich, denn die nächste Lüge, die du von dir gibst, wird deine letzte sein. Das verspreche ich dir.«

»Ich wusste es nicht. Ich wusste es nicht. Ich wusste es nicht. Sie haben uns nichts gesagt.«

Connor grinste. »Was empfiehlst du, Logan?«

»Er bekommt nur eine Chance. Und wenn er uns nicht sagt, was wir wissen wollen, stoße ich ihm dein Schwert so lange in sein Maul, bis es aus dem Hinterkopf herauskommt. Eine Chance, du Scheusal. Wenn du uns sagst, wer noch beteiligt ist, lassen wir dich am Leben und bringen dich stattdessen zum Sheriff.«

»Ich weiß es nicht.«

»Sicher weißt du es. Du wirst wohl wissen, wer dir das Geld gibt«, gab Connor zurück. Er platzierte sein Schwert nun auf dem Bauch des Mannes und schnitt ihm die Tunika durch. »Sprich.«

»Ich weiß es nicht.«

Connor drückte fester zu und dachte an die armen Kinder Tora, Magni, Lia und Rowan. »Letzte Chance.« Er stieß so weit in Ellis´ Bauch, dass er blutete, aber nicht tief genug, um großen Schaden anzurichten.

»Egan! Sein Name ist Egan, und er war in Loch Aline, aber dann ist er nach Drimnin gezogen.«

Connor warf einen Blick zu Logan, der ihm mit einem dezenten Nicken zu verstehen gab, dass er Ellis glaubte. »Nimm ihn mit. Wir werden ihn mit fünf Männern zum Sheriff in Oban schicken. Wir fahren zurück und reden mit MacVey.«

# KAPITEL NEUNUNDZWANZIG

*Meg*

———— ✦ ————

»WIE LANGE WERDEN wir für den Ritt nach Drimnin brauchen?«

Lennox lehnte sich zurück und richtete den Blick in den grauen Himmel. »Es wird wahrscheinlich ein ganzer Tagesritt werden, aber da wir den halben Tag verloren haben, müssen wir wohl unter den Sternen schlafen. Bist du dazu bereit, Mädchen? Ich schwöre bei meiner Ehre, dass ich dir nicht wehtun und mich nicht aufdrängen werde. Ich werde nichts Unangemessenes tun.«

»Ich habe kein Problem damit, unter den Sternen zu schlafen. Ich habe auf der blanken Erde geschlafen, in einer Höhle und in einem abgesperrten, schmutzigen Raum mit vier Kindern.«

»Was war dir am liebsten?«

»Das war glaube ich die Höhle, weil es geregnet hat.« Sie sog die Schönheit der Landschaft in sich auf, während sie ihren Ritt fortsetzten. Das Grün der üppigen Wälder, welche ihren Weg säumten, mochte sie besonders gern, obwohl sie in der

Ferne auch das Meer erspähen konnte. »Lennox, darf ich dir eine Frage stellen?«

»Gewiss«, entgegnete er und lenkte sein Pferd neben ihre Stute, als sie den Weg entlang galoppierten.

»Ist mein Ruf ruiniert, weil wir allein gesehen worden sind? Ich verstehe nicht so viel von dieser Art von Regeln, aber ich sollte sie wohl besser lernen, denke ich.« Gerade noch rechtzeitig warf sie ihm einen Seitenblick zu, um die Anspannung in seinem Kiefer wahrzunehmen.

»Unter normalen Umständen würde ich das mit ›ja‹ beantworten. Ich habe dich nicht vorgestellt, also hat man im Dorf wahrscheinlich angenommen, du seist meine Frau. Dort musst du dir vermutlich keine Sorgen machen. Auf dem MacKinnis Castle würde ich allerdings ›ja‹ sagen. Wahrscheinlich wird Isaac nichts verlauten lassen, aber Angus hat erkannt, dass du nicht meine Frau bist, denn er weiß, dass ich unverheiratet bin.«

»Du hättest mich vor unserem Aufbruch warnen sollen«, brachte sie mit zusammengepressten Lippen hervor und hielt den Blick dabei starr geradeaus gerichtet.

»Das habe ich versucht, aber zugegebenermaßen nicht auf die geschickteste Art und Weise. Als ich sagte, dass du nicht allein rudern solltest, war dies ein Teil meines Gedankens. Eine alleinstehende Frau ist niemals allein unterwegs, sondern immer mit einer älteren weiblichen Begleiterin oder mit ihren Eltern. Beides trifft auf mich nicht zu. Nun, ich werde Folgendes sagen: Unsere Regeln sind nicht so streng wie in London, sodass du von niemandem geächtet werden wirst. Doch es stellt sich vor allem die Frage, wer davon wissen wird? Du lebst nicht auf Morvern, also wird dich niemand erkennen.«

Sie dachte über seine Worte nach und stellte sich dabei die Frage, was sie eigentlich mit ihrem Leben anfangen wollte, zumal es sich so verändert hatte.

Als hätte er ihre Gedanken gelesen, fragte Lennox: »Was möchtest du mit deinem Leben anfangen, Meg? Welche Hoffnungen und Träume hast du?«

Sie dachte an die Zeit zurück, als ihre Mutter noch lebte. Die Tage mit ihrer Mutter und ihrer Schwester gehörten zu ihren schönsten Erinnerungen und mit ihr hatte sie den wertvollsten Teil ihrer Familie verloren. Dann hatte sie einige Jahre später, als Tamsin sie verließ, ihren Lebensinhalt verloren. Es hatte sich wirklich so angefühlt, als sie ihre einzige Freundin verloren hatte.

Die Zeit mit ihrem Vater war eine Periode der Schinderei gewesen. Sie hatte harte Arbeit mit wenig Belohnung verrichten müssen, und die Hoffnung auf ein anderes Leben war undenkbar. In dem kleinen Dorf, in dem sie ihr Dasein fristeten, gab es keine jungen Männer, sondern nur junge Frauen.

Doch dann war der Baron erschienen und er hatte versprochen, ihr Leben innerhalb eines Tages vollkommen umzukrempeln. Aber sie war weggelaufen. Sie war gerannt, als ob zehn Wildschweine hinter ihr her gejagt wären. Es war nur gut, dass ihr nichts Schlimmes widerfahren war, doch andererseits hatte sie auch gar nicht gewusst, welches Unheil auf ihrem Weg hätte lauern können.

In der Kirche hatte sie freilich schnell etwas anderes gelernt. An einem einzigen Tag hatte sie ein kleines bisschen Hoffnung geschöpft, da sie sich dem Meer näherte, und war dann mit der düsteren Realität konfrontiert worden, indem sie gefangen gehalten wurde, um sich um vier Kinder zu kümmern. Am nächsten Tag war sie krank geworden und schließlich auf eine Insel mit so vielen Clans und Fremden wieder zu sich gekommen, dass ihr vom ersten bis zum letzten Tageslicht der Kopf geschwirrt hatte.

Ihre Abenteuer hatten ihr allerdings auch viel Gutes gebracht, denn aus dem Zusammensein mit den Granthams und den MacVeys – aus der Bekanntschaft mit Magni, Lia, Rowan und Tora – erwuchs eine neue Hoffnung auf ein besseres Leben. Könnte es das für sie geben?

»Ich kann mir vorstellen, dass du durch all deine kürzlichen Erfahrungen ein wenig verwirrt bist. Haben sich deine Träume irgendwie verändert?«

Sie räusperte sich und brachte erst einmal ein wenig Ordnung in ihre Gedanken, ehe sie sprach. »Aye. Nach Verlassen meines Elternhauses hatte ich mehr Hoffnung als je zuvor, wenn es auch eine echte Herausforderung war. Ich hatte die Hoffnung auf Glück in meinem Leben. Als Tamsin und ich klein waren, machte unsere Mutter aus einfachen Aufgaben einen Riesenspaß. Wir wollten uns messen und sehen, wer eine Erbse nach dem Schälen am schnellsten über den Tisch rollen konnte oder wessen Kleidung am saubersten war. Wir spielten mit den anderen Mädchen im Dorf Fangen, aber als wir unsere Mutter verloren, war es mit dem ganzen Spaß vorbei. Jetzt habe ich die Hoffnung, dass ich eines Tages jemanden heiraten könnte, der mich respektiert, und wir dann eigene Kinder haben und meine Schwester besuchen können. Ich bin von der Aussicht begeistert, meiner Nichte Alana eine Tante sein zu können, aber mir ist auch bewusst, dass mein Wissen über Männer nicht ausreicht, um eine Ahnung zu haben, wie ich einen Mann anlocken könnte. Ich hoffe allerdings sehr, dass der Baron mich nicht verfolgt. Ich werde mich mit diesem Mann auf nichts einlassen. Es gefällt mir nicht, mich hilflos ausgeliefert zu fühlen.« Sie hielt inne und meinte: »Genug von mir. Du bist an der Reihe, Lennox. Was sind deine Träume?«

»Träume? Ich kann nicht sagen, dass ich Träume hätte. Eher wohl Hoffnungen, aber auch diese scheinen im Schwinden begriffen, je älter ich werde.« Er blickte zu ihr hinüber, was er oft tat, als wollte er sich ihres Wohlergehens versichern.

Das störte sie nicht im Mindesten. Er war ein attraktiver Mann, und sie wusste, dass er sie beschützen würde. Auch wenn er sich halsstarrig und rechthaberisch geben konnte, vertraute sie ihm dennoch. Sie mochte Lennox auf eine Weise, die sich von der Art von Sympathie unterschied, die sie für ihre Schwester oder für die Kinder empfand.

Wie sie für Lennox empfand, war vollkommen

anders als alles, was sie in ihrem bisherigen Leben erlebt hatte. Sehnlichst wünschte sie sich, ihre Schwester wäre hier, doch bald würde sie sie aufsuchen. Sobald sie Lia gefunden hatten.

»Mein Vater rief mich zu sich«, fuhr Lennox fort, »als er dem Tode nahe war, und er nahm mir das Versprechen ab, verantwortungsbewusst zu sein. Ich versprach ihm, meine Mutter und meine Geschwister und den Clan zu beschützen und zu versorgen und zu heiraten, um Erben zu zeugen, damit das MacVey Gebiet in den Händen der MacVeys bleibt. Ich kann nur hoffen, dass ich meinen Vater mit meiner Art, den Clan zu führen, stolz gemacht habe. Ich hoffe, ich werde ihn eines Tages wiedersehen und er mir sagen, dass er stolz auf mich ist. Aber meine Mutter hat das Gefühl, ich würde ihn enttäuschen und daran erinnert sie mich zu oft.«

»Wie sollst du ihn enttäuscht haben? Du hast ein schönes Zuhause und gute Anhänger deines Clans. Ich habe deinen Bruder und deine Schwester kennengelernt, und sie sind beide glücklich.«

»Meine Mutter erinnert mich ständig daran, dass mir noch eine weitere Verpflichtung obliegt – zu heiraten und Erben zu haben. Sie meint, ich würde diesen Teil unseres Erbes missachten.

»Darf ich so dreist sein und fragen, wie viele Sommer du bist?«

»Siebenundzwanzig. Und du, Mädchen?«

»Siebzehn. Warum hast du dann nicht geheiratet? Du bist ein Laird. Gibt es nicht viele Mädchen, die dich gerne heiraten würden?«

Er blickte zu ihr hinüber und lächelte. Es war ein verschmitztes, schiefes Lächeln, das ihr gefiel. Es war unverkennbar Lennox. »Viele junge Frauen haben um eine Verlobung gebeten, oder besser gesagt, waren es ihre Väter, die mir diese Vorschläge angetragen haben.«

»Aber?«

»Diese jungen Frauen passen nicht zu mir.« Er betrachtete die Wolken, die über ihnen entlangzogen. »Wir sind fast an der Küste. Du wirst den Anblick genießen, wenn wir am Ufer entlangreiten.«

»Biegen wir in diese Richtung ab?«, fragte sie und zeigte nach rechts.

»Aye, sehr gut. Magst du die Landkarten?«

»Ja schon. Ich finde sie interessant und herausfordernd. Ich hoffe, mehr daraus lernen zu können, damit ich immer weiß, welchen Weg ich nehmen muss. Wenn ich also dein Castle verlassen würde, wüsste ich, wo der Rankin Clan und der Grantham Clan oder der MacQuarie Clan zu finden ist. Ich wüsste, wie man zur Fähre kommt. Bin ich zu einfältig für dich?«, fragte sie rundheraus. All dies war neu für sie, denn sie hatte vorher noch nie auf einer Insel gelebt.

»Keineswegs einfältig, Meg. Du bist wissbegierig. Das ist ein Zeichen für einen starken Geist.«

Das nahm sie als Kompliment und hakte nicht weiter nach. »Und deine Verlobte? Wonach suchst du?« Sie fragte aus reiner Neugierde, denn sie hatte keine Ahnung, was Männer an Frauen schätzten, einmal abgesehen von den Anforderungen des Barons – die Fähigkeit, Erben zu gebären. Sie verstand allerdings immer noch nicht genau, wie das vonstattenging, das musste sie zugeben. Wie kam ein Kind in den Bauch einer Frau? Und wie kam es wieder heraus? Zusammen mit Tamsin hatte sie gerätselt und gekichert. Sie hatte mit den anderen Mädchen im Dorf gesprochen, aber nichts hatte sich als wahr erwiesen. Ein Mädchen, das zwei Brüder großgezogen hatte, hatte eine anschauliche Beschreibung der Geschlechtsteile eines Jungen zum Besten gegeben, bei der sie die Nase rümpfen musste.

Sie kamen an einer großen Gabelung des Weges an, der parallel zur Küste verlief, und die Meeresbrise war ebenso lieblich wie die Umgebung. Meg legte den Kopf in den Nacken, um die Seeluft einzuatmen. Es war gerade rechtzeitig, um einen großen Vogel zu sehen, der über sie hinwegflog. »Schau! Was ist das?«

»Ach, das ist ein schöner Steinadler. Wir haben viele von ihnen auf Mull und Morvern. Papageientaucher und Grasmücken auch. Otter, Rehe, Fasane. Und ich hoffe, dass du auf unserem Rückweg ein paar Delfine im Sund sehen wirst. Sie sind häufige Besucher.«

»Was ist ein Delfin?«

# KAPITEL DREISSIG

*Lennox*

HIMMEL NOCH MAL, aber Meg war in vielerlei Hinsicht vollkommen unschuldig. Wie konnte man in dieser Welt leben und noch nie einen Delfin gesehen haben? Dann fiel ihm jedoch wieder ein, dass sie im Landesinneren gewohnt hatte und das Meer wahrscheinlich gar nicht kannte.

»So. Schau in den Sund. Sie sind weit weg, aber du kannst im Wasser einige Tiere sehen, die wie große Fische aussehen und aus dem Wasser auftauchen, um dann wieder unterzutauchen. Es sind sehr anmutige Geschöpfe, die an der Wasseroberfläche, aber auch darunter schwimmen, als ob sie genauso viel atmen müssten wie wir. Und sie sind sehr schnell, denn sie können mit jedem kleineren Boot mithalten, wenn sie wollen. Sie haben ein Lächeln, das sie sehr freundlich erscheinen lässt. Sie sind selten allein unterwegs, meist mit mehreren anderen, und sie plappern wie die Vögel. Wenn wir Zeit hätten, würde ich dich näher heranführen, aber so wie die Wolken aussehen, steht wahrscheinlich ein Regenschauer bevor. Nicht weit vor uns gibt es einen Bach, und ich wette, nicht weit davon entfernt finden wir eine Höhle.«

Sie ritten eine Weile weiter, bis Meg dann wieder das Wort ergriff. »Du hast meine andere Frage nicht beantwortet, Lennox.«

Er warf ihr einen verdatterten Blick zu und legte den Kopf schief. »Ich habe die Frage vergessen. Frag mich bitte noch einmal.«

»Was suchst du in einer Frau? Ich weiß nicht viel über diese Dinge, also sieh es mir bitte nach, wenn ich unhöflich bin.«

Er dachte eine Weile nach und warf ab und zu einen prüfenden Blick zur Wolkendecke, während sie in gleichmäßigem Tempo weiterritten. Wenn er ehrlich wäre, würde er ihr die einfachste Antwort geben – jemanden wie sie. Doch er überlegte gründlich, denn dies war von großer Wichtigkeit. »Die offensichtlichen Eigenschaften kommen mir in den Sinn. Ich hätte gerne eine Frau, die freundlich und rücksichtsvoll ist, aber ich möchte auch, dass sie intelligent und aufmerksam ist. Für Frauen, die ihre Zeit nur damit verbringen, sich um Äußerlichkeiten zu kümmern und immer mehr Geld wollen habe ich nichts übrig. Wahrscheinlich hast du das noch nicht erlebt, aber jedes Mal, wenn ich gezwungen war, mit meinem Vater an den königlichen Hof zu gehen, fühlte ich mich oft von den Frauen dort beleidigt, von Frauen, die mir ihre Brüste entgegenstreckten, als ob sie damit attraktiver würden, oder von Frauen, die so dreist waren, mich an Stellen zu berühren, wo sie mich nicht berühren sollten. Ich könnte noch mehr sagen, aber du hast eine Vorstellung davon.«

Lennox zuckte mit den Schultern, als sie die Pferde in einen anderen Weg lenkten, der neben einem Bach herführte und die Luft sich mit einem Mal abkühlte. »Sie muss sich mit der Führung eines Clans auskennen, und sie sollte so gut mit Zahlen umgehen können wie ich. Sie sollte lesen und schreiben können, doch das können viele Frauen nicht und wollen es auch nicht lernen. Aber vor allem suche ich nach einer Frau, die mich liebt, wie ich bin, nicht für das, was ich bin.«

»Das verstehe ich nicht.«

Er überlegte, wie er dieser unschuldigen Meg, am besten erklärte, was er damit meinte. »Manche Frauen wollen mich heiraten, damit sie Gesinde haben, das ihnen jeden Wunsch erfüllt, oder um in einem Castle zu leben und sich alle Kleider anfertigen zu lassen, aber nicht weil sie an mir interessiert sind oder meine Meinung hören wollen. Es geht ihnen um den Status, die Frau eines Lairds zu sein.« Er schnaubte fast. »Weißt du, dass manche Männer glauben, Liebe sei töricht? Ich nicht. Ich wünsche mir eine Frau, die mein Herz berührt und es zum Schlagen bringt. Jedes Mal, wenn ich sie ansehe.«

Jetzt war Meg völlig verwirrt. »Aber von Schönheit hast du nichts erwähnt.«

»Es ist mir egal, ob sie schön ist.« Er hielt inne und drehte seine Hand hin und her. »Ich meine, sie sollte für das Auge gefällig sein, aber andere halten mich für töricht, weil ich eine Frau heiraten möchte, die in mir ein Verlangen weckt wie keine andere. Dass ich sie mit einem einzigen Blick begehre.«

»Das hätte ich nie als Antwort erwartet. Vielen Dank für deine Erklärung.« Ihr verwirrter Gesichtsausdruck verriet ihm, dass er sie nur noch mehr durcheinander gebracht hatte, aber er beschloss, es dabei zu belassen. Zu diesem Thema hatte er wahrlich genug gesagt.

Wieder dachte er: *Eine Frau wie du, Meg.* Jedes Mal, wenn er einen Blick auf sie erhaschte, hatte er Bilder davon, wie er sie überall schmeckte, wie er sich in sie stürzte, bis sie auf dem Höhepunkt ihrer Lust seinen Namen schrie, wie sie sich an ihn klammerte, als wäre er der einzige Mann auf Erden. Diese eine Frau hatte so viele fleischliche Bilder hervorgerufen, dass es Lennox schwerfiel, Herr seiner Gedanken zu bleiben. Ein nicht zu leugnendes Verlangen hatte ihn erfasst, sie zu beobachten, wenn sie in fleischlichen Wonnen schwelgte, den Ausdruck auf ihrem Gesicht zu sehen, der auf dem Höhepunkt der Lust hervorgerufen wurde. Zu spüren, wie ihre innersten Muskelkontraktionen seinen Samen aus ihm herauspressten, bis nichts mehr kam. Sie war anders als die meisten Frauen, die er gehabt hatte, und die so lange bei ihm gelegen hatten, bis er fertig war, egal wie sehr er versuchte, die Leidenschaft in ihnen wachzurufen.

Als er einen Blick über die Schulter warf, erkannte er, dass sich der Himmel verdunkelte und ein Unwetter über sie hereinbrechen würde. Es dämmerte fast, sie hatten getrocknetes Fleisch und Käse. Sie hatten auch zwei Felle und Wasser, also würden sie in der Höhle gut zurechtkommen. Sie mussten nur dorthin gelangen und einen guten Platz für ihre Pferde finden, bevor der Himmel sein schlimmstes Unheil über sie hereinbrechen ließ.

Lennox näherte sich dem Wasserfall, da er eine Höhle dahinter vermutete und zu ihrem Glück fand er dort auch eine, obwohl sie klein war. Der dichte Wald auf der einen Seite der Höhle würde den Tieren Schutz bieten. »Ich kümmere mich um die Pferde, wenn du die Satteltaschen nimmst und sie hineinbringst, bevor sie nass werden.«

Er half Meg beim Absteigen und band die beiden Satteltaschen los, als die ersten Regentropfen fielen. Er band die Tiere an die Sträucher und gab ihnen etwas zu fressen, bevor der Himmel seine Schleusen öffnete und dann rannte er zum Eingang der Höhle.

Die grauen Wolken zogen auf und entfesselten einen für die Hebriden nicht unüblichen Sturm. Er schaffte es ins Trockene und war auf dem Weg nur ein bisschen nass geworden. Meg schritt prüfend durch die kleine Höhle, vermutlich um nach allem Ausschau zu halten, was sie zu bemängeln hatte.

Er stellte sich hinter sie. »Auf der Suche nach Spinnweben?«

»Nein«, antwortete sie und drehte sich wieder zu ihm um. »Nach einer schönen ebenen Fläche zum Schlafen.«

»Klug und praktisch. Ich denke, wir werden

tatsächlich hier übernachten. Wir sollten morgen bei Sonnenaufgang in Drimnin sein.«

»Wo sollen wir nach Egan suchen?«

»Darüber mache ich mir keine Sorgen. Drimnin ist klein. Ein kleines Dorf mit einigen Fischerhütten. Es gibt eine kleine Kapelle, die nicht immer besetzt ist. Dort gibt es keine Pferde, sondern nur Boote, weil die Bewohner vom Meer leben. Wenn sie etwas brauchen, fahren sie nach Tobermory. Du wirst sehen. Vom Strand aus kannst du das Rankin Castle sehen, wo Rowan wohnt.«

»Warum leben die Menschen dort, wenn es so abgelegen ist?«, fragte sie, zog den Pelz hervor, den Isaac ihr geschenkt hatte, und legte ihn um ihre Schultern.

»Weil es wunderschön ist. Es sind sehr glückliche Menschen. Sie schwimmen und fischen und betreiben ein bisschen Landwirtschaft. Sie ziehen ihre Kinder auf. Sie bauen Boote und fahren hinüber, um sich zu amüsieren oder Vorräte zu besorgen, die sie benötigen. Es ist ein einfaches Leben, aber ein angenehmes, denke ich.«

»Und Egan würde dort sein? Das klingt nicht nach einem Ort für einen Mann, der Kinder stehlen würde.«

»Ja, da gebe ich dir recht.« Meg hatte einen blitzschnellen Verstand. Sie hinterfragte Dinge, die anderen gar nicht auffallen würden. »Ich vermute, dass er im Landesinneren lebt. Man kann an verschiedenen Stellen ins Wasser gelangen, da die Küste an einigen Stellen flach ist. Aber seine Hütte wird abseits der anderen stehen, irgendwo, wo niemand sehen kann, was er macht. Ich würde vermuten, dass er tief im Wald haust, der ein Stück hinter dem Dorf liegt. Es ist ein gutes Geschäft, wenn man dicht beim Wasser wohnt. Man gibt seine Angebot an Waren bekannt, vereinbart einen Zeitpunkt für die Lieferung oder Abholung, und schon hat man Geld. Das Schändliche daran ist, dass er mit Kindern handelt.«

»Wofür?«

Das war ein Punkt, den er mit der jungen Meg lieber nicht ausführlich besprechen wollte. Sie war zu unschuldig. »Als Arbeitssklaven. Wäsche waschen, Gärten umgraben. Sie wollten, dass ich Steine trage, um eine Ringmauer zu bauen. Solche und andere Dinge.« Weiter wollte er nicht auf ihre Frage eingehen. »Ich habe etwas eingepacktes Essen aus dem Gasthaus in meine Tasche getan. Bist du hungrig?«

Sie aßen das getrocknete Fleisch und den Käse, während es weiter regnete, und setzten sich auf einen Felsen der nicht weit von der Öffnung entfernt war. Das ständige Tropfen an der Vorderseite der Höhle klang sogar lauter als der Wasserfall in einiger Entfernung. Als der Regen nachließ, trat Lennox in die Dunkelheit hinaus, um nach den Pferden zu sehen, und freute sich, sie satt und weitestgehend trocken vorzufinden.

Als er in die Höhle zurückkam, war er überrascht, Meg direkt hinter dem Wasser stehen zu sehen, die wie gebannt in die Dunkelheit starrte.

»Meg, bist du wohlauf?«

Sie nickte und schluckte schwer, worüber er sich wunderte, aber er beschloss, sie sprechen zu lassen, wenn sie bereit war. In ihrem Kopf schwirrten so viele neue Gedanken herum, dass sie zu kämpfen hatte, alles zu verarbeiten, aber er wusste nicht, was sie am meisten beschäftigte. Er würde ihr die Zeit gewähren, die sie brauchte.

»Ich fühle mich unwissend und töricht, Lennox. Denkst du das von mir?« Sie drehte sich zu ihm um, ihr Blick war in der Dunkelheit undeutlich zu erkennen.

Hatte sie geweint?

»Nein, ich habe dich nie für unwissend und töricht gehalten, Meg. Unschuldig, vielleicht. Aber nicht töricht. Warum denkst du das?«

»Weil ich nicht weiß, wie die Welt funktioniert. Ich war noch nie am Hof des Königs. Ich habe keine Ahnung, was das überhaupt bedeutet. Ich bin mir nicht sicher, ob ich weiß, wer der König von England ist. Ich weiß nicht einmal, was ein Delfin ist. Wie kann ich das ins Lot bringen?«

Lennox verschränkte die Arme. »Du brauchst dich nicht zu bessern, Meg. Vielleicht weißt du einige Dinge nicht, aber ich weiß nicht, wie man einen Pullover strickt oder wie man Bohnen anbaut.« Er griff nach ihr und strich ihr ein Haar aus dem Gesicht. »Du lernst schnell, also stell Fragen, und ich werde dir alles beibringen, was ich weiß. Ich finde, du bist nahezu perfekt, so wie du bist. Stark, ehrlich, mitfühlend, gütig. Es gibt nichts an dir auszusetzen. Vielleicht ein bisschen halsstarrig, aber das bin ich ja auch.« Er lächelte.

»Halsstarrig? Bin ich das?«

»Aye, Mädchen. Das bist du, aber das ist nicht unbedingt etwas Schlechtes.«

Sie schaute wieder in den Regen hinaus und dachte über seine Worte nach.

»Lennox, ich habe das Gefühl, ich sollte mein Schicksal selbst in die Hand nehmen. Ist das in deinen Augen nicht so? Nur weil ich ein Mädchen bin, muss mir doch nicht jemand anders sagen, was ich zu tun habe?«

Für die meisten Frauen war dies eine harte Realität, obwohl seine Mutter jeder Frau sagen würde, dass sie ihr Schicksal selbst in der Hand hat. Aber für die breite Masse, für die Armen, die Bauern im Dorf, war dies so und die Männer hatten die volle Kontrolle über sie. »In meinen Augen bist du auf dich allein gestellt. Du bist eine starke, unabhängige Frau, die ihre eigenen Entscheidungen über ihr Leben treffen sollte. Du brauchst nicht kontrolliert zu werden. Ich hoffe, du wirst mit deiner Schwester Kontakt aufnehmen, damit auch sie dir Ratschläge erteilen kann. Jeder braucht einen Menschen, mit dem er sich beraten kann, wenn er nicht mehr ein und aus weiß, insbesondere in jungen Jahren.« Ihm war nicht ganz klar, worauf sie hinauswollte, doch er zauderte, einfach zu raten.

Sie holte tief Luft und fragte: »Ich möchte dich bitten, es mir zu zeigen. Das ist für ein Mädchen keine gewöhnliche Bitte, möchte ich vermuten, doch meines Erachtens bin ich irgendwie anders als die meisten jungen Frauen, die du normalerweise kennenlernst. Ich muss wissen, was Intimität bedeutet. Zeig mir, was zwischen einem Mann und einer Frau vor sich geht, was es heißt, intim zu sein. Zeig mir, wie Kinder entstehen.«

Lennox hätte sich um ein Haar verschluckt, doch dann glaubte er, sich recht gut beherrscht zu haben. Am liebsten hätte er Meg zu seiner Frau gemacht, doch sie war in einem verletzlichen Zustand und sie wusste überhaupt nicht, wovon sie sprach.

Zumindest ging er davon aus, dass sie vollkommen unschuldig war.

»Hat deine Mutter nie mit dir darüber gesprochen?«

»Nein, sie starb vor über zehn Jahren. Wir waren zu jung. Tamsin und ich versuchten, uns anhand der wenigen Dinge, die wir von einigen Mädchen aus der Nachbarschaft gehört hatten, alles zusammenzureimen, aber so ganz haben wir es nie verstanden. Die Mädchen sprachen über die Jungfräulichkeit. Was genau ist die Jungfräulichkeit eines Mädchens?«

Zur Hölle, er hatte eine lange Nacht vor sich.

# KAPITEL EINUNDDREIßIG

*Meg*

———◆———

»ICH WERDE MEIN Möglichstes tun, Meg. Allerdings nur mit Worten. Insbesondere, weil du nicht verstehst, welche Folgen deine Bitte nach sich zieht. Wir machen einen Schritt nach dem anderen.« Er räusperte sich, blickte in den Regen hinaus und wandte sich dann wieder Meg zu. »Deine Jungfräulichkeit ist ein winziges Häutchen, das viele als die größte Kostbarkeit eines Mädchens betrachten. Wenn ein Mann und eine Frau zum ersten Mal Geschlechtsverkehr haben, durchbricht er besagtes Häutchen, wodurch sie ihre Jungfräulichkeit verliert. Die Kirche und die meisten Männer sind der Ansicht, eine Braut muss mit unversehrter Jungfräulichkeit zu ihrem auserwählten Mann kommen. Wenn diese Haut nicht intakt ist, kann er die Annullierung der Ehe beantragen, und die Kirche wird dies anerkennen. Meiner Meinung nach ist das eine barbarische Praxis. Der Wert einer Frau sollte nicht an einem Häutchen festgemacht werden, das man nicht einmal sehen kann.«

»Kann ich meines sehen?«

Er hustete erneut und sagte: »Nein. Es ist unsichtbar, denn es ist in deinen weiblichen Geschlechtsteilen gut verborgen.«

»Woher weiß man dann, ob es überhaupt da ist?« Verwirrter denn je musste sie weiterfragen, obwohl sie nicht übersehen konnte, dass Lennox sich bei diesem Gespräch reichlich unbehaglich fühlte.

»Weil du bluten wirst, wenn es durchreißt. Mehr werde ich zu diesem Zeitpunkt nicht dazu sagen. Tamsin wird dir alles genauer erklären, und wenn nicht, bin ich sicher, dass meine Mutter oder meine Schwester dir gerne Auskunft geben werden.«

»Ich akzeptiere das, wenn ich noch eine Frage stellen darf. Du willst mir also nicht die Jungfräulichkeit nehmen?«

Lennox drehte seinen Körper so, dass er mit dem Rücken nach außen lag, und neigte seinen Kopf nach hinten, sodass das Wasser, das aus der Öffnung tropfte, sein Gesicht nässte. Dann richtete er sich auf und wischte das überschüssige Wasser ab. »Das habe ich nicht gesagt, Meg. Nichts würde mich mehr erfreuen, aber ich werde dir deinen Wert als Braut nicht nehmen, wenn du mir nicht versprichst, mich zu heiraten.«

Das verwirrte sie noch mehr. »Auch wenn ich das gar nicht will? Wenn ich dich richtig verstehe, dann wäre der Baron nicht daran interessiert, mich zur Braut zu nehmen, wenn ich dieses Häutchen nicht hätte. Also möchte ich es loswerden.«

»Auch wenn du es nicht willst. Es wäre nicht ehrenhaft, vor allem, weil ich nicht glaube, dass du wirklich begreifst, was du da von mir verlangst. Ich würde auf ein Eheversprechen per Handschlag bestehen.«

»Eheversprechen per Handschlag? Diese Formulierung habe ich noch nie gehört. Würdest du mir das bitte erklären?«

»Ein Eheversprechen per Handschlag wird von einem Paar geleistet, wenn es unmöglich ist, eine Kirche oder einen Priester aufzusuchen. Das kommt besonders in den Highlands vor, und wir sind hier in den Highlands auf Morvern. Es ist eine Verpflichtung, für ein Jahr und einen Tag als Paar miteinander zu leben, bevor man sich trennt. Das Paar gelobt, mindestens so lange zusammen zu bleiben, bevor es sich trennt.«

»Aber warum? Warum können wir keine Beziehungen haben, weil wir es wollen?«

»Aus vielen Gründen, aber hauptsächlich geht es dabei um die Kinder. Angenommen, ich nehme deine Jungfräulichkeit und pflanze meinen Samen in dich, und du wirst schwanger. Wenn du das Kind neun Monde lang austrägst und einen Jungen bekommst, könnte dieser Junge nicht mein Erbe sein, weil er als unehelich gelten würde. Er könnte das Land der MacVey nicht erben, ohne es sich zu erkämpfen.«

Meg runzelte die Stirn. »Es gibt zu viele Regeln, als dass ich sie verstehen könnte. Einem kleinen Kind wäre das einerlei.«

»Aber wenn dieser Junge mein Erbe wird und sich herausstellt, dass er unehelich ist, und ich eine andere Frau als dich heirate und einen Sohn mit dieser Frau habe, würde der zweite Sohn das

Erbe des Lairds antreten, nicht der Erstgeborene. Es würde dem ersten Sohn etwas ausmachen. Ich habe geschworen, außerhalb der Ehe keine Kinder zu haben, und ich werde mich daran halten.«

»Ich verstehe das alles nicht.«

Er nahm ihre Hand in die seine und meinte: »Es ist kompliziert. Wenn du und ich uns ein Eheversprechen per Handschlag geben, ist das wie ein kleines zeremonielles Gelöbnis, das wir einander leisten. Dann wäre unser Kind, wenn du es vor Ablauf des Jahres zur Welt bringst, mein rechtlicher Erbe. Und wenn wir feststellen, dass wir nicht zueinander passen, dann können wir am Ende des Jahres und einem Tag getrennte Wege gehen. Ich würde den Jungen als meinen Erben behalten, und du würdest tun, was du willst.«

»Natürlich nicht, aber das würde nie passieren. Mein Kind würde bei mir bleiben.« Herr im Himmel, aber sie war verwirrter denn je.

»Darüber werden wir reden, sollte es je dazu kommen.« Wieder sah er sie mit diesem schiefen Grinsen an, das ihn ziemlich jungenhaft wirken ließ, und wenn sie raten sollte, tat er das nicht sehr häufig. »Aber ich bin froh, dass du so geantwortet hast. Es zeigt die Hingabe, die eine Mutter gegenüber ihrem Kind haben sollte«, setzte er dann wieder mit ernster Stimme hinzu.

»Es tut mir leid, dass ich dir Unbehagen bereitet habe, Lennox. Und ich bin dir für deine Aufrichtigkeit dankbar. Gibt es etwas, das du mir zeigen kannst, ohne mir die Jungfräulichkeit zu nehmen?«

Lennox strich sich mit der Hand über sein langes Haar und wrang das Wasser aus den Locken, das ihm am Nacken herunterlief. Das Mädchen forderte ihn sichtlich heraus, doch dann fiel ihm eine Sache ein. »Ich habe dir vorhin einen flüchtigen Kuss gegeben. Ich würde wetten, dass du noch nie richtig geküsst wurdest. Soll ich es dir beibringen?«

»Wahrscheinlich nicht, aber es würde mich bestimmt nicht glücklich machen. Ich bin schon einmal vom Baron geküsst worden, und es war ekelhaft. Ich will nie wieder eine schleimige Zunge in meinem Mund haben. Bleib mir vom Leib.«

Er schmunzelte und beobachtete sie. Als sie den frechen Blick auf seinem Gesicht erkannte, wurde sie unruhig.

»Lennox, das ist nicht lustig für mich.«

»Ich weiß, und es tut mir leid. Aber ich würde diesen Baron gern einmal zu Gesicht bekommen. Ich hoffe, ich lerne ihn eines Tages kennen.«

Diese Bemerkung brachte sie noch mehr auf. Und dann lachte er wieder. Diesmal war sie so irritiert, dass sie ihn am liebsten geschubst hätte.

Was sie dann auch tat.

So fest sie konnte, drückte sie gegen seine Brust und brummte dabei: »Hör auf zu lachen. Es gefällt mir nicht, wenn man über mich lacht. Ich habe die Hälfte meines Lebens in der Einsamkeit gelebt, also weiß ich nicht so viel wie andere. Das kann ich gar nicht lustig finden.«

Der Blick in seinen Augen schien jetzt zu glühen und instinktiv wusste sie, dass er sie mochte. Es erinnerte sie fast an den Baron, aber ...

Lennox MacVey war nicht wie der Baron. Tränen trübten ihren Blick, aber sie kämpfte dagegen an und weigerte sich, ihm auch nur das Geringste von der Wut zu zeigen, die er in ihr entfacht hatte. *Einundvierzig, zweiundvierzig, dreiundvierzig ...*

Er nahm ihre Hand und zog sie näher zu sich heran. »Mädchen, ich lache nicht über dich. Ich finde es außerordentlich verlockend, wie du dich mir gegenüber verhältst. Komm näher. Ich möchte dich etwas lehren.«

»Was?«

»Näher.« Er zog noch ein bisschen mehr, und sie trat auf ihn zu, während sein Duft sie umhüllte. Meerwasser und Minze, genau danach roch er. Plötzlich war sie von seiner Nähe überwältigt und auch von seiner Stärke, und der ganzen Männlichkeit, die er ausstrahlte, aber auch davon, dass er überall hart war – und doch war seine Berührung so sanft.

Sie verstand nicht das Geringste an Lennox MacVey, aber sie begriff, dass sie ihn mochte. Er zog sie so dicht an sich heran, dass sie den glühenden Blick aus seinen Augen genau spüren konnte, während die Breite seiner Schultern ihre Sinne überwältigte, und Hitze aus jedem Teil von ihm auszuströmen schien. Sie konnte ihm fast in die Augen sehen, aber nicht ganz.

Sein Blick lag auf ihr und seine Aura übermannte sie. Unfähig, sich zu beherrschen, schlug sie den Blick nieder und tat das Einzige, was sie nicht verhindern konnte. Ihre Zunge schnellte aus ihrem Mund hervor und leckte die Wasserperle in dem kleinen Spalt über seinem Kinn ab.

Lennox schloss die Augen und stieß ein Knurren aus, wie sie es noch nie gehört hatte. Sie wartete auf seinen nächsten Schritt und schaute ihn dabei an, bis er die Augen wieder öffnete.

»Du hast keine Ahnung, was du mir antust, oder?«

»Nein, aber ... ist es etwas Gutes?«

Mit einer Stimme, die zwei Tonlagen tiefer als gewöhnlich klang, entgegnete er: »Oh, es ist sehr gut.«

Sie wartete noch ein wenig, wobei sie bemerkte, dass sich ihre Atmung beschleunigt hatte. Das passierte ihr immer, wenn sie aufgeregt war, doch dann stellte sie fest, dass seine Atmung noch schneller als ihre eigene war. Sie blickte zu seinen Augen auf, die immer noch auf eine Stelle über ihrem Kopf gerichtet waren. Noch nie war sie einem Mann so nahe gewesen. Seine Haut schimmerte in einem tiefen Bronzeton, den er von der Sonne hatte. Sein Bart war ungepflegt, seit sie auf Reisen waren. »Dein Bart wächst schnell.« Sie rieb ihre Wange an seiner, um zu sehen, wie kratzig er war, und wieder entfuhr ihm ein Stöhnen.

»Ich bitte dich, mir zu erlauben, dich zu küssen«, presste er mit einer mühsam beherrschten Stimme hervor. »Noch nie bist du richtig geküsst worden, und das bei einer so schönen Frau wie dir? Das ist meiner Ansicht nach eine Sünde.« Mit seinem Daumen strich er über ihre Wange, und mit der anderen Hand schob er ihr einige widerspenstige

Haare aus dem Gesicht, während er sich näher zu ihr lehnte und die Dunkelheit der Nacht alles außer ihm ausblendete. Er flüsterte: »Du hast eine kleine Rötung von meinem Bart. Sei vorsichtig. Deine Haut ist zu weich und viel zu zart.«

Er neigte seinen Kopf zu ihr, und sie verspürte den schockierenden Drang, ihn am ganzen Körper zu berühren. Wie würde es sich anfühlen, von jemandem geküsst zu werden, der so gut aussah und dabei auch noch freundlich und beherrscht war? *Einundsechzig, zweiundsechzig, dreiundsechzig...*

»Darf ich?« Er hatte sie mit seinen blauen Augen fixiert und wölbte die Stirn dabei.

Sie nickte und streckte die Hände nach seinen Unterarmen aus, ehe sie dann zu seinen kräftigen Oberarmen hinaufglitt. Das war kurz bevor er seine Lippen auf die ihren legte. Er küsste sie zärtlich und schmeckte dabei nach Minzblättern. Er drehte seinen Mund ein bisschen seitlich, und seine Zunge neckte sie, bis sie ihre Lippen teilte und ihn einließ, aber nur ein kleines bisschen. Sie traute ihm nicht, obwohl sie bereits wusste, dass dies nicht wie der schreckliche Kuss des Barons enden würde.

Mit einem Mal hörte sie auf zu zählen, seufzte und gab seinem Drängen nach. Sie erlaubte ihm zu tun, was ihm beliebte. Er drückte sie in seine Umarmung und ihre Arme wanderten auf seinen Rücken, und sie schwelgte in dem Gefühl seiner Muskeln in ihren Händen, während er sich bewegte.

Seine Zunge verschlang sie, und sie tat das

Einzige, was ihr einfiel – sie berührte seine Zunge mit ihrer, was ihn zum Stöhnen brachte. Er zog sie fester an sich, und sie war verloren. Verloren in allem, was Lennox ausmachte – seine Kraft, sein Geschmack, seine Macht, sein Duft, das Gefühl seines Körpers an ihrem. Plötzlich verspürte sie den Drang, sich auszuziehen, um seine Haut an ihrer zu spüren.

Lennox weckte in ihr ein Verlangen, das sie nie zuvor verspürt hatte. Ihre Brustwarzen kribbelten, ihr Atem ging stoßweise, und der Spalt zwischen ihren Beinen drückte gegen ihn, und da war etwas Hartes, das sie verwirrte. Etwas, das sehr widersprüchliche Gefühle in ihr auslöste – das Bedürfnis, diese Härte näher an sich heranzuziehen und sie gleichzeitig von sich zu stoßen.

Sie stieß gegen seine Brust und lehnte sich an die kalte Steinwand in ihrem Rücken. Keuchend rang sie um Atem. Ihre Finger fuhren zu ihren Lippen und sie war überrascht, wie geschwollen sie sich anfühlten.

»Es tut mir leid«, meinte er mit angehaltenem Atem. »Ich bin zu weit gegangen, Mädchen. Das hätte ich nicht tun sollen.«

Sie wartete, bis sich ihre Atmung ein wenig beruhigt hatte, und nutzte indessen die Zeit, Lennox zu betrachten. Jetzt lachte er nicht mehr und seine Stimme war heiser, während sein Atem schwerer ging als ihr eigener. Er fuhr sich mit einer Hand übers Gesicht, während er seine andere Hand zu seinen Hüften wandern ließ.

»Ich habe mich hinreißen lassen. Du bist zu unschuldig. Es tut mir leid.«

»Das muss es nicht«, flüsterte sie. Es hat mir gefallen.« Und dann schritt sie auf ihn zu, umfasste seine Wangen und erwiderte seinen Kuss, indem sie alles nachahmte, was er zuvor mit ihr gemacht hatte. Ihr Herz schlug höher, als jeder Teil von ihr lebendig wurde. Seine Hände wanderten zu ihren Brüsten und rieben ihre Brustwarzen durch den Stoff, und sie bog sich ihm entgegen. Er hob sie hoch, und sie schlang ihre Beine um seinen Leib und so trug er sie dann in den dunkelsten Winkel der Höhle.

Er beendete den Kuss. »Das muss jetzt aufhören«, meinte er, »sonst entsteht nichts Gutes daraus, Mädchen. Vertrau mir. Ich hole die Plaids aus meiner Satteltasche.« Er setzte sie ab, griff nach der Tasche und holte die zusätzlichen Plaids heraus, die er immer dabei hatte. Eines legte er auf den Boden und zeigte auf sie. »Mach es dir bequem. Du schläfst heute Nacht in meinen Armen, sonst wirst du wieder krank.«

»Lennox? Habe ich etwas falsch gemacht?«

Er hielt inne, griff nach ihrer Hand und küsste jede Fingerspitze. »Nein, Meg. Alles, was du getan hast, war richtig. Aber wir sind nicht verheiratet, und wir müssen Lia finden.«

»Du willst meine Jungfräulichkeit nicht nehmen? Selbst wenn ich sie dir geben will?« Sie nahm das Fell, das zu Boden gefallen war, und ließ sich auf dem Plaid nieder. »Ich würde mit dir den Handschlag machen.«

»Nein. Versteht mich nicht falsch, nichts würde

mich mehr erfreuen. Aber es wäre falsch, dies jetzt zu tun.«

Meg seufzte und rollte sich auf den Rücken, mit Blick auf die Öffnung der Höhle, während der Regen langsam nachließ, aber immer noch rhythmisch vom Himmel fiel. Sie musste etwas falsch gemacht haben.

Er begehrte sie nicht.

# KAPITEL ZWEIUNDDREIßIG

*Lennox*

———❧———

FROH, AM NÄCHSTEN Morgen wieder unterwegs zu sein, dachte Lennox darüber nach, was er aus ihrer Beziehung gemacht hatte. Er hatte das Angebot ihrer Jungfräulichkeit abgelehnt, woran ihn sein erigiertes Glied mehrmals mitten in der Nacht qualvoll erinnert hatte, weil ihr weicher Hintern ihn häufig auf unpassende falsche Weise berührte.

Er hatte standgehalten und nun wünschte er, er hätte es nicht geschafft. Nichts hätte er lieber getan, als Meg zu der seinen zu machen, sich tief in ihr zu vergraben, während sie seinen Namen schrie und ihre Fingernägel über seine Schultern streiften, wenn sie die Schwelle der exquisiten Lust überschritt.

Aber ohne ein Heiratsversprechen oder einen Handschlag zur Besiegelung würde er es nicht tun, und es gab einen Grund für seine Sturheit.

Er zweifelte nicht im Geringsten daran, dass es ihm nicht reichen würde, Meg nur ein einziges Mal zu besitzen. Er könnte wetten, dass er nie genug von ihr bekäme. Sie ging ihm unter die

Haut wie das Bouquet des besten Weins oder der Duft der süßesten Blume im Garten.

Leider brauchte Meg einen Mann mit Geduld, denn sie war sehr jung und unschuldig, und ihm war im Moment nicht nach Geduld zumute. Jedoch hatte er keine andere Wahl. Sie verdiente nichts weniger als das Beste von ihm.

Heute würden sie es nach Drimnin schaffen und er hoffte mehr über den Schuft Egan und seine skrupellosen Machenschaften herauszufinden. Wenn sie Glück hatten, würden sie dort auch Lia wohlauf und unversehrt vorfinden.

Der Weg wurde breiter, als sie der Küstenlinie folgten, und er ritt sein Pferd neben Megs. »Was hältst du von Lia? Das Wenige, was ich von ihr weiß, ist ungewöhnlich.«

»Inwiefern?«

»Die Art und Weise, wie sie spricht, ist ein Anfang, als wäre sie eine verhutzelte alte Heilerin oder eine Art seltsame Hexe. Ich habe gehört, dass die Männer nach einer Fee suchen. Glaubst du, sie ist eine Fee?«

Meg warf ihm einen Blick zu und zuckte mit den Schultern. »Ehrlich gesagt, weiß ich nicht, was ich von Lia halten soll. Sie hat mir Dinge erzählt, als ob sie meine Schwester kennt. Sie erzählte mir, dass Tamsin in einen Laird verliebt und sehr glücklich sei, und das war, bevor ich ihr sagte, dass ich eine Schwester habe. Ich weiß wohl, dass sie und Magni bei den MacQuaries gelebt haben, und somit musste sie ja Bescheid wissen, aber Magni wäre nie auf die Idee gekommen, eine solche Aussage zu machen. Woher wusste Lia,

dass Tamsin meine Schwester ist? Und wie ich
schon sagte, erwähnte sie, dass sie nach Loch Aline
gehen würde, und zwar allein. Welches kleine
Mädchen sagt so etwas? Keines der anderen drei
Kinder hatte ein Interesse daran, irgendwo allein
hinzugehen.«

»Sie hat ganz bestimmt eine alte Seele, und
obwohl sie zart wirkt, ist sie davon weit entfernt.
Ich hoffe, dass wir sie finden, aber ich denke auch,
dass sie viel besser auf sich selbst aufpassen kann
als die anderen drei Kinder.«

»Lennox, darf ich dir etwas sagen, ohne dass du
mich für dumm hältst?«

»Natürlich. Seit die Granthams hier sind, habe
ich gelernt, meinen Geist für Dinge zu öffnen, die
mir vorher unbekannt waren. Zum Beispiel, dass
Tora und ihre Mutter Seherinnen sind. Ich habe
von Seherinnen gehört, aber sie nie tatsächlich
erlebt. Jetzt fange ich an, daran zu glauben. Gern
würde ich mir deine Meinung dazu anhören.«

»Ich glaube, Lia bewirkt Dinge, um Menschen
in eine bestimmte Richtung zu dirigieren. Ich
weiß nicht genau, warum mir das so vorkommt,
aber ich glaube, sie wollte, dass ich ihr nach Loch
Aline folge, insbesondere, weil ich die Einzige
war, der sie ihr Ziel verraten hat. Warum sagt sie
es mir und nicht Magni? Oder Connor? Und
dass du mir folgen würdest, wenn ich gehe. Und
jetzt will sie, dass wir nach Drimnin gehen, um
dieser schrecklichen Sache ein Ende zu bereiten.
Sie führt uns aus einem bestimmten Grund an
bestimmte Orte. Wenn wir Egan finden und
mit seiner Schreckensherrschaft Schluss machen,

wäre das wunderbar für die Kinder und ihre
Eltern und auch für die arme Köchin, die wir
getroffen haben, und für dich. Eine Reise könnte
viele Probleme lösen. Und wenn das so ist, dann
hat Lia eine Macht, die ich nicht erfassen kann,
aber ich werde sie respektieren.«

Das Dorf tauchte hinter einem kleinen Hügel
auf, und Lennox konnte sich ein Lächeln nicht
verkneifen. Er neigte den Kopf in Richtung Meer.
»Ist das nicht einer der schönsten Orte, den du je
gesehen hast?« Die sanften Hügel im Hintergrund,
die stille Bucht, die gepflegten Gärten und die
Häuschen neben den Fischerbooten ließen die
Gegend so reizvoll wirken wie keine andere, die
er je erblickt hatte. »Eines Tages, wenn ich alt
und gebrechlich bin, möchte ich hier mit meiner
Frau leben, die Sonnenuntergänge beobachten,
für unser Nachtmahl angeln und im Sommer im
warmen Wasser schwimmen.«

»Das klingt auch für mich verlockend, Lennox,
obwohl ich nicht schwimmen kann. Kannst du
wirklich im Meer schwimmen? Ich habe schon
in Bächen gebadet, aber das Meer macht mir
Angst. Aber du hast gesagt, du schwimmst im
Sund. Gefällt es dir?«

Er nickte. »Das Schwimmen wird dir ein
Gefühl der Ruhe vermitteln, wie keine andere
Sache. Ich werde es dir beibringen. Wie findest
du die Gegend? Das Dorf?«

»Es ist wunderschön. Ich verstehe genau,
was du meinst. Ich bin überrascht, dass so viele
Menschen hier umherlaufen. Was schlägst du
vor? Was sollen wir unternehmen?«

»Wahrscheinlich ist es am besten, wenn wir uns den Menschen nähern. Ich schlage vor, wir fangen am Strand an, wo die beiden Fischer gerade ihr Boot einholen.« Er lenkte die Pferde den kleinen Abhang hinunter, bis er die Felsen erreichte, dann stieg er ab und half Meg, ehe er auf die Männer zuging.

Meg spülte sich sofort die Finger ab und schöpfte Wasser, um ihr Gesicht zu bespritzen.

»Ich grüße euch. Es ist ein schöner Morgen. Ich komme von der Dounarwyse Castle auf Mull. Ich suche nach einem Mann namens Egan.«

Beide Männer hatten lange Bärte, ihre Haut war verwittert und von der Sonne gegerbt. Aber ihre Augen nahmen die beiden Besucher bis in die kleinste Einzelheit wahr.

»Du bist Laird MacVey. Ich habe dich schon mal gesehen. Was willst du von Egan?«

Die beiden hatten ein Netz mit etwa sechs Fischen. »Ich sehe, du hast Makrelen. Bekommt ihr die oft? Und wie groß ist der größte Rochen, den ihr je gefangen habt?«

Ein Mann grinste und streckte seine Hände vom Körper weg, um zu zeigen, wie groß der Rochen war, den er gefangen hatte. »Ich musste ihn mit dem großen Boot meines Cousins holen. Mit unserem kleinen Boot hätten wir ihn nicht hochziehen können. Aber es war ein großer Fisch. Köstlich. Meine Frau mag Seelachs. Wir haben heute Morgen einen ziemlich großen gefangen.«

Lennox warf einen Blick in ihr Netz. »Er ist eine wahre Pracht.« Dann stemmte er die Hände in die Hüften und sagte: »Mit Egan habe ich noch eine Rechnung offen. Seid ihr mit ihm verwandt?«

»Mit diesem Bastard? Nein. Ich wünschte, er würde verschwinden. Wegen ihm bekommt unsere Gegend einen schlechten Ruf. Ich helfe euch auf jede Weise, ihn loszuwerden. Ich kann ihn nicht leiden und mir gefällt auch die Art nicht, wie er sich verhält.« Der Mann schürzte die Lippen und deutete über ihr Dorf hinaus. »Er gehört nicht hierher. Wir haben ihn fortgeschickt.«

»Wisst ihr, wo er jetzt wohnt?«

»Tief im Wald«, antwortete der andere Mann. »Du wirst mehr brauchen als einen Mann, es sei denn, sie ist eine gute Bogenschützin. Sie sind zu viert. Keiner ist besonders groß, aber alle sind böse. Sie bedrohen uns manchmal, also kümmern wir uns um unsere eigenen Angelegenheiten. Wir haben es einmal mit dem Sheriff versucht, aber Egan weiß, wann man sich verstecken muss und wie man am besten verschwindet.«

»Pferde?«

»Nur eins, das ich gesehen habe. Sie reiten zwischen der Hütte im Wald und einem Ort an der Küste auf der anderen Seite von Drimnin hin und her. Du wirst sie sehen. Dort gibt es auch eine kleine Hütte. Darin lebt ein altes Paar, aber sie machen keinen Ärger. Er überwacht die Leute.«

»Ich danke euch.« Er reichte jedem der Männer eine Münze, da er wusste, dass sie sie in Tobermory brauchen konnten.

»Beschütz deine Frau, MacVey. Er mag sie

jung. Benutzt sie und dann verkauft er sie.« Aus
Respekt vor Meg sprach er leise, aber Lennox
war sicher, dass sie jedes Wort gehört hatte.

Er wandte sich zum Gehen, drehte sich dann
aber noch einmal um. »Habt ihr ein goldhaariges
Mädchen von etwa fünf Sommern in der Gegend
gesehen?«

»Chief, wenn hier ein fünfjähriges Mädchen
allein wäre, würde er sie längst haben. Ich traue
ihm nicht über den Weg.« Dann spuckte der
Mann in die Bucht. »Wir stünden in eurer Schuld,
wenn ihr ihn verjagen würdet.«

Lennox ging hinüber, um Meg von den Felsen
zu helfen, führte sie zurück zu ihren Pferden
und half ihr beim Aufsteigen. Nachdem auch er
aufgesessen war, nickte er den beiden Männern
zu und sie ritten den Weg entlang.

»Nimm den Weg zwischen den beiden großen
Eichen, der mit zwei Steinen markiert ist«, rief
ihm einer der beiden Männer zu.

Wenige Augenblicke später ritt er Meg voran
in den Wald und hielt an, als er die Hütte tief im
Wald unter den Bäumen entdeckte. »Mädchen,
hast du deine Axt dabei?«

»Aye«, gab sie zur Antwort.

»Halte sie griffbereit. Es sind vier Männer, wie
du sicher gehört hast. Wenn du einen mit deiner
Axt erledigen kannst, übernehme ich die anderen
drei. Hast du ein Messer?«

Sie schüttelte den Kopf. »Ich habe Messer
immer nur zum Kochen benutzt.«

»Ich habe zwei, also kann ich dir eines überlassen,
denn ich werde mein Schwert benutzen. Ich

werde keine Gnade mit diesen üblen Burschen haben.« Er griff in seine Satteltasche und holte einen Dolch hervor, den er aus der Scheide zog, um sich zu vergewissern, dass er sauber war. Dann überreichte er ihr die Waffe. »Ziele auf den Hals. Wenn du in einen Arm oder ein Bein triffst, machst du die Männer nur wütend und sie werden noch härter zuschlagen. Du musst auf den Hals, die Innenseite des Handgelenks oder tief in das Fleisch des inneren Oberschenkels zielen.

Sie nickte, wurde ein wenig blass, doch dann nickte sie kräftig.

Lennox wusste, dass es töricht gewesen war, ohne die Unterstützung von mehreren Wachen hierherzukommen, aber Meg war so schnell aus dem Bergfried gelaufen, dass ihm keine Zeit mehr geblieben war, jemandem Bescheid zu geben, dass sie ihm folgen sollten. Ganz sicher hatte er auch nicht damit gerechnet, den ganzen Weg nach Drimnin mit Meg zurückzulegen. Er hatte damit gerechnet, nach Loch Aline zu gelangen und dann wieder nach Hause zurückzukehren. Das war vor zwei Tagen gewesen.

Er betete, keinen großen Fehler begangen zu haben, aber sie waren kurz davor, Lia zu finden. Das konnte er spüren.

Er stieg ab, half Meg herunter und führte die Pferde in ein kleines Wäldchen, um sie zu verstecken. Ihre Zügel hängte er einfach in die Büsche. Er nahm Meg an der Hand und schlich dann um die Hütte herum, sodass sie sich von einer Seite näherten, um auf Stimmen zu lauschen und etwaige Aktivitäten zu registrieren.

Nicht weit entfernt gab es einen Bach und etwas weiter in der Ferne war das Plätschern eines Wasserfalls zu vernehmen. Es wäre nicht verwunderlich, wenn Kinder in der Hütte gefangen gehalten würden. Wasser wäre vonnöten, um sie zu versorgen und sauber zu halten.

Er konnte nichts hören, und Meg schüttelte den Kopf, um ihn wissen zu lassen, dass auch sie nicht das Geringste wahrnahm. Er ging zur Hütte und hielt sein Ohr an die Tür, dann öffnete er sie. Die Fenster waren mit Fellen bedeckt, sodass es dunkel, aber ruhig war. Er ging hinüber und hob eines der Felle an, um die Stube zu erhellen, und stellte fest, dass es sich um eine Hütte mit nur einem Raum handelte, in der Reihen von kleinen Pritschen auf dem Boden standen – Pritschen von der Größe von kleinen Kindern.

Allerdings waren sie alle leer. Kein Kind lag darauf.

Sie wollten gerade wieder umkehren, als vier Männer von der gegenüberliegenden Seite aus dem Wald stürmten, von denen zwei in Richtung Lennox und zwei in Richtung Meg angriffen.

Lennox hatte sein Schwert zur gleichen Zeit gezückt, wie Meg ihre Axt herauszog. Sie warf sie und traf einen der Männer mitten in die Brust, sodass er sofort zu Boden ging.

Lennox schwang sein Schwert und war überrascht, dass einer seiner Angreifer eine große Waffe trug, während der andere ein kleines englisches Schwert hielt. Den Mann mit der kleineren Waffe schlug er schnell nieder, doch der andere erwies sich als weitaus kräftiger. Er musste schon genau zielen, um ihn zu erledigen.

Meg schrie auf und rannte von ihm weg, wobei ihr Angreifer ihr dicht auf den Fersen war.

»Meg, dein Dolch!«

# KAPITEL DREIUNDDREIßIG

*Meg*

———✦———

SO FEST SIE konnte warf Meg ihre Axt nach einem ihrer Angreifer. Die Waffe drang in die Brust des Mannes, und er sackte zu Boden. Doch jetzt hatte sie nur noch einen kleinen Dolch.

Sie entschied sich für das Naheliegendste, schrie auf und rannte davon. Das tat sie nur ungern, aber ihr fehlte das Selbstvertrauen, das Messer gegen ihn einzusetzen.

Lennox' Stimme erreichte sie. »Dein Dolch!«

Sie zog ihn aus dem Beutel an ihrem Gürtel, und schaute zu Lennox hinüber, um zu sehen, ob er ihr zur Hilfe kommen würde. Er hatte einen seiner Angreifer rasch ausgeschaltet, aber der zweite war mit einer größeren Waffe ausgerüstet und von kämpferischer Natur.

»Kämpfe, Meg! Ich bin bald bei dir.«

Sie streckte dem Unmenschen drohend ihren Dolch entgegen, der daraufhin allerdings nur grinste und sich auf sie stürzte. Außer den Fäusten des Mannes konnte sie keine andere

Waffe entdecken, doch diese konnten großen Schaden anrichten.

»Glaubst du, du kannst mich mit diesem kleinen Messer in Schach halten, Kleine? Versuch nur, nah genug heranzukommen, denn dann werde ich dich in die Finger bekommen.« Er lachte und es war ein bösartig klingendes Keckern, das sich wie eine Klammer um ihren Nacken legte und ihr die Haare zu Berge stehen ließ.

Er machte einen Satz auf sie zu, aber sie trat ihn gegen seine Taille, wobei er ihren Fuß jedoch mit seiner Hand abfing und sie auf den Rücken schleuderte. Sie schlug hart auf, aber sie hatte ihre Waffe noch. Er wollte sie packen, und sie versuchte, ihm den Dolch in den Hals zu rammen, wie Lennox es ihr gesagt hatte, doch unglücklicherweise verfehlte sie ihn und die Klinge bohrte sich stattdessen in seiner Schulter.

»Du Luder! Das wirst du mir büßen.«

Überall spritzte Blut, doch sie gewann einen Moment Zeit, als er den Dolch herauszog, also tat sie das Einzige, was ihr einfiel – sie kroch zu dem toten Mann und ihrer Axt zurück. Sie stürzte sich auf ihn, landete auf seinen Beinen und versuchte, sich an seiner Brust hochzuziehen, aber ihr Gegner packte ihre Füße und dann schob er seine Hände an ihren Beinen hinauf.

»Meine Güte, bist du nicht ein feines junges Ding. Ich kenne da einen Baron, der eine Frau sucht. Er wird ein gutes Geld für dich bezahlen, also werde ich dich nicht umbringen, aber zuerst werde ich dich selbst kosten.«

»Egan, wenn du sie anrührst, bringe ich dich

um«, brüllte Lennox, während er mit dem größten Mann focht.

»Woher kennst du meinen Namen?« Egan hielt einen Moment lang inne und starrte Lennox an, dann zog sich ein Grinsen über sein Gesicht. »Ich erinnere mich an dich. Du bist der, den ich in den Keller gesperrt habe. Ich werde gleich eine Kostprobe von deiner Freundin bekommen.«

Sie trat Egan ins Gesicht, bevor sie schließlich die Axt zu fassen bekam, obwohl sie sie nicht aus der Brust des Toten lösen konnte. Tränen trübten ihre Sicht, als Egans Hand an ihrem Hintern rieb, also trat sie um sich und schrie noch einmal aus Leibeskräften, wobei sie sich gleichzeitig an dem Toten so weit hochzog, dass sie einen Hebel bekam, um die feststeckende Axt herauszuziehen, aber sie ließ sich nicht bewegen.

»Jetzt gehörst du mir, du Luder.« Egan zwinkerte ihr zu, und sie schlug ihm ins Gesicht, aber seine Faust war viel kräftiger als die ihre. Durch den Schlag, den sie nun einstecken musste, prallte ihr Kopf gegen den toten Mann.

Das Gewicht von Egan fiel mit einer schnellen Bewegung von ihr ab, als Lennox ihn mit einem Brüllen zur Seite riss und ihm dann die Schwertspitze an die Kehle drückte. »Warum, Egan?«

»Warum? Wegen dem Geld. Warum sollte ich es sonst tun?«

»Warum ich?«

Egan schmunzelte und es klang so selbstgefällig, dass Meg dachte, Lennox würde ihn nur wegen dieses Lachens umbringen. Er antwortete nicht schnell genug, also drückte Lennox fester zu. Das Blut lief Egan am Hals hinunter, und sein Gelächter fand ein rasches Ende.

»Warum ich?« Lennox´ Stimme war fast ein Flüstern.

»Warum du? Weil ich dich auf dem Fest gesehen habe und du hast mir diesen Blick zugeworfen, der sagt, dass du besser bist als ich. Ich wusste, dass du der Sohn eines Lairds bist, dem alles geschenkt wurde, und du hättest dankbar sein müssen. Stattdessen warst du arrogant, und als mein Chief sagte, er wünsche sich einen Kerl, der Felsbrocken trägt, warst du mein erster Gedanke.« Egan sah Lennox an und dann spuckte er aus. »Ich dachte, du wärst ertrunken. Ich hoffte, du wärst abgesoffen.«

Lennox wich zurück und fuhr sich mit der Hand durchs Haar.

In dieser einen Pause sprang Egan auf und stürzte sich auf Lennox´ Schwert, aber er war zu langsam. Lennox stach ihm in die Brust und beendete damit den Kampf.

Meg rappelte sich auf und rannte auf Lennox zu, um sich in seine Arme zu werfen, wo sie sich an ihn klammerte und an seiner Schulter schluchzte. Nach allem, was sie gesehen und gehört hatte, war sie so verstört, dass sie sich weigerte, den Kopf zu drehen, um ihre toten Feinde zu betrachten. »Sind sie alle tot?«

»Ja. Sei jetzt still«, flüsterte er beruhigend und hielt sie fest. Er hob sie in seine Arme, ihre Beine lagen nun um seine Taille, während sie weiter an seine Schulter weinte. »Ruhig, Mädchen.

Ich halte dich fest, Meg. Sie können nicht wiederkommen.«

Als sie endlich den Kopf heben konnte, stockte ihr der Atem, sodass sie keinen ganzen Satz sagen konnte, sondern nur ein Wort: »Blut.«

»Ich weiß. Wir sind beide voller Blut. Deshalb nehme ich dich jetzt mit an den Strand. Wir haben beide eine weitere Tunika als Ersatz, also werden wir uns umkleiden. Wir waschen uns das Blut aus dem Gesicht. Ich habe ein Stückchen Seife in meiner Satteltasche.«

Er trug sie zu ihren Pferden, worauf sie dann zum Strand ritten, sich aber weit fern von den Fischern hielten. »Sei darauf gefasst, dass das Wasser anfangs kühl sein wird.« Er setzte sie ab, aber sie konnte seine Arme nicht loslassen. Der Schrecken über das, was sie gerade gesehen und erlebt hatte, war so furchtbar, dass sie ihr pochendes Herz nicht zur Ruhe bringen konnte.

Er zog ein Plaid aus seiner Satteltasche, warf sein schmutziges Plaid zur Seite und zog seine blutgetränkte Tunika aus. »Tut mir leid, aber ich muss meine Kleidung loswerden. Ich kann dich nicht noch mehr mit Blut besudeln. Wenn du dich umdrehen willst, dann tu das bitte. Ich werde mich schnell umziehen. Ich bringe dich in deinem Unterhemd ins Wasser und behalte mein Plaid an, bis ich mich unter Wasser ducken kann.«

Sie griff nach ihrer eigenen Tunika, bereit, sie auszuziehen, und er fragte: »Hast du ein Unterhemd an?«

»Aye. Diese Tunika. Ausziehen, ausziehen. Ich will sie ausziehen. Bitte, Lennox.« Sie zog ihre

Strumpfhose aus, damit sie trocken blieben, da kein Blut daran klebte, und zerrte dann das Unterhemd herunter, um ihre weiblichen Teile zu bedecken.

Sie sprang ins Meer und ließ sich von dem kühlen Nass umspülen. »Lennox, lass mich nicht los, bitte. Ich kann nicht schwimmen.« Eigentlich sollte sie sich schämen, weil sie nur ihr Hemd anhatte, aber sie vertraute Lennox vollkommen.

Er folgte ihr und hielt sein Plaid hoch, bis er vom Wasser bedeckt war, dann warf er das Kleidungsstück an den Strand zurück.

»Ich werde dich nie wieder gehen lassen, Mädchen. Das verspreche ich.« Lennox nahm die Seife und ein Leinentuch und wusch sie von Kopf bis Fuß. Dabei ging er so weich und sanft vor, dass ihre Tränen versiegten und sie nur noch an Lennox denken konnte.

Wie sehr sie beide zusammengehörten. Wie ihr endlich ein Licht aufging, wovon all die Mädchen bis tief in die Nacht hinein plapperten, nämlich einen Mann zu lieben. Sie war im Begriff, sich in Lennox MacVey zu verlieben. Noch nie hatte sie für einen anderen Menschen so viel empfunden wie für ihn.

Als er fertig war, nahm sie ihm die Seife ab und verkündete: »Ich bin dran.«

Sie wusch ihm die Brust, dann das Gesicht, den Hals und die Arme und wirbelte das Wasser herum, um das Blut wegzuspülen. Als sie fertig war, sagte er: »Komm. Wir gehen tiefer. Nimm meine Hand und ich verspreche, dich nicht loszulassen.«

»Es ist kalt!«, rief sie aus, als sie ihm weiter ins Meer hinaus folgte, bis das Wasser ihr fast bis zu den Schultern stand.

»Leg deinen Kopf zurück, damit du deine Haare ausspülen kannst.«

Das tat sie auch, aber sie hielt sich an ihm fest, sobald sie spürte, dass sie bereit war, sich fallen zu lassen.

»Du wirst nicht fallen. Ich halte dich.«

Sie kicherte und rutschte aus, sodass ihr Gesicht nass wurde. »Das Wasser ist salzig.«

»Das ist es. Dies ist kein See, sondern ein Teil des Ozeans, und das Salz hilft dir, auf der Wasseroberfläche zu treiben.«

»Was?« Sie hatte keine Ahnung, wovon er sprach, denn ihre einzige Erfahrung mit dem Schwimmen bestand in ihren Ausflügen zu dem kleinen Bach und dem Wasserfall in der Nähe ihres Hauses. Dort hatte sie schon oft gebadet, und im Sommer wusch sie sich die Haare im Bach des Wasserfalls.

»Ich zeige es dir, aber du musst mir vertrauen.«

»Einverstanden.«

Er drehte sie um und zog sie mit dem Rücken zu seiner Brust an sich. Dann legte er seinen Arm um ihre Taille. »Versprich mir, dass du dich nicht wehrst und mit mir schwebst.«

»Ich werde es versuchen.«

»Werde ganz locker und du wirst es spüren. Und wenn wir wirklich ruhig im Wasser sind, werden die Delfine auftauchen. Taskill und ich haben das früher immer gemacht. Bist du bereit?« Er richtete sie vor sich auf, ließ sich dann ins

Wasser fallen und hob seine Beine an, um sie nach oben zu befördern. Sie quiekte ein wenig, ließ sich dann aber sinken. »Sieh in den Himmel und streck deine Arme aus.«

Es dauerte ein wenig, aber bald schwebte sie neben ihm, sein Oberkörper immer noch halb unter ihrem, seine Hand immer noch an ihrer Taille. »Es gibt nichts Beruhigenderes als Schwimmen. Und wenn wir ganz leise sind, hörst du die Delfine miteinander reden.«

Sie tat ihr Bestes, um ruhig zu bleiben, und nach einiger Zeit hörte sie ein seltsames Geschnatter. Erschrocken wartete sie und drehte den Kopf, um zu Lennox hinüberzusehen, der nach rechts zeigte.

»Delfine«, flüsterte er.

Fassungslos setzte sie ihre Füße ab, froh, dass sie den Boden noch berühren konnte, und beobachtete die anmutigen Geschöpfe im Wasser, die an der Oberfläche auf und ab glitten. Lennox stand vor ihr, und sie legte ihr Kinn an seine Schulter und betrachtete das Schauspiel vor ihnen. Er blickte zurück und fragte: »Wunderschön, nicht wahr?«

»Lennox«, flüsterte sie. »Ich bin verzaubert. Ganz und gar verzaubert.« Nun legte sie ihre Hände um seine Taille und drückte sich an ihn. Es war so friedlich und heiter, dass sie nicht wusste, was sie sagen sollte. Diesen Moment würde sie für immer in Erinnerung behalten.

»Meg, deine Berührungen haben eine Wirkung auf mich, die mir sagt, dass es Zeit ist, aus dem

Wasser zu gehen. Die Sonne geht unter, und wir sollten in die Höhle zurückkehren, um dort zu übernachten. Wir werden Lia morgen suchen.«

»Ich bin müde und muss ein wenig ausruhen.«

Er half ihr aus dem Wasser und trocknete sie mit seinem sauberen Plaid ein wenig ab. »Ich drehe mich um, und du ziehst dich an.«

Sie tat, was er vorschlug, zog ihr Unterhemd aus und dann die Tunika und ihre Strumpfhose wieder an. Dann setzte sie sich zu ihm auf sein Pferd. Zuerst hob er sie auf sein Reittier und stieg dann hinter ihr auf, während das zweite Pferd hinter ihnen her trottete. Schweigend ritten sie zur Höhle zurück. Das Geräusch der Brandung, die gegen die Küste plätscherte, war die schönste Musik, die sie je gehört hatte.

Als sie bei der Höhle ankamen, stiegen sie vom Pferd. Meg griff nach ihm und zog ihn zu sich heran. »Ich danke dir, dass du mir all das gezeigt hast. Es war die schönste Erfahrung.« Sie streichelte seinen Arm.

Seine Lippen sanken auf die ihren, und sie war verloren. Lennox zu küssen war so köstlich. Er schmeckte wie die Minzblätter, die er kaute, und sie liebte es, in seine Arme geschmiegt zu sein. Sein Körper drückte sich an ihre Haut und löste überall ein Kribbeln aus. Sie teilte ihre Lippen, und seine Zunge drang in sie ein, wo sie dann mit ihrer tanzte, bis sich ihr Atem beschleunigte und ihr Körper plötzlich in Flammen stand.

Wie hat das so schnell geschehen können? Er beendete den Kuss und sie griff nach seiner Brust.

Lennox schloss die Augen und hielt ihre Hand fest, die er in seiner eigenen hielt. »Meg, deine Berührung ist zu viel für mich. Du musst mir jetzt eine Antwort geben oder die Sache beenden. Willst du mit mir durch Handschlag besiegeln, ein Jahr und einen Tag mit mir zu leben? Wenn du mich einmal berührt hast, glaube ich nicht, dass ich aufhören kann. Du hast mich seit dem Tag, an dem wir uns kennengelernt haben, auf die Probe gestellt, und ehrlich gesagt, Mädchen, ich verliere die Schlacht.«

Sie blickte zu ihm auf, und ihre grünen Augen, die noch immer von Tränen beschlagen waren, verbanden sich mit den seinen. »Ich liebe dich, Lennox. Aye, ich werde den Handschlag mit dir austauschen.«

Lennox stimmte den gälischen Gesang an, den er auch bei anderen Mitgliedern seines Clans verwendet hatte, und verschränkte seine Hand mit der ihren, als sie einander für ein Jahr und einen Tag versprachen. Er trug sie in den hinteren Teil der Höhle und flüsterte ihr süße Worte ins Ohr, mit denen er ihr erklärte, was nun alles geschehen würde.

Sie zog seine Lippen auf die ihren und küsste ihn heftig, wobei sie ihn mit ihrer Zunge neckte. »Vollziehe das alles einfach. Ich möchte alles wissen, was es für uns gibt, aber keine weiteren Worte, Lennox. Bitte«, raunte sie ihm zu.

Lennox liebte sie auf die süßeste Weise und Meg lernte in diesen wenigen Augenblicken mehr über das Leben als sie bislang in ihren siebenzehn

Jahren darüber erfahren hatte. Das Leben konnte wundervoll sein.

Sie hegte die Hoffnung, dass bald alles gut werden würde.

# KAPITEL VIERUNDDREIßIG

*Thane*

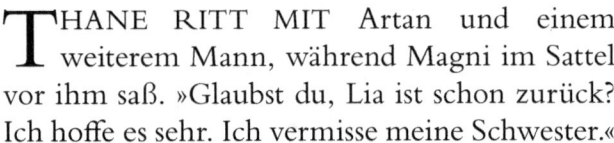

THANE RITT MIT Artan und einem weiterem Mann, während Magni im Sattel vor ihm saß. »Glaubst du, Lia ist schon zurück? Ich hoffe es sehr. Ich vermisse meine Schwester.«

»Dies ist ein Treffen aller Patrouillen, also bin ich sicher, dass irgendjemand etwas herausgefunden hat.« Sie näherten sich Dounarwyse Castle, das sich im MacVey Gebiet befand, dem Ort, der von der Gruppe als Zentrum bestimmt worden war. Kaum waren sie angekommen, war in einiger Entfernung Pferdegetrappel auf dem Weg zu hören.

Magni spähte um Thanes Schultern herum, als sie durch das Tor ritten und auf den Stall zuhielten. »Wer ist es?«

»Ich würde auf die Granthams tippen. Dyna, Derric, Eli oder Alaric. Es klingt, als kämen sie aus dieser Richtung.« Thane setzte Magni ab, sobald sie in der Nähe des Stalls waren. »Artan, du bleibst hier draußen bei den Wachen. Stell Fragen. Vielleicht hörst du hier andere Antworten als ich drinnen.

Magni stieß einen aufgeregten Schrei aus, als er seine Freunde entdeckte. »Tora. Ich bin hier. Sandor und Sylvi, wir können alle zusammen spielen.« Der Junge liebte nichts mehr, als mit anderen zu spielen. Er spielte auch gerne mit Tamsins Tochter Alana, aber sie war ein bisschen zu jung für Magni, obwohl er mit dem Kleinkind sehr geduldig umging.

Dyna ließ Tora gehen und gebot in einem scharfen Ton: »Du spielst nur auf dem Hof in der Nähe des Bergfrieds. Nicht außerhalb.«

Thane verstand genau, was sie meinte. Nachdem er miterlebt hatte, wie Lia und Magni vor seinen Augen entführt worden waren, sah auch er sich nicht bereit, den Kindern allzu viel Freiheit zu lassen. Tatsächlich waren sie seit diesem schrecklichen Tag nicht mehr am Strand gewesen.

Die Gruppe unterhielt sich im Innenhof, als dann noch Sloan mit Rowan und seinem Bruder Rinaldo eintraf. Schnell war Rowan vom Pferd gesprungen, um sich zu den anderen Kindern zu gesellen, die eine Art Fangen spielten.

Thane sprach leise zu Dyna. »Gibt es etwas Neues von Lia?«

»Nein, aber ich glaube, Lennox ist nicht hier. Rut und Taskill begrüßen uns. Und Meg sehe ich auch nicht. Mein Vater und Onkel Logan werden gleich mit Eli und Alaric ankommen.«

Als alle eingetroffen waren und sich als Gruppe versammelt hatten, gingen sie hinein und nahmen die Kinder mit, wenngleich diese nicht besonders erfreut darüber waren. Mit Ausnahme von Magni.

Magni wollte alles über Lia erfahren und wich deshalb nicht von Thanes Seite.

Rut stellte Tabletts mit Beeren und Käse für alle bereit, während die Dienstmägde Wein und Bier brachten. Für die Kinder gab es Ziegenmilch. Sloan ging zu Eva hinüber und sagte: »Meine Güte, du siehst heute aber hübsch aus, Eva.«

Eva schnaubte fast, doch dann entgegnete sie: »Ich sehe genauso aus wie jeden Tag, Sloan, aber heute habe ich wegen meines Bruders mehr Sorgenfalten im Gesicht.«

Sloan verstand die Andeutung und ging davon, während Thane sein Lächeln zurückhielt.

Als die Dienstmägde fertig waren, trat Rut vor und ergriff das Wort: »Ich werde die Sitzung leiten, weil Lennox und Meg noch nicht von ihrer Suche zurückgekehrt sind.«

Es schockierte Thane, dass Meg mit Lennox zusammen war, und das offenbar ohne weibliche Begleiterin, doch das ging ihn nichts an. Er glaubte nicht, dass Tamsin das gutheißen würde, aber das würde er noch früh genug herausfinden.

Rut wurde mit Fragen bestürmt, also hob sie die Hände und brachte damit alle zum Schweigen: »Bitte erlaubt mir zu berichten, was ich weiß. Anscheinend hat Lia Meg verraten, dass sie sich zum Loch Aline begeben muss. Das war, ehe alle an Bord des Schiffes gingen, um nach Mull zurückzukehren. Lennox begleitete Meg, weil er jemanden von zweifelhaftem Charakter auf Kinlochaline Castle kannte, das dem MacKinnis

Clan gehört. Ich habe sie sofort zurückerwartet, doch nun sind sie bereits seit zwei Tagen unterwegs.«

»Wer ist die fragwürdige Person?«, fragte Dyna.

Zu ihrer Überraschung rannte Tora zu ihrer Mutter, stützte ihre Hände auf die gebeugten Knie ihrer Mutter und sagte: »Egan. Der Laird ist hinter Egan her.«

Dann rannte Tora zu ihren Spielkameraden zurück. Dyna drehte ihren Kopf herum und starrte ihren Vater an. »Warum sieht sie Dinge, die ich nicht sehe?« Sie schüttelte den Kopf und wandte sich dann wieder der Gruppe zu. »Rut, kennst du Egan?«

»Ich habe den Namen schon mal gehört. Ein widerwärtiger Kerl, ganz sicher. Aber lasst uns weitermachen. Ich würde gerne mit Sloan anfangen und erfahren, was er auf seiner Patrouille herausgefunden hat. Dann machen wir mit Thane weiter und schließlich sind Connor Grant und Logan Ramsay an der Reihe.«

Sloan stand auf und erklärte, welche Bereiche er abgesucht hatte. »Neil MacClane hatte drei Männer, die er gerade als Wachen eingestellt hatte, dabei belauscht, wie sie damit prahlten, eine große Geldsumme zu verdienen. Als er sie befragte, stellte er fest, dass sie an der Entführung von Magni und Lia sowie Rowan beteiligt waren. Er verbannte sie aus seinem Clan und jagte sie von der Insel«, berichtete er zum Abschluss.

»Haben sie gesagt, wer sie bezahlt hat?«, fragte Logan.

»Keine Namen. Jemand aus Ardnamurchan.«

»Vom Festland?« fragte Thane. Er kannte sich in der Gegend nicht so gut aus wie die anderen.

»Aye, westlich von Morvern«, antwortete Connor, bevor er aufstand, um von ihrer Patrouille zu berichten. »Ich rede als Nächstes. Wir haben Herbert und Ellis, den Piraten, aufgespürt.«

Rowan lief hinüber, um zu lauschen, und stellte sich neben Magni, der so dicht bei Logan stand, dass der alte Mann ihm schließlich einen Schemel besorgte. »Sind sie wieder hinter uns her, Großvater?«, fragte Magni und blickte zu seinem neu ernannten Großvater auf. »Ist der Piratenmann auf dem Weg zu uns?«

»Nein, tote Männer können dich nicht entführen, Enkel.« Logan trank einen Schluck von seinem Wein. »Aber ich möchte behaupten, dass Meg gut mit ihrer Axt zielen kann. Habt ihr den Mann gesehen, als er angegriffen hat, Jungs?«

»Nein, nicht als er angriff«, antwortete Rowan. »Meg hat uns hinter ein paar Felsbrocken versteckt, aber ich habe einen Blick darauf geworfen, als ich später pinkeln musste.«

Magni kicherte und ergänzte: »Ich habe Hairy auf die Hand gepinkelt. Er war tot, also konnte er mich nicht mehr erwischen. Er war böse.«

»Sie hat ihn mitten in der Stirn getroffen. Er muss wie ein Stein umgefallen sein«, stellte Logan fest, dessen Ehrfurcht für alle deutlich war.

»Thane, hast du etwas erfahren?«, fragte Rut.

»Nein, wir haben nichts entdeckt. Aber ich habe nicht die besten Spürfähigkeiten. Ich bin noch am Lernen.«

»Hat noch jemand etwas Wissenswertes zu

berichten? Ich glaube, wir übersehen etwas«, meinte Rut.

»Da Meg nicht hier ist, erzähle ich euch, was wir noch erfahren haben«, meldete sich Connor zu Wort. »Der Baron ist auf der Suche nach ihr. Bislang ist ihm noch nicht eingefallen, auf der Insel zu suchen, aber er scheint hartnäckig zu sein. Ich weiß nicht, ob Logans Gespräch mit ihm ihn davon abbringen wird oder nicht.«

»Wie viele Männer hatte er bei sich?«, fragte Thane.

»Zwanzig Mann. Nichts, was wir nicht mit geschlossenen Augen bewältigen könnten. Ich schicke gerne einen Trupp zum Schutz eures Clans, bis wir die Situation aus der Welt geschafft haben. Wir haben eine Verstärkung nach Duart Castle geschickt, nachdem wir dem Baron begegnet sind. Sagt mir einfach Bescheid, MacQuarie«, bot Connor an.

»Ich werde das Angebot akzeptieren. Wenn der Baron erfährt, dass Meg hier sein könnte, wird er natürlich überlegen, wo ihre Schwester ist. Ihr Vater hat den Baron wahrscheinlich darüber informiert, dass er die ältere Schwester bereits verheiratet hat. Ich danke euch für die zusätzlichen Wachen.« Thane nickte, um dann zu fragen: »Niemand weiß etwas über Lia? Niemand hat von dem Mädchen gehört? Kein Feengerede mehr?«

Alle Gäste schüttelten den Kopf. Magnis Unterlippe zitterte, aber er ließ die Tränen nicht laufen.

»Habe ich etwas vergessen? Hat jemand noch

andere Kommentare, Gedanken zu Strategien, Ideen, wie es weitergehen soll?« Rut schritt in einem kleinen Kreis umher.

Tora stürmte auf die Gruppe zu und blieb vor Thane stehen. »Ihr müsst nach Drimnin gehen.« Sie hatte die Aufmerksamkeit aller.

»Drimnin? Wo ist das?« Sein Blick wanderte von einer Person zur anderen, um eine Erklärung zu finden. »Warum?« Thane hatte noch nie von diesem Ort gehört. Warum sollte er auch dort hingehen? Er hatte keine besonderen Kenntnisse darüber, wo Lia zu finden war.

»Weil Lia es so will«, antwortete Tora. »Lennox und Meg sind jetzt da.« Dann hüpfte sie zurück zu ihren Spielkameraden.

Thane blickte zu den anderen. »Wo liegt Drimnin?«

»Folgt mir zurück in mein Gebiet«, bot Sloan an. »Drimnin liegt direkt gegenüber von uns. Es ist ein kleines Fischerdorf mit wenigen Einwohnern. Ich weiß nicht, warum Lennox dort sein sollte.«

Tora lief zurück und sagte: »Weil Egan dort ist. Und Lia.«

Thane stand auf, trank den letzten Schluck seines Ales und sagte dann: »Magni, wir sind auf dem Weg nach Drimnin. Lia hat es gesagt.«

Magni brach in Tränen aus, als er vor Thane zur Tür hinauslief, aber dann rannte er zurück und umarmte Logan, bevor er sich verabschiedete. »Ich liebe dich, Großvater. Wir gehen Lia suchen.«

# KAPITEL FÜNFUNDDREISSIG

*Meg*

LENNOX WAR FEST eingeschlafen. Sie betrachtete ihn, während er schlief und dabei ein leichtes Schnarchen von seinen geschürzten Lippen zu vernehmen war. Sein Arm lag auf ihrer Taille.

Mit Freuden schlief sie in seinen Armen. Er war wärmer als jede Decke oder jeder Pelz.

Dann schlich sie sich so leise sie konnte hinaus, ohne ihn zu wecken und erklomm eine Anhöhe, von der aus sie der Geräuschkulisse lauschen konnte. Sie hörte das Rufen einer Eule, während sie über alles Geschehene nachdachte.

Sie hatte ihren Wert als Braut verloren, und das war ihr vollkommen einerlei. Sie hatte auch einen Handschlag mit einem Mann ausgetauscht, den sie liebte. Das fühlte sich sogar noch ein bisschen einschüchternder an, und zwar nicht weil es Lennox war, sondern weil er der Laird seines Clans war. Worin würden ihre Aufgaben als Frau des Lairds bestehen?

Zu diesem Zeitpunkt war ihre Furcht noch zu groß, um Fragen zu stellen.

Lennox regte sich und rief nach ihr. »Alles in Ordnung, süße Meg?«

»Mir geht es gut«, versicherte sie, als er neben sie trat, seinen Arm um ihre Taille legte und sie näher an sich zog. »Es ist ein bisschen kühl, aye?«

Sie lehnte sich an ihn, schmiegte ihren Kopf an seine Schulter und versicherte: »Ich hatte keine Ahnung.«

»Du hast dein Vergnügen nach dem ersten Schmerz gefunden. Es tut mir leid, dass es wehgetan hat.« Er küsste sie, und es war ein sanfter Kuss, der kurz, aber ach so süß war.

Sie lachte. »Dieser Schmerz war nicht der Rede wert. Das war es wert für das, was danach kam. Darf ich dir ein paar Fragen stellen?«

»Aye.«

»So werden also Babys gemacht? Jedes Mal?«

»Ja und nein. Es entsteht nicht jedes Mal ein Baby, nur wenn es die richtige Zeit für die Frau ist. Das richtet sich nach eurem Zyklus.«

»Das ist der Grund, warum Menschen heiraten? Es geht um diesen Teil der Beziehung eines Paares?«

»Ja. Du bist wissbegierig. Das gefällt mir an dir. Das zeigt einen intelligenten Verstand.«

»Wie oft machen Ehepaare dies?«

Er zuckte mit den Schultern. »Das kann ich nicht beantworten. Ich war noch nie verheiratet, und die meisten Paare sprechen nicht darüber. Mehrere Male in der Woche. Was denkst du?«

»Mehr als das wäre mir sehr recht.«

Er küsste sie leise schmunzelnd auf die Wange.

»Du kennst die Regeln dieses Landes. Wenn du das tust, bist du mein.«

Sie drehte sich zu ihm um und sah ihn verdutzt an. »Warum gehört den Männer die Macht, alle Entscheidungen zu treffen?«

»Das kann ich nicht beantworten. Aber wir haben darüber gesprochen. Du erinnerst dich, dass wir unseren Bund per Handschlag besiegelt haben, nicht wahr?«

»Gewiss. Ich bin nur neugierig auf die Praktiken. Ich habe nur wenige Erinnerungen an die Zeit, als meine beiden Eltern lebten, und deshalb weiß ich nicht genau, wie eine Ehe funktioniert. Darüber, wie der Alltag für dich und deine Frau aussieht. Oder triffst du alle Entscheidungen für uns beide?«

»Seit unserem Handschlag betrachte ich uns als Mann und Frau für ein Jahr und einen Tag. Natürlich bin ich gewillt, alles mit dir zu besprechen. Ich würde dir gestatten, über einige Dinge zu entscheiden, und über andere Dinge würde ich entscheiden.«

»Würdest du mir erlauben, einige deiner Entscheidungen in Frage zu stellen?«

»Gewiss. Jede Entscheidung, die dich oder unsere Familie betrifft, würde zur Diskussion stehen, aber da ich der Laird bin und du die Herrin des Castles, wäre es klug, diese Gespräche im Privaten zu führen.« Er küsste sie auf die Stirn. »Ich bin froh, dass wir uns durch den Handschlag verbunden haben. Nun gehörst du mir für ein Jahr und einen Tag.«

»Das gefällt mir einerseits aber andererseits auch nicht.«

Er schlang seine Arme um sie und flüsterte: »Welcher Teil von dir mag den Gedanken nicht, mir zu gehören?«

»Der Teil, der mich so aussehen lässt, als wäre ich ein Besitz anstatt ein Mensch.«

Verdammt, aber dieses Mädchen wollte ihn für ein weiter gefasstes Verständnis der Dinge gewinnen. Sie hatte nicht ganz unrecht. »Das verstehe ich.«

»Vielleicht gehörst du ja mir«, sagte sie grinsend.

»Ich bin absolut glücklich damit. Und eines Tages hoffentlich mit der Ehe.«

Das entlockte ihr ein Lächeln und das Stechen in ihrer Brust machte sie glücklich, doch dann trat sie dennoch zurück und richtete den Blick auf ihre Füße. »Für die Ehe bin ich glaube ich noch nicht bereit.«

»Wir setzen unser Gespräch darüber fort, wenn wir Lia gefunden haben.«

Dann drehte sie sich wieder um, denn sie wollte sich ankleiden. »Schließlich habe ich gerade erst in Loch Aline aufgehört, dich abzulehnen.«

# KAPITEL SECHSUNDDREIßIG

*Thane*

———❧———

THANE FÜHRTE EINE eingehende Lagebesprechung mit Sloan durch, bevor er zusammen mit Artan und Magni das Boot bestieg. Sie hatten keine Möglichkeit, ihre Pferde über das Wasser zu transportieren, also würden sie zu Fuß gehen müssen. Weil das Boot wirklich klein war, ließen sie auch die Wachen zurück.

Als sie am anderen Ufer angelangten, wurden sie von zwei Fischern begrüßt. »Sucht ihr den Laird der MacVeys?«

Thane war derart von dieser Frage überrascht, dass er einen Augenblick stutzte, doch dann antwortete er rasch: »Ja, so ist es. Ihr habt ihn getroffen?«

»Aye, das Paar ist hinter Egan her. Wir sind gerade zurückgekehrt, nachdem wir die Leichen dieses Scheusals und seiner Helfershelfer für ihn begraben haben. Wir sagten, wir würden sie gerne unter Erde bringen. MacVey und seine Frau sind zu der kleinen Hütte unten an der

Küste geritten. Es geht hinter der Biegung in dieser Richtung.«

Magni, der von einem Fuß auf den anderen gehüpft war, blieb schließlich stehen, als er die Gelegenheit erkannte, seine Frage zu stellen. »Hatten sie ein gelbhaariges Mädchen dabei? Ihr Name ist Lia. Sie müsste ungefähr so groß sein.«

Lächelnd legte Thane dem Jungen die Hand auf den Kopf. Magnis fragende Art erinnerte Thane an seine geliebte Schwester Mora. Magni hielt inne und berichtigte seine Frage. »Habt ihr ein kleines Mädchen gesehen?«

»Nein. Die beiden haben auch nach ihr gesucht.«

»Marschiert da entlang.« Der andere Mann zeigte auf einen Weg und Thane nickte Magni zu.

»Komm. Wir werden Lennox suchen und herausfinden, was er weiß.«

Niemandem war die Bemerkung über den Chief und seine Frau weiter aufgefallen, aber Thane war hellhörig geworden. Vor lauter Erwartungsfreude, Meg kennenzulernen, konnte Thane nicht umhin, sich zu fragen, ob Meg und Lennox inzwischen geheiratet hatten. Sie waren seit mindestens zwei Tagen unterwegs und es war also durchaus möglich, aber er würde seine Gedanken für sich behalten, solange Magni zuhörte. Eine Heirat würde Tamsin mehr schockieren als alles andere, was er ihr sonst von ihrer Schwester berichten könnte, aber zuerst müsste er es herausfinden. Er hoffte, Tamsin bald einen Antrag machen zu können. Eigentlich hatte er das an dem Tag vorgehabt, an dem die Kinder entführt worden waren, doch ihr Verschwinden hatte seine Pläne vollkommen auf den Kopf gestellt. Noch nie in seinem Leben war er so glücklich gewesen wie mit Tamsin. Aber er freute sich auch über die Maßen, Magni, Lia und Alana in seinem Leben zu haben. Das Trio hatte aus seinem Castle einen schöneren Ort gemacht, wie kein anderes es hätte bewirken können.

Ihr Clan gedieh, und zwar auf die schönste Art und Weise. Jetzt musste er Lia finden und sie nach Hause bringen.

Sie stapften über den Sandstrand, während Magni auf die Tierwelt um sie herum hinwies – Fischotter, Adler, Delfine, Robben, Papageientaucher. Die Gegend war ebenso wunderschön wie Mull.

Schließlich kamen sie an einer Biegung voller Felsen vorbei, und Magni stieß einen Schrei aus. Vor ihnen, mitten auf einem sandigen Strandabschnitt, stand Lia und sah aus wie ein Engel. Die Sonne lugte durch die Wolken hervor und schickte Strahlen, die sie in ein derart überirdisches Lichtspiel tauchten, dass Thane erstarrte.

»So etwas habe ich noch nie gesehen. Was ist sie, Thane?«, murmelte Artan.

»Sie ist meine Schwester!« Magni rannte auf Lia zu und kicherte vor Freude, als er seine Arme um sie schlang. Oben an der Küste standen Lennox und Meg, beide grinsten von einem Ohr zum anderen. Thane winkte, doch zuerst begrüßte er Lia.

»Lia, du bist wohlauf? Bist du verletzt?«

»Sicherlich nicht, Chief. Ich hatte auf Euer Kommen gehofft. Ich habe jemanden, den ich Euch gerne vorstellen würde.«

Magni plapperte weiter. »Du siehst genauso aus wie immer. Wo bist du nur gewesen? Warum hast du mich nicht mitgenommen? Warum bist du nicht erst mit nach Mull gekommen und dann wieder losgegangen?«

Lia drehte sich zu ihrem Bruder um, umarmte ihn fest und sagte dann: »Magni, ich beantworte gerne alle deine Fragen, nachdem ich Thane gezeigt habe, was er sehen muss. Würdest du bitte auf mich warten?«

Magni starrte Thane mit einem verwirrten Blick an, aber er fragte Lia nicht, sondern sagte: »Ja, ich kann warten. Darf ich mit ihm mitkommen? Und mit dir?«

Lia sagte: »Würdest du bitte mit Lennox und Meg hier warten?«

Lennox und Meg gesellten sich zu ihnen, beide sahen aus, als hätten sie einen Kampf hinter sich, aber sie lächelten.

»Schön, dich zu sehen, Thane«, freute sich Lennox.

Magni umarmte Meg und blickte dann zu ihr auf. »Du siehst anders aus. Hat dich jemand geschlagen?«

»Ja, Magni, aber jetzt geht es mir gut. Wir hatten einen kleinen Kampf mit ein paar bösen Männern, aber sie werden keinen von euch mehr belästigen.«

»Waren das diejenigen, die uns entführt haben?

»Aye. Die Männer wurden bezahlt, um dich zu entführen. Das passiert nie wieder. Komm, wir haben etwas getrocknetes Fleisch für dich zum Knabbern. Ich weiß nicht, warum Lia Thane mitnehmen will, aber wir lassen sie gewähren. Wir sind einfach froh, euch beide wieder zusammen zu sehen«, meinte Meg und zerzauste seine dunklen Locken.

»Ich habe Hunger«, gestand Magni und rannte den Abhang hinauf zu den Pferden, während die anderen ihm folgten.

Damit war Thane mit Lia allein. »Was ist los, Lia?«

Sie nahm seine Hand und sagte: »Komm mit mir. Es ist schwer, es zu erklären, aber ich sehe, dass die Welt in mancher Hinsicht ins Lot gebracht werden muss, denn anscheinend schafft sie das nicht von alleine. Es wäre einfacher, wenn ich selbst etwas unternehmen könnte, doch das ist unmöglich. Ich kann die Menschen nur in bestimmte Gegenden führen, wie ich Euch durch Tora hierher geführt habe. Da komme ich ins Spiel. Ich kann helfen, wo ich kann. Was ich Euch zeigen möchte, ist in der kleinen Hütte. Ich werde mit Euch hineingehen.«

Thane beschloss, mit ihr zu gehen und sie nicht mit weiteren Fragen zu löchern. Er hatte keine Ahnung, worum es ging, aber wenn sie bereits drinnen gewesen war, hatte derjenige, der in der Hütte war, ihr nichts getan. Aber andererseits war es besser, auf Nummer sicher zu gehen. »Brauche ich meine Waffe, Lia?«

Sie lachte und winkte mit der Hand. »Nein,

die Leute sind schon älter. Sie werden dich nicht bekämpfen, das verspreche ich.«

Thane duckte sich, als er Lia durch die Tür der kleinen strohgedeckten Hütte folgte. In der kleinen Kammer brannten zwei Kerzen, und zwei Fenster waren nicht abgedeckt, um Licht zu spenden. Eine alte Frau saß am Tisch, ein alter Mann stand hinter ihr und legte ihr die Hand auf die Schulter. Sie waren beide grauhaarig und von schlanker Statur, doch er kannte die beiden nicht.

Sobald er eintrat, begann die Frau zu weinen, ihr Schluchzen war so leise wie kein anderes, das er je gehört hatte. Er blickte zu dem Mann hinter ihr auf und blieb stehen. Irgendetwas kam ihm an ihm bekannt vor.

»Thane?«, stieß der Mann aus, das eine Wort blieb ihm auf der Zunge hängen. »Bist du es wirklich, mein Sohn?«

Sohn?

Lia zog ihn näher zu sich heran und tat ihr Bestes, um seinen großen Körper in einen Stuhl zu drücken. »Ich denke, du solltest dich ein wenig setzen, Thane. Das ist Thane, der Laird des MacQuarie Clans von der Isle of Mull.«

»Und Brian? Mora? Mein kleines Mädchen?«, fragte die Frau, deren Wangen von Tränen überströmt waren.

Der Mann sagte: »Lass ihm einen Moment Zeit, Myra. Wir haben den Jungen schockiert.«

Myra? Dann fiel Thanes Blick auf das Gesicht des Mannes.

Er stand auf und stieß den Stuhl mit einem dumpfen Schlag nach hinten. »Papa?«

Der Mann nickte und senkte den Kopf, während Tränen seinen Blick trübten. »Du bist es wirklich, Thane. Du bist zu einem guten Mann herangewachsen, mein Sohn.«

»Papa? Mama?« Als er vor dem Mann stand, knickten Thane bei all den vertrauten Zeichen fast die Knie ein. Die Narbe unter dem linken Auge des älteren Mannes, die Klarheit in seinem Blick und der Stolz darin überwältigten ihn fast.

Thanes Mutter stieß sich vom Tisch ab und stand auf, während sein Vater sie am Arm festhielt, um Sorge dafür zu tragen, dass sie sicher stand. »Vorsichtig, Myra. Unser Sohn ist ein großer Mann.«

»Thane, mein kleiner Junge.« Sie sank gegen ihn und umarmte ihn fest, während sie weinte, wobei ihr Kopf gerade eben bis zu seinen Schultern reichte.

»Weißt du, sie wurden genauso gestohlen wie du, Thane«, sagte Lia. »Egan und seine Männer schlugen sie nieder und brachten sie hierher, damit sie sich um die Kinder kümmerten. Er brachte dich zu Raghnall Garvie, um dich an einen königlichen Prinzen im Nahen Osten zu verkaufen, aber das Schiff sank auf dem Weg. Den Rest der Geschichte mit den Garvies kennst du ja. Ich habe deinen Eltern erklärt, wie du allein auf Mull zurückgeblieben bist und Mora und Brian aufgezogen hast, bis du Artan getroffen und den Clan MacQuarie gegründet hast.«

Er umarmte seinen Vater und die drei weinten zusammen, bis seine Mutter ihn von sich stieß.

»Mora und Brian? Sind sie wohlauf? Können wir sie sehen? Wirst du sie zu uns bringen?«

»Nein, Mama. Ihr kommt beide mit mir. Nach Hause. Ihr kommt nach Hause und lebt mit mir in unserem Castle.«

»Castle?« Die beiden sahen sich an, der Schock stand ihnen ins Gesicht geschrieben.

»Aye, und auf dem Weg dorthin werde ich euch alles über Brian und Mora erzählen. Aber sie erinnern sich nicht an euch beide. Seid bitte nicht enttäuscht darüber. Aber bestimmt werden sie euch von ganzem Herzen lieben.«

»Egan? Ist er fort, Lia?«, fragte Myra. »Thane, dein Vater hat viele Male versucht zu fliehen, aber sie haben ihn immer gefangen und dann geschlagen.«

»Einmal haben sie deine Mutter ausgepeitscht.« Seinem Vater sah man sein Alter an, er schüttelte nun den Kopf. »Ich konnte nicht riskieren, dass das noch einmal passiert, also sind wir geblieben.«

Lia berührte Myras Hände und sagte: »Das ist jetzt alles Vergangenheit. Ihr habt drei Kinder, die darauf warten, euch kennenzulernen. Egan ist für immer fort. Sollen wir gehen?« Lia führte sie zur Tür hinaus und blieb vor Lennox und Meg stehen. »Meine Aufgabe hier ist erledigt. Wir sollten jetzt gehen.«

Lia stellte Lennox, Meg, Magni und Artan vor, brachte sie dann aber in die entgegengesetzte Richtung.

Thane sagte: »Meg, du siehst genauso aus wie deine Schwester. Sie ist mehr als gespannt darauf, dich wiederzusehen.«

Meg rang ihre Hände. »Ich kann es kaum erwarten, die liebe Tamsin wiederzusehen. Ist sie wohlauf?«

»Aye, und Alana ist auch gespannt darauf, dich kennenzulernen.«

»Bitte folgt mir«, meldete sich Lia zu Wort. »Eine Sache ist noch zu erledigen, bevor wir uns verabschieden.«

»Lia, du läufst in die falsche Richtung«, stellte Lennox fest. »Wir gehen nach Mull zurück.«

»Gedulde dich bitte noch ein paar Augenblicke.« Dieses kleine, kräftige Mädchen marschierte weiter, bis die Küstenlinie einen weiteren Bogen beschrieb und sie die Gruppe dann auf eine Anhöhe führte, um über das Wasser zu schauen.

»Dort«, sagte sie und deutete über das Meer.

»Das ist der westliche Teil von Ardnamurchan«, erklärte Lennox. »Dort gibt es mehrere Dörfer. Auf welches zeigst du?«

»Kilchoan. Seht ihr das Castle? Es befindet sich an der Küste von Ardnamurchan. Es wird unsere nächste Herausforderung sein.«

Thane fragte: »Inwiefern, Lia?«

»Der Ort ist als Mingary Castle in Kilchoan bekannt. In der Nähe von Lochaber.«

»Warum zeigst du uns das?«, fragte Meg.

»Mingary ist der Stützpunkt der Seekönige. Auch als Einfallstor für Overlords und Freibeuter bekannt. Und einige von ihnen sind nicht freundlich gesinnt.«

Ein kalter Wind wehte über die Bucht, und Thane fröstelte. Sein Blick wanderte zu Lennox, in dessen Augen dieselbe Besorgnis zu erkennen war, die ihn selbst ergriffen hatte. Gab es noch mehr Kinder in Mingary?

Was um alles in der Welt würde sich als Nächstes ereignen?

Thane würde sein Augenmerk nicht darauf richten. Das konnte er nicht.

Es war an der Zeit, seine Eltern nach Hause zu Mora und Brian zu bringen. Und Meg zu Tamsin.

Und Lia war endlich wieder mit ihrem Bruder vereint.

Es waren glückliche Zeiten. Auf alles andere würde er zunächst einmal keine Aufmerksamkeit richten.

# KAPITEL SIEBENUNDDREIßIG

*Meg*

———❧———

ALS SIE NACH der Rückgabe der Pferde über den Sund zurückruderten, gingen Meg so viele Gedanken durch den Kopf, dass sie nicht zu entscheiden wusste, was sie zuerst reden sollte. Sie liebte Lennox, aber sie fragte sich auch, ob es ein Fehler ihrerseits gewesen war, sich mit ihm zu verloben. Es war nicht Lennox, der ihr keine Ruhe ließ, sondern sein Status. Als sie zu dem majestätischen Castle hinaufblickte, dem sie sich näherten, wusste sie beim besten Willen nicht, was als Ehefrau des Lairds eines so großen Clans von ihr erwartet würde. Sie hätte sich keine Gedanken darüber machen müssen, denn Lennox hatte bereits alles für sie in die Wege geleitet.

»Meg, bleib bei mir. Heirate mich. Wir können unseren Bund offiziell machen.«

»Nein, das kann ich noch nicht.«

»Warum nicht? Ich habe mein ganzes Leben auf dich gewartet. Du bist jetzt wie ein Teil von mir.«

»Erst muss ich Tamsin suchen. Bitte habe ein wenig Geduld. Ich muss erst zu meiner Schwester finden.« Und zu sich selbst. Sie musste genau herausfinden, wer sie war und was sie wollte. Mull, Ulva, Oban, Drimnin. In den vergangenen vierzehn Tagen hatte sie mehr Orte besucht als in ihrem gesamten Leben zuvor. Alles drehte sich in ihrem Kopf von den Ereignissen und Eindrücken in dieser kurzen Zeit. Es waren immer mehr Orte, mehr Castles und mehr Menschen geworden.

Als sie an der Küste landeten, stiegen beide aus dem Boot und ihr Gespräch war zwar angespannt, aber unumgänglich. Sie trugen das Boot zum Bootshaus zurück und nahmen ihre Dinge an sich, doch standen sie sich gegenüber.

»Warum, Meg? Bleib doch hier. Ich bin mir sicher, dass Tamsin uns besuchen wird, aber wir können mit der Heirat noch zwei Wochen oder einen ganzen Mond warten, wenn dir das lieber ist. Dann lernen wir uns besser kennen.« Er trat auf sie zu und versuchte, sie an sich zu ziehen, doch sie wies ihn ab.

»Lennox, mir ist bewusst, dass wir uns einander durch Handschlag für ein Jahr und einen Tag versprochen haben, und das akzeptiere ich, denn ich liebe dich von ganzem Herzen, aber ich bin durcheinander. Überwältigt? Zu gegebener Zeit werde ich zu dir zurückkehren, um dann bei dir zu bleiben und meinen rechtmäßigen Platz als deine Frau an deiner Seite einnehmen, aber jetzt muss ich vor allem meine Schwester aufsuchen. Sehr gern würde ich ein wenig Zeit mit ihr allein verbringen. Wir müssen über vieles reden und uns wieder kennenlernen. Ich verspreche, dass ich wiederkomme.«

»Ich werde das respektieren, obwohl ich dir hier auf unserem Castle die Zeit gewähren will, die du brauchst, um mit ihr allein zu sein. Ich muss eure Unterhaltungen nicht belauschen. Bring sie her.«

Sie wich zurück. »Du verstehst nicht. Ohne meine Schwester bin ich niemand. Mein ganzes Leben lang war sie die Einzige, die sich um mich kümmerte, die sich *um* mich sorgte, die sich dafür interessierte, ob ich lebe oder sterbe. Ohne sie bin ich nichts«, antwortete sie.

»Gerade erst hast du vier Kinder vor einem Leben voller Plackerei und Qualen bewahrt. Ich würde ganz sicher sagen, dass du jemand bist, Meg.«

Sie drehte sich von ihm weg. »Ich gehe jetzt, Lennox. Ich muss fort. Ich kann nicht anders. Es tut mir leid. Tamsin hat eine Tochter, die sie nicht allein lassen kann. Es ist zu schwierig für mich, die Gefühle in Worte zu fassen, die ich tief in mir verspüre, aber ich muss meine Schwester allein sehen.«

»Warte«, rief er. »Eine Woche, bitte?«

Sie drehte sich wieder zu ihm um und sagte: »Nein. Ich gehe jetzt, weil ich es muss. Und ich ändere meine Meinung nicht, weil mich ein Mann anfleht, dies zu tun. Hier geht es nicht um dich, sondern um mich. Ich weiß, dass du dein ganzes Leben als Laird oder als Erbe eines Lairds verbracht hast, und dass man dir in den meisten Dingen deinen Willen gelassen hat. Man hat auf dich gewartet. Man hat dich angefeuert. Du warst derjenige, der andere herumkommandiert hat, und nie wurde dir widersprochen. Man hat dir für Taten gedankt, die du vollbracht hast. Ich hatte nichts von alledem. Das kann ich nicht erklären.«

Sie fasste ihre Haare am Hinterkopf zusammen und versuchte, ihren Zopf wieder in Ordnung zu bringen. »Lennox, ich weiß nicht wirklich, wer ich bin. Unser gemeinsames Erlebnis war wunderbar. Du bist wunderbar, aber ich muss meine Schwester finden. Sie war das einzig Gute in meinem Leben, bevor ich dich kennenlernte. Verstehst du denn nicht? All das, was geschehen ist, muss ich erst verarbeiten. Ich darf mich nicht dadurch definieren, wer mein Mann ist oder in welchem Clan ich lebe. Gerade erst bin ich einem Dasein voller harter Arbeit entkommen. Ich muss mich selbst verstehen, und so sehr ich dich auch liebe, kennst du mich nicht gut genug, um mir bei diesem Prozess eine Hilfe zu sein. Tamsin kennt mich allerdings.«

Es traf sie mitten ins Herz, Lennox´ schockierte Miene zu sehen, doch es war an der Zeit, dass sie ihm die Augen öffnete. Wenn sie ihn auch liebte, so würde sie ihre Freiheit dennoch nicht für einen verwöhnten Laird aufgeben.

Dann näherte sie sich ihm und streichelte seine Wange. »Du hast mir so viel geschenkt und mein Herz für so vieles geöffnet. Bitte, ich flehe dich an, gewähre mir meinen Wunsch ohne Streit. Dies bedeutet ja nicht, dass ich dich nicht liebe. Denn ich liebe dich wirklich. Aber ich liebe auch Tamsin. Ich brauche ihre Hilfe, um mein Leben wieder in die richtige Bahn zu bekommen. Ich

fühle mich verloren … überwältigt.« Als sie
ihn auf die Lippen küsste, ging eine merkliche
Spannung von ihm aus. »Du solltest auch daran
denken, dass zwischen uns ein Altersunterschied
von zehn Sommern besteht. Du hast so viel mehr
erlebt als ich.«

»Ich bin keineswegs verwöhnt«, presste er
hervor, wobei sein Kiefer kribbelte. »Ich bin ein
hart arbeitender, verantwortungsbewusster Laird,
der sich in seiner Rolle als Anführer um viele
Menschen in unserem Dorf kümmert.«

»Natürlich tust du das, aber lass mich erklären,
was ich meine. Meine Mutter starb, als ich sieben
Sommer alt war, und seitdem stehe ich vor dem
Morgengrauen auf, koche Brei für meinen Vater
und bereite einen Beutel mit Proviant vor, den
er auf seine Reise mitnehmen kann, wohin auch
immer er geht. Den Rest des Tages säe ich Samen
aus, zupfe Unkraut, flicke die Löcher in unserer
Kleidung, wasche die Wäsche, reinige den Boden,
die Pfannen, das Geschirr. Ich habe unsere
eigenen Kleider genäht. Gemüse geschält, um es
in einem Topf einzuweichen. Gemüse zerkleinert.
Kaninchen und Eichhörnchen gehäutet und
zerlegt. Hast du jemals eines dieser Dinge getan,
Lennox? Irgendetwas davon?«

Er schloss die Augen und schüttelte den Kopf.
»Warte, ich habe schon Tiere gehäutet. Mein
Vater zwang mich dazu, als ich klein war.«

Sie lächelte und drückte seinen Arm. Ihre
Stimme wurde leise, als sie sich zu ihm beugte.
»Und wenn mein Vater nach Hause kam,
kontrollierte er alles und entschied, wer von uns

eine Tracht Prügel, eine Faust oder den Knüppel verdiente. Was war die bevorzugte Methode deines Vaters?«

Er schüttelte fast unmerklich den Kopf, aber es reichte, um sie wissen zu lassen, dass er ihre Botschaft verstanden hatte. Aber sie war noch nicht fertig.

»Dann hat er meine Schwester verheiratet, und ich musste mich allein um alles kümmern. Ganz allein. Die ganze Zeit, die Tamsin fort war, bin ich allein gewesen und ich habe sie so sehr vermisst. Jeden. einzelnen. Moment eines jeden Tages. Dann wählte mein Vater einen Ehemann für mich aus, der mehr als doppelt so alt war und jedes Mal zu sabbern anfing, wenn er mich anschaute. Nicht einmal hat er mich nach meiner Meinung gefragt. Er hat mich nie gefragt, ob ich bereit war zu heiraten. Er fragte auch nicht, ob mir der Mann gefiel. Stattdessen wählte mein Vater ihn aus, unterrichtete mich am Tag vor der Heirat davon, und der letzte Kommentar war der Schlimmste. Mein Vater nahm ihm das Versprechen ab, mich hart arbeiten zu lassen. Und warum? Was habe ich je getan, dass mein Vater mich so behandelt? Ich weiß es nicht. Wenn ich ein solches Dasein gefristet habe, wie kann ich dann in meiner Position als Ehefrau des Lairds bestehen? Ich habe keine Ahnung, was ich jeden Tag anfangen soll. Wie soll ich die Aufgaben erledigen? Mit dem Gesinde umgehen? Wissen, was täglich zu tun ist?«

»Darüber mache ich mir keine Sorgen, denn du bist intelligent und fürsorglich. Meiner

Ansicht nach sind das die einzigen beiden
Voraussetzungen, auf die es ankommt. Und wenn
du irgendwohin weglaufen willst, dann weißt du,
dass ich mit dir gehen werde, Meg.«

»Das würdest du für mich tun?« Beim Gedanken,
dass dieser Mann alle ihre Bitten erfüllen würde,
die sie an ihn richtete, stiegen ihr die Tränen in
die Augen. Das war tatsächlich ein Beweis dafür,
dass er tiefe Gefühle für sie hegte.

»Das würde. Ich liebe dich von ganzem Herzen.
Lieber würde ich als Bettler mit dir leben als in
einem Castle ohne dich.«

Fast stiegen ihr die Tränen in die Augen,
denn dies war so eine starke Aussage. Es war
ein weiterer Grund, Lennox MacVey zu lieben.
»Ich werde jeden Abend an dich und diese
Beteuerung denken, ehe ich die Augen schließe.«
Vielleicht hatte sie zu viel gesagt. Doch das spielte
eigentlich keine Rolle. Ihre Gefühle waren
schwer in Worte zu fassen, doch sie brauchte
Tamsin, um die Herausforderungen in ihrem
Leben in den Griff zu bekommen. Wie man eine
Ehefrau ist, wie man einen Mann liebt, wie man
eine Herrin eines Castles ist, wie man an sich
selbst glaubt. »Ich verstehe nicht einmal, wie die
Welt funktioniert. Ich weiß nur von der kleinen
Welt, in der ich zuhause war, und ich habe sie
gehasst. Ich wünsche mir ein glückliches Leben,
aber ich glaube, ich brauche meine Schwester, um
das Wirklichkeit werden zu lassen. Bitte fasse das
nicht als Ablehnung auf, sondern als Aufschub.«
Sie streckte die Hände nach ihm aus und legte
ihren Kopf an seine Schulter. »Ich liebe dich,

Lennox, aber ich muss diesen Schritt einfach gehen.«

Er nickte, doch das Knacken in seinem Kiefer rüttelte sie erneut auf. Doch er hielt sie fest und stieß sie nicht von sich.»Ich werde auf dich warten, Mädchen. Ich danke dir für deine Erklärungen, und ich verstehe dich jetzt besser, aber bitte lass mich nicht ewig warten. Ich werde dich bei allem unterstützen, was du jetzt unternehmen willst.«

»Ich muss meine Schwester finden. Ich muss meinem Herzen folgen, denn ich habe nichts anderes, dem ich folgen kann.« Sie trat näher, stellte sich auf ihre Zehenspitzen und küsste seine Lippen. »Ich liebe dich. Du wirst immer meine Liebe sein, Lennox MacVey. Du hast mir Sanftmut, Freude und Glück gezeigt. Diese drei Dinge musste ich erst wieder erfahren, weil ich sie so viele Jahre lang nicht in meinem Leben hatte. Jetzt muss ich herausfinden, ob ich diese Dinge wirklich verdiene. Richte deiner Mutter aus, dass ich ihr für alles dankbar bin, was sie für mich getan hat.«

»Ach, Mädchen«, flüsterte er und zog sie an sich, um ihre Stirn zu küssen. »Du verdienst so viel mehr. Aber ich liebe dich, also habe ich keine Wahl.«

Von seiner letzten Bemerkung verwirrt, hielt sie seine Hand und senkte den Kopf.

»Ich muss dich gehen lassen. Du hast mich mehr über Stärke und die Fähigkeit zu lieben gelehrt als jeder andere mir bekannte Mensch. Du hast diese Gabe tief in dir. Du weißt es nur nicht. Geh zu deiner Schwester, aber versprich mir, dass du nach mir schickst, wenn du etwas brauchst.«

»Das werde ich. Ich danke dir für alle deine Geschenke.«

Daraufhin schenkte er ihr dieses schiefe Grinsen, das sie so liebte.

»Lennox, ich glaube, ich habe dir noch mehr zu geben, also hebe ich alles für dich auf.«

»Ich werde dich zu den MacQuaries begleiten«, bestimmte Lennox. »Versuche bitte nicht, mir das abzuschlagen. Ich werde Distanz wahren, aber ich kann nicht schlafen, bevor ich nicht weiß, dass du sicher angekommen bist. Nach allem, was geschehen ist, muss ich sicher sein, dass du außer Gefahr bist. Sobald mein Pferd sich ausgeruht hat, werde ich dann umkehren. Versprochen. Und ich würde gerne deine Schwester und deine Nichte kennenlernen.«

»Du meinst unsere Nichte?« Sie war auf dem Weg zum rückwärtigen Teil des Castles. »Ich werde das akzeptieren. Bleib für eine kurze Mahlzeit und kehre dann zurück. Ich muss allein bei meiner Schwester sein.«

Sie verstand den Zwiespalt in ihrem Herzen nicht – sie musste sich für eine Weile von ihm trennen, aber sie liebte ihn.

Was um alles in der Welt war mit ihr los?

# KAPITEL ACHTUNDDREIßIG

*Lennox*

NOCH NIE IN seinem Leben hatte Lennox sich so machtlos gefühlt. Hier war endlich die Frau, auf die er so lange gewartet hatte, eine Frau, die er bewunderte und die ihm besser gefiel als jede andere, und er ließ es zu, dass sie sich von ihm entfernte.

Eine Frau, die er liebte, eine Frau, mit der er einen Ehebund geschlossen hatte, die er heiraten und mit der er Kinder haben wollte, die sie gemeinsam aufziehen würden – und sie verließ ihn.

Etwa eine Stunde, nachdem sie von ihrer Reise zurückgekehrt waren, ritt Meg wieder durch das Tor, vier Wachen ritten vor ihr, während Lennox ihr folgte. Kurz unter dem Fallgatter hörte er eine Stimme von oben. Er drehte sich um und sah seine Mutter die Treppe hinunter eilen.

»Mutter? Was ist los?«

Sie eilte auf sein Pferd zu, tätschelte seine Wade und sprach in einem leisen Ton, damit niemand sonst sie hören konnte. »Lennox, das Warten wird sich für dich auszahlen. Sie liebt dich. Sie wird zurückkehren.«

Er hoffte, dass sie Recht behielt.

Auf dem Weg zum MacQuarie Clan redeten sie wenig, und Lennox spitzte die Ohren, um jeglichem Angriff vorzubeugen. Er hoffte allerdings, dass sie alle Verbrecher, die der Entführung schuldig waren, kaltgestellt hatten. Ihm lag wahrlich nicht das Geringste daran, auf einen weiteren Schurken zu treffen, der seine Braut zu stehlen versuchte.

Als sie eine Stunde unterwegs waren, fiel Meg zurück und ritt neben ihm her. »Lennox, können wir bitte reden?«

»Aye. Was möchtest du besprechen?«

Sie räusperte sich, und ihre Nervosität war ihr deutlich anzumerken. Also gab er ihr die Zeit, die sie brauchte, um ihre Gedanken zu ordnen. »Was wären meine Pflichten als deine Frau?«

Er dachte einen Moment nach und antwortete dann mit der Erklärung, von der er annahm, dass sie danach suchte. »Du würdest zusammen mit unserer Köchin sicherstellen, dass wir genügend Vorräte in unseren Kellern haben, und den Speiseplan planen. Normalerweise verpflegen wir das ganze Dorf einmal pro Woche, und unsere Wachen bekommen zwei Mahlzeiten am Tag. Zur Abendmahlzeit gehen sie nach Hause. Du beaufsichtigst das Gesinde im Haus und kümmerst dich um die Schlafkammern der Gäste. Deine Hauptaufgabe besteht im Umgang mit dem Gesinde, und dem Beantworten von Fragen. Du hast das Glück, dass die derzeitige Herrin des Castles, meine Mutter, noch bei uns wohnt. Sicher wird sie dich gern in deinen Aufgaben unterweisen. Gern bringt meine Mutter auch einigen Interessierten das Lesen und Schreiben bei, obwohl dies natürlich ganz dir überlassen wäre. Ich weiß nicht, ob ich dir alles aufzählten kann, was sie tut. Meine Mutter könnte dir all dies am besten beantworten. Du hättest auch Eva, die dir hilft.«

»Du nicht?«

»Natürlich würde ich helfen, wo ich kann, aber ich habe keinen Überblick über diese Belange und die Speisepläne. Das ist allein die Sache meiner Mutter und meiner Schwester. Die oberste Haushälterin hat die Aufsicht über alles Hausgesinde, so wie die Köchin über die Dienst- und Küchenmägde. Ich kümmere mich um das Geld, und ich würde mich freuen, wenn du dich in diesem Aspekt an der Leitung des Castles beteiligen würdest. Wir müssen den Clan mit genügend Nahrung für den Winter versorgen und in der Lage sein, die Dinge einzukaufen, die wir nicht selbst erzeugen. Das erfordert viel Planung und Anpassung.«

Er sah zu, wie sie seine Auskunft aufnahm und sie durchdachte. Er war mehr als zuversichtlich, dass sie ihre Aufgabe hervorragend meistern würde, aber er wollte nicht zu enthusiastisch sein, während sie über alles nachdachte. Sie errötete und drehte ihm dann das Gesicht zu.

»Was ist? Du bist meine Frau, Meg. Frag mich alles, was du willst.«

»Darf ich dich fragen, ob du schon einmal verliebt warst? Ich will nicht neugierig sein, aber ich frage mich, ob du es warst, und ob sie im Clan lebt?«

Lennox hätte beinahe gelächelt, denn ihre Frage zeugte von purer Eifersucht und er sagte sich, dass es nicht wirklich von Belang sei. Aber für sie spielte es eine Rolle.

»Ich will so ehrlich sein, wie ich kann. Ich glaubte, mich zweimal verliebt zu haben. Einmal war es das erste Mädchen, das je in meinem Bett lag, und ich werde dir sagen, dass mein Vater zu mir kam und mir sagte, die Dirne solle gehen und nie mehr wiederkommen.« Er musste bei der Erinnerung schmunzeln. »Er warnte mich davor, solche Frauen in unser Haus zu bringen. Denn sie seien eine Beleidigung für meine Mutter.«

»Solche Frauen?«

Mit einem Mal war Lennox von der wahrhaftigen Unschuld seiner Frau ergriffen und fragte sich, wie er ihr das erklären sollte. »Frauen, die für ihre Dienste bezahlt werden.«

Sie neigte den Kopf, immer noch verwirrt.

»Hast du schon einmal von Prostituierten gehört?«

Sie schüttelte den Kopf.

»Es hat schon immer Frauen gegeben, die für Geld intime Dienste geleistet haben. Sogar in biblischen Zeiten. Die Bedürfnisse der Männer sind in der Regel stärker als die der Frauen, sodass sie für solche Dienste bezahlen, wenn sie unverheiratet sind.« Dann dachte er noch ein wenig nach. »Und manchmal sogar, wenn sie verheiratet sind. Diese Männer beschließen, dass sie eine andere Frau wollen.«

»Das würdest du tun?«

»Nein! Ich habe nur gesagt ...« Verdammt, wie sollte er da wieder rauskommen? »Manche Menschen heiraten nicht aus Liebe. Wenn man keine Gefühle für seinen Ehepartner hat, ist man nicht daran interessiert, das Bett zu teilen, außer um Kinder zu zeugen.«

Sie schaute immer noch verwirrt: »Meg, diese Frage solltest du besser an deine Schwester richten«, schlug er dann vor. Dieses Gespräch half ihm zu verstehen, warum Meg so hartnäckig darauf bestand, mit Tamsin allein zu sein. Ihre Aussage über ihre Unwissenheit erklärte nicht ansatzweise ihre Unschuld. Es ging nicht nur um Delfine, sondern um viel, viel mehr. »Deine Schwester war mit einem Mann verheiratet, den sie nicht mochte. Ich glaube, sie kann es besser erklären als ich.«

Das schien sie zu akzeptieren und nickte, doch dann fragte sie: »Und die andere Frau, die du geliebt hast?«

»Die andere Frau war ein wunderschönes Mädchen aus den Highlands, das mich einmal besuchte, und ich gebe zu, dass ich mich zu ihr hingezogen fühlte. Ihr Vater sprach mit meinem Vater über eine Verlobung, und ich nahm sie an. Meine Mutter war sehr glücklich darüber, bis die Frau zu einem zweiten Besuch kam und versuchte, meiner Mutter Befehle zu erteilen. Das hat ihr nicht gepasst, aber uns auch nicht.«

»Aber du hast gedacht, du liebst sie?«

»Ich dachte, ich könnte sie lieben. Da du meine Frau bist, werde ich ganz ehrlich zu dir sein. Sie hat mein Bett schnell erwärmt, aber das war die einzige Art und Weise, auf die sie den Beischlaf gewünscht hat. Schnell. Sie war keine Jungfrau mehr. Jeder Besuch war eine Art Verhandlungssache. Wie viele Tuniken konnte sie herausschlagen? Sie hätte gern zwei neue Paar Stiefel, vielleicht auch vier. Würde ich sie an den Hof bringen, damit sie sich ihr Hochzeitskleid aus einem besonderen Stoff und dem feinsten Garn der Welt schneidern lassen konnte?«

Er hielt einen Moment inne und versuchte zu erklären, was er nach einem Mond von seiner Verlobten hielt. »Oberflächlich. Sie war eine sehr oberflächliche Frau. Ich kann sie nicht einmal als Mädchen bezeichnen, denn ihr ganzes Vorgehen war gut geplant und gut ausgeführt.« Sie war genau das Gegenteil von Meg.

Als sie den nächsten Hügel erklommen hatten, seufzte Lennox.

»Was ist los?«, fragte Meg.

»Nichts. Sobald wir die andere Seite dieses Hügels erreicht haben, ist unsere Reise fast beendet. Ich glaube, ich vermisse dich jetzt schon an meiner Seite. Aber behalte jetzt den Horizont im Auge. Du wirst Loch Tuath und das MacQuarie Castle sehen. Wir werden uns von vorne nähern. Ich möchte, dass du die ganze Aussicht genießt. Es ist ein schönes Castle.«

Lennox fluchte vor sich hin. Ihre gemeinsame Zeit war fast vorbei.

Was sollte er nur ihr sagen, um sie von seiner

Liebe zu überzeugen? Dass sie für die Ewigkeit zusammengehörten?

Er hatte keine Ahnung.

# KAPITEL NEUNUNDDREIßIG

## *Meg*

---

SOBALD DAS CASTLE in Sichtweite kam, schlug ihr Bauch diese Purzelbäume, die sie so verabscheute. Auf und ab und hin und her. Wo war ihre Schwester? Würde sie sich über ihr Wiedersehen freuen? *Einunddreißig, zweiunddreißig, dreiunddreißig, vierunddreißig ...* Ihre Finger tickten gegen ihr Bein.

Sie ritten den Weg zum Wasser hinunter, wobei Lennox auf die Fischerboote zeigte. Es war ein so schöner Anblick, dass Meg fast weinen musste, aber sie hielt die Tränen zurück, weil sie ihre Sicht nicht trüben wollte. Sie konnte es kaum erwarten, Tamsin zu sehen.

Sie kamen um eine Biegung herum und näherten sich den Toren. Lennox ritt ein wenig vor ihr, nahm aber ihre Hand, um ihr Pferd dicht bei sich zu halten. »Lennox MacVey für euren Laird Thane. Er erwartet uns.«

Die Tore öffneten sich, und Meg konnte Magnis aufgeregtes Geschrei und Lias Gekicher hören. Sie fürchtete, sie würde vom Pferd fallen, weil sie so unsicher war, und war froh, dass Lennox ihre Hand hielt.

Sie überquerten die Brücke, ritten unter dem Fallgitter hindurch und Meg sah sich suchend nach ihrer Schwester um, konnte sie aber nicht entdecken.

Lennox stieg ab und half Meg herunter, die daraufhin ihre Fassung verlor. »Was, wenn sie mich vergessen hat, Lennox? Oder was ist, wenn sie mich nicht sehen will? Vielleicht ist sie so glücklich, dass sie mich nicht mehr sehen will. Vielleicht falle ich ihr zur Last.«

Sie klammerte sich an seine Unterarme, und er küsste sie auf die Stirn. »Du bist der wunderbarste und großherzigste Mensch, der mir je begegnet ist, Meg«, versicherte er ihr. »Natürlich wird deine Schwester dich sehen wollen.«

Ein Quieken durchbrach die Luft, das alle anderen Stimmen übertönte, weil sie es so gut kannte.

»Tamsin!« Meg wandte sich von Lennox ab und erblickte ihre Schwester, die auf sie zulief. »Tamsin. Bist du das wirklich?«

Im nächsten Moment umarmte sie ihre Schwester und beide jungen Frauen brachen in Tränen aus und traten dann etwas zurück, um einander anzuschauen und dann noch mehr zu weinen. Tamsin ließ die Hände ihrer Schwester los und nahm die Hand eines Mädchens hinter ihr. »Alana, das ist deine Tante Meg. Du kannst sie auch so nennen.«

»Sei gegrüßt, Tante Meg.«

»Sie ist wunderschön, Tamsin. Sie sieht genau

wie du aus. Ich kann es kaum erwarten, mit dir zu spielen, Alana.« Sie beugte sich hinunter und küsste Alana auf den Kopf.

Tamsin übergab Alana an ein anderes junges Mädchen und nahm dann Megs Hand. »Komm, ich muss den Mann begrüßen, der meine Schwester gerettet und sie zu mir gebracht hat.«

Meg konnte nicht aufhören zu lächeln, als sie sich Lennox näherten, und ihre Tränen flossen in Strömen, egal wie sehr sie versuchte, sie wegzuwischen. Tamsin hielt ihre Hand und marschierte auf Lennox zu. »Ich schulde Euch meinen Dank, Chief MacVey, dafür, dass Ihr meine Schwester auf die Isle of Mull und jetzt zu mir gebracht habt. Ich bin zutiefst dankbar dafür, was Ihr für sie getan habt. Bitte kommt herein. Unser Abendmahl wird gleich aufgetragen, und es wäre mir eine Ehre, wenn Ihr Euch uns anschließen würdet.«

Thane trat hinter Tamsin und sagte: »Du hast meine Verlobte kennengelernt, MacVey?«

»Verlobte? Ich gratuliere euch beiden«, sagte Lennox und klopfte Thane auf die Schulter.

Magni rief: »Er hat ihr gestern Abend einen Antrag gemacht, und sie hat gesagt, dass sie ihn heiraten will. Wir machen eine Hochzeit.«

Es wäre der perfekte Zeitpunkt gewesen, um Lennox als ihren Ehemann vorzustellen, aber die Worte kamen nicht über ihre Lippen. Stattdessen vergrub Meg ihr Gesicht an seiner Brust und schluchzte Freudentränen.

»Zeit, auf einen Becher Wein hineinzugehen«, schlug Thane vor. »Lassen wir Tamsin und

Meg Zeit, sich wieder vertraut miteinander zu machen. Es ist mehr als zwei Jahre her, und meine Schwester Mora ist gespannt darauf, dich kennenzulernen, Meg.«

Die Gruppe begab sich in die große Halle, wobei Meg einen Arm um Lennox' Taille gelegt hatte und mit der anderen Hand ihrer Schwester festhielt.

Drinnen angekommen, eilte ein hübsches junges Mädchen zu ihnen herüber. Tamsin sagte: »Das ist Thanes Schwester Mora. Sein Bruder Brian steht hinter ihr.«

»Ich habe darauf gewartet, dich kennenzulernen, Meg. Ich habe so viele Fragen«, sprudelte Mora los. »Woher hattest du den Mut genommen, aus der verschlossenen Kammer zu entkommen? Und woher wusstest du, dass der Mann dir folgte? Und wo hast du gelernt, wie man eine Axt wirft? Würdest du es mir vielleicht beibringen?«

Thane legte die Hände auf Moras Schultern und drehte seine Schwester zu ihren Eltern. Mora sagte: »Oh, und das sind meine Mutter und mein Vater, aber du kennst sie ja schon. Kannst du glauben, dass wir sie nach all den Jahren gefunden haben? Ich war so überrascht, als Thane nach Hause kam und uns mitteilte, dass er unsere Eltern gefunden hat. Und die ganze Zeit dachten wir, eine andere Frau sei unsere Mutter, was nicht sein kann, denn meine richtige Mutter ist die liebenswerteste Frau im ganzen Land, und ich bete sie an.«

Myra nahm die Hand ihrer Tochter und sagte:

»Mora, warum erlauben wir Meg nicht, sich vor den Kamin zu setzen? Sie hat eine lange Reise hinter sich.«

»Es tut mir leid, Mama. Ich wollte nicht...«

»Ruhig, Mädchen. Es ist in Ordnung.« Ihr Vater klopfte ihr auf die Schulter. »Ich bin sicher, Meg hat sich gefreut, deine Gedanken zu hören.«

»Das habe ich. Es ist mir ein Vergnügen, dich kennenzulernen, Mora.«

Endlich konnte Meg ihre Tränen bändigen und schaute zu Tamsin. »Komm, ich zeige dir deine Kammer, damit du dich umziehen kannst und nicht länger mit Staub von deiner Reise bedeckt bist«, forderte Tamsin sie auf.

»Trinkst du ein Ale mit mir, MacVey?«, fragte Thane.

Lennox schaute Meg an und fragte: »Willst du deine Tasche, Meg?«

»Ich hole sie für dich, Meg!«, rief Magni. »Er sauste zur Tür hinaus, die er hinter sich zuwarf.

Tamsin führte Meg die Treppe hinauf und plauderte dabei über dieses und jenes, was das Castle anbelangte. In der Kammer angekommen, sah Meg sich um. »Das ist wunderschön, Tamsin«, rief sie aus. Sie berührte die Handarbeit eines Kissens auf dem Stuhl am Kamin. »Das ist deine Arbeit. Ich würde sie überall erkennen.«

»Das ist sie« Sie warf Meg einen seltsamen Blick zu.

Meg ließ sich in den Stuhl fallen. »Sag es mir. Sag mir nur eine Sache, Tamsin, und der Rest kann warten. Bist du glücklich, mit Thane verlobt zu sein? Willst du deine ganze Zeit mit ihm verbringen, sein Bett teilen?« Sie schaute zu ihrer Schwester auf und hielt den Atem an. »Kann die Ehe eine wunderbare Sache sein?«

Tamsin setzte sich und nahm Megs Hände in die ihren. »Ja. Ich liebe Thane von ganzem Herzen. Er ist ein wunderbarer Mann, und er wird Alana ein guter Vater sein. Ich kenne den Unterschied, denn der Mann, mit dem mich unser Vater verlobt hat, war grauenhaft. Raghnall war böse. Er schlug mich und versuchte, mich umzubringen. Wäre Thane nicht gewesen, wäre ich jetzt nicht hier. Deshalb bin ich sehr froh, dass er mich gebeten hat, seine Frau zu werden. Ich war noch nie so glücklich, vor allem, weil du jetzt hier bist. Ich habe dir so viel zu erzählen, aber das kann bis morgen warten.« Sie half Meg, eines ihrer Kleider anzuziehen, und umarmte sie dann noch einmal schwesterlich.

»Ich freue mich so für dich.« Meg wusste nicht, was sie noch sagen sollte, die Erschöpfung übermannte sie plötzlich. Sie stand auf und ging zum Bett. »Hättest du etwas dagegen, wenn ich mich ein wenig ausruhe, Tamsin?«

»Nur zu. Ich werde dich wecken, wenn das Abendmahl fertig ist. Du musst erschöpft sein. Ich habe von allem gehört, was du getan hast. Magni und Lia haben ununterbrochen von deinen Abenteuern erzählt. Ihr wart in Oban und Drimnin und Loch Aline und noch viel mehr. Du bist weiter gereist als ich, Schwester, und ich bin schon seit zwei Jahren hier. Du hast definitiv eine Pause verdient.«

Meg zog ihre Stiefel aus, legte sich auf die Seite und schloss für einen Moment die Augen. Im Nu war sie eingeschlafen.

# KAPITEL VIERZIG

*Lennox*

———∽∾∽———

L ENNOX WARTETE DARAUF, dass Tamsin die Treppe herunterkam. Er war immer noch schockiert darüber, dass Meg einfach eingeschlafen war, ohne mit ihnen zu Abend zu essen.

Dann sagte Lia: »Wir sollten nicht vergessen, was die arme Meg alles durchgemacht hat. Sie wurde einem Mann versprochen, der ihr nicht gefiel, sie lief weg, fand vier Kinder, die ihre Hilfe brauchten, schlug einen Mann, der uns verfolgte, mit einer Axt nieder, wurde krank vom Fieber, wachte an einem fremden Ort unter fremden Menschen auf, kletterte in ein Boot, um mich am Loch Aline zu suchen, nur um sich in Drimnin wiederzufinden und in einen schrecklichen Kampf verwickelt zu werden. Habe ich es richtig in Erinnerung, Chief MacVey? Ich denke, sie hat eine lange Pause verdient.«

Überlasse es nur einem Kind, alles so zu vereinfachen, dass es schlüssig klingt. »Du hast recht, Lia. Ich danke dir, dass du uns daran erinnerst, was sie alles durchgemacht hat.«

Magni sagte: »Ich wünschte, ich hätte den Kampf miterlebt, aber wir kamen zu spät. Wie lange hat er gedauert? Hat sie sich versteckt, während Ihr die Narren abgewehrt habt, Chief? Hat sie wieder ihre Axt benutzt?«

Lennox verbarg sein Lächeln. »Sie hat tatsächlich ihre Axt benutzt. Meg ist unglaublich treffsicher mit ihrer Waffe.« Daran hatte er gar nicht gedacht, bis Magni wieder ihren Kampf erwähnt hatte.

»Und dieser Egan. Ich bin froh, dass ich ihm nie begegnet bin. Piratenmann und Hairy waren schlimm genug.«

Lia kam zu ihm und flüsterte ihm ins Ohr. »Fürchte dich nicht, sie liebt dich. Denke neben dem Kampf auch daran, dass sie ihren ersten Menschen getötet hat, als sie mit einem Fieber kämpfte. Und dann hat sie mit dir noch einen anderen getötet.«

Lennox starrte Lia an, und die Weisheit, die von ihren Lippen kam, war so ungewöhnlich, dass er nicht wusste, wie er reagieren sollte. Außer, dass sie immer recht hatte.

Aber dann war er mit einem Mal voller Ehrfurcht für die kleine Lia. Er hatte ihr nie gesagt, dass Meg jemanden getötet hatte.

Doch sie wusste es.

———— ⚬⚬ ————

Lennox schlief nicht gut, denn die Erinnerungen an ihre gemeinsame Nacht waren noch zu frisch in seinem Kopf. Ganz konfus davon, dass er sich endlich verliebt hatte und sie nicht neben ihm lag, war er ebenso unsicher, wie er weiter vorgehen sollte.

Er wusste nicht, was er unternehmen sollte. Und als Meg am Morgen nicht in der großen Halle war, wurde er von den schlimmsten Gefühlen beschlichen. War sie froh, ihn los zu sein?

Noch verwirrter als zuvor sprach er kurz mit Tamsin, um ihr genau zu erklären, was er empfand, und dann verabschiedete er sich. Er würde warten müssen, bis er von Meg hörte.

Auf dem Rückweg beschloss er, die Granthams zu besuchen, ehe er wieder zu seinem Castle zurückkehrte. Er fand die vier Grantham Cousins beim Sparring auf dem Übungsplatz, was er gerne beobachtete – Alasdair gegen Alick, Alaric gegen Broc.

Als sie endlich fertig waren, konnte er nicht umhin, die offensichtlichste Frage zu stellen. »Habt ihr alle einen Namen mit dem Anfangsbuchstaben *A*? Abgesehen von Broc scheint es, dass eure Namen ähnlich sind. Warum?«

Alaric lachte. »Meine drei Cousins wurden in derselben Nacht geboren, die ersten Enkelkinder von Alexander Grant. Sie haben sich darauf geeinigt, dass derjenige, der zuerst geboren wird, seinen Namen tragen darf, aber sie kamen genau zur gleichen Zeit auf die Welt.«

»Genau?«

»Es war nahe genug, um es als die gleiche Zeit zu bezeichnen«, meinte Alasdair. »Ich glaube, Tante Jennie und Tante Brenna haben es im Voraus geplant, damit Großvater, ihr Bruder Alex, nichts davon erfährt. Offenbar hatten unsere Eltern so sehr darüber disputiert, dass er den Streit darüber, wer der Erstgeborene ist, nicht beilegen wollte.

Alick fügte hinzu: »Also bekamen wir alle ähnliche Namen wie Alexander – Alasdair, Alick und Elshander. Alaric war ein Name, den Onkel Jamie ausgesucht hatte, damit er ebenfalls Alex ähnelte.«

Broc verbeugte sich. »Und dann gibt es noch mich.«

»Kommst du mit uns zum Mittagsmahl und auf ein Ale, MacVey?«, fragte Alasdair.

»Mit Vergnügen. Ich folge euch hinein.« Er führte sein Pferd zum Stall und bewunderte all die Schlachtrösser, die in dem Gebäude untergebracht waren.

In der Halle angekommen, gesellte sich Dyna zu ihnen. Die Kinder spielten an der Seite, während Sela und Gwyneth in ihrer Nähe plauderten. »Tut mir leid, ich kann sie nicht ohne ständige Aufsicht draußen spielen lassen. Sag mir, dass du ein paar von den Kerlen erwischt hast, Lennox.«

Lennox gab ihr eine kurze Erklärung, einschließlich dem Auffinden von Thanes Eltern.

»Wahrhaftig? Nach all diesen Jahren? Wie zum Teufel ist das passiert? Woher wusstest du das?«, fragte Dyna.

»Lia. Sie führte uns zu der Hütte am Wasser, in der seine Eltern sich um die von Egan verschleppten Kinder kümmerten.«

»Hast du diese Schufte beseitigt, die für diese Situation verantwortlich sind?«

»Aye. Die Dorfbewohner in Drimnin haben sich mit großem Dank um den Rest gekümmert.«

Die Tür öffnete sich, und Logan trat mit Connor ein. »MacVey, bist du das?«

»Aye.«

»Neuigkeiten?«, fragte Logan, während er sich ein Ale holte und eines an Connor weiterreichte, ehe er sich hinsetzte.

Lennox erzählte ihnen von den Neuigkeiten.

»Meg ist bei ihrer Schwester bei den MacQuaries?«

»Aye.«

»Hier eine Warnung«, meinte Logan ernst. »Der Baron ist in Oban und stellt Fragen. Meiner Vermutung nach wird er in ein oder zwei Tagen den Weg hierher finden.«

Lennox fluchte. »Im Augenblick braucht Meg wirklich nicht noch mehr Schwierigkeiten. Sie hat schon genug mit sich selbst zu tun. Zur Hölle nochmal, aber dieser boshafte Mistkerl ist wirklich hinter ihr her.« Genau das hatte er ohnehin befürchtet, aber was wusste er schon von englischen Baronen? Etwas in ihm regte sich, sein Herzschlag beschleunigte sich bei dem Gedanken, dass dieser Idiot seine Meg in seine Gewalt bekommen könnte. Unter keinen Umständen durfte er sie verlieren.

Er würde sie *nicht* verlieren. Er war sich allerdings nicht sicher, wie er mit dieser Situation umgehen sollte.

»Gerade erst hat sie ihre Schwester gefunden«, bemerkte Logan. »Sollte sie nicht gerade jetzt einen Anlass zum Feiern haben?«

Dyna grinste, ihre Augen leuchteten, als ob sie wirklich wüsste, was er dachte. »Du hast mit Meg einen Bund per Handschlag besiegelt, Lennox. Stimmt das?«

»So ist es. Ich dachte, sie würde nie von meiner Seite weichen, aber sie bestand darauf, mit ihrer Schwester allein zu sein. Nach allem, was sie durchgemacht hat, konnte ich ihr das nicht abschlagen. Sobald sie sich in der Kammer ihrer Schwester hingelegt hatte, war sie schnell eingeschlafen.«

Eli näherte sich und sagte: »Spucke und Schleim, nach allem, was das arme Mädchen durchgemacht hat, kann ich ihr das bestimmt nicht verdenken.«

Logan schaute seine Enkelin an. »Abgesehen davon, dass sie gefangen genommen wurde und jemandem eine Axt in den Kopf gerammt hat, was hat sie denn sonst noch erlebt?«

Eli schnaubte undamenhaft. »Abgesehen von dem hässlichen Troll, den sie im Fieber getötet hat, musste sie in Drimnin vier Männer abwehren. Oder hast du nicht zugehört, Großvater? Sie hat einem zweiten Mann eine Axt in die Brust geschlagen, als sie ihr Fieber gerade erst einen Tag hinter sich hatte.«

Dyna schaltete sich ein: »Das Mädchen ist nicht im Kampf ausgebildet worden wie wir. Sie hat ihre Axt bisher nur zur Jagd auf Tiere eingesetzt. Ich werde nie vergessen wie ich zum ersten Mal einen Menschen getötet habe.«

Eli gluckste. »Nach meinem ersten Mal im Kampf musste Alaric kommen und mich holen. Ich lag schreiend inmitten von Hunderten von Leichen in Skaithmuir.«

»Du hast mehr als einen getötet, Enkelin, so wurde mir gesagt.«

»Das spielt keine Rolle. Ich sage dir, es war hart für sie.« Sie verschränkte die Arme und schaute ihren Großvater unverwandt an. »Bist du schon so alt, dass du dich nicht mehr an dein erstes Mal erinnern kannst?«

Logan schnaubte. »Ich gebe zu, dass sie in letzter Zeit einige Herausforderungen erlebt hat. Und jetzt ist der Baron auf dem Weg. Ich schätze, du musst irgendwo hin, MacVey.«

Was zum Teufel sollte er jetzt tun? Zurück zu ihr reiten oder sie in Ruhe lassen, bis sie bereit war?

»Könnt ihr mir bitte einen Rat geben? Ich habe einige Zeit in Europa verbracht, aber ich habe keine Ahnung, wie man mit einem englischen Baron fertigwird. Abgesehen davon, dass ich ihm mein Schwert durchs Herz stoßen könnte, weiß ich nicht, wie ich ihn aufhalten soll. Das wäre der beste Weg, aber dann würde ich mich im Kerker wiederfinden.«

»Nein«, entgegnete Connor. » König Robert unterstützt sein Volk, vor allem seine Adligen. Er hasst es besonders, wenn Fremde so weit über die Grenze kommen, um unsere Leute anzugreifen. Wenn der Baron dich oder Meg bedroht, dann durchbohre ihn mit deinem Schwert. Du hast das Recht dazu.«

»Dazu kommt es hoffentlich nicht. Glauben die Engländer an den Handschlag? Sie gehört mir und ihr wisst, was das bedeutet. Wird er das respektieren?«

Alasdair dachte einen Moment lang nach und entgegnete dann: »Ich hatte mit einigen Gesellen zu tun, bevor ich Emmalin geheiratet habe. Die Engländer sind hartnäckige Narren. Es wird ihm nicht gefallen, wenn er denkt, dass du ihn besiegt hast. Und wenn er sie bekommt, und sei es auch nur für kurze Zeit, wird er sie für ihre vermeintlichen Unzulänglichkeiten bezahlen lassen.«

Lennox fuhr sich mit der Hand übers Gesicht und erhob sich dann. Diese Situation wollte ihm ganz und gar nicht gefallen, wenn sie ihn auch nicht überraschte. Es hat lange gedauert, bis er die Frau gefunden hatte, mit der er den Rest seines Lebens verbringen wollte, und Meg war die Einzige für ihn. Er würde sie nicht aufgeben, aber wie viel Blut musste noch fließen?

»Wenn ich du wäre, würde ich sie umgehend zurück in dein Castle schleifen, wo du sie beschützen kannst«, riet Logan ihm.

Dyna schlug ihm auf den Arm. »Sie zurückschleifen? Was zum Teufel, Logan?«

»Du weißt, wie ich das meine.«

»Nun, da muss ich dir widersprechen. Im Moment braucht sie ihre Schwester. Meg hat zwei Wochen lang den reinen Terror durchgemacht. Tamsin ist für sie der Ruhepol, den sie im Moment braucht. Lennox, du musst sie gehen lassen. Sie wird zu dir zurückkommen.« Dyna nickte nachdrücklich, um ihren Standpunkt zu unterstreichen.

»Und wenn der Baron sie zuerst erwischt?«, fragte Logan.

Dyna gluckste. »Meg kann auf sich selbst aufpassen. Und außerdem wird Lennox das genauso herausfinden wie wir, und wir werden alle da sein, um sie zu unterstützen. Wir werden den Baron in die Schranken weisen, wenn er zu hartnäckig ist.«

»Wann brechen wir auf?«, fragte Logan.

»Ich mache mich jetzt auf den Weg«, verkündete Lennox. »Ich gehe zurück, um meine Wachen zu versammeln, dann machen wir uns auf den Weg zum MacQuarie Gebiet.«

»Ich würde bald aufbrechen und die Augen offen halten. Wahrscheinlich werden sie mit dem mit dem Boot kommen«, meinte Logan.

Tora rannte herbei und fragte: »Wann brichst du auf, Mama?«

Dyna warf ihrer Tochter einen verwirrten Blick zu. »Wohin, Tora?«

»Um Meg vor dem bösen Mann zu retten. Du musst es tun.«

»Bald«, antwortete sie, verschränkte die Arme und schaute ihrer Tochter nach, die zurücklief, um sich mit ihren Spielsachen zu beschäftigen.

Lennox sagte: »Ich bin auf dem Weg.« Er hielt einen Moment inne, um seine Gedanken zu ordnen und noch einmal zu überlegen, ob er noch weitere Fragen hatte. Er wusste, wie wichtig es war, vorbereitet zu sein.

»Aufgrund der Aussage meiner Tochter ändere ich meinen Rat. Geh jetzt, Lennox. Wir kommen nach«, meinte Dyna.

Tora eilte herbei und flüsterte Lennox ins Ohr. »Mama hat recht. Wir gehen alle.«

# KAPITEL EINUNDVIERZIG

*Meg*

ALS MEG AUFWACHTE, war es schon hell, und ihre Schwester hatte bereits das Fell am Fenster zurückgeschlagen. Sie hatte vorgehabt, zum Nachtmahl aufzustehen, doch sie hatte offensichtlich die ganze Nacht verschlafen. Als sie sich den Schlaf aus den Augen gerieben hatte, schwang sie die Beine über die Bettkante, bewunderte noch einmal die Kammer, welche die Handschrift ihrer Schwester trug und stand dann auf, um aus dem Fenster zu schauen.

Ihre Kammer lag direkt zum Meer hinaus. Es war die schönste Aussicht, die sie je erblickt hatte. Die Sonne schien hell über dem Wasser, das jetzt voller Fischerboote war. Das Funkeln der Sonnenstrahlen auf den Wellen tanzte und schimmerte, als ob die Feen auf dem Wasser herumtollten.

»Das ist eine schöne Aussicht. Findest du nicht auch?«

Meg wirbelte herum und sah ihre Schwester mit einem Tablett mit Obst und einem frischen

Laib Brot auf sie zukommen. »Tamsin, das riecht wunderbar. Du kochst?«

»So ist es und es macht mir Spaß. Alana hilft mir und wir unterstützen Thanes Köchin Agnes. Sie ist eine reizende Frau. Aber genug von mir. Ich möchte alles über dich erfahren, liebe Schwester. Ich habe eine Tasse warme Gemüsebrühe für dich mitgebracht. Bitte setz dich zu mir und plaudere mit mir. Ich kann es kaum erwarten, von deinen Abenteuern zu hören.«

Kurz berichtete Meg ihrer Schwester alles, was sich zugetragen hatte, seit sie aus dem Haus ihres Vaters geflohen war – die Episode in der Kirche, das Auffinden der Kinder, Lennox, der sie gerettet hatte, ihre Krankheit und ihre letzte Reise durch Morvern.

»Das meiste davon habe ich schon von den anderen gehört. Erzähl mir von Pa und dem Baron«, bat Tamsin.

Megs Blick wurde finster und eigentlich wollte sie nicht daran denken, aber wenn sie sich jemandem anvertrauen würde, dann ihrer Schwester. »Tamsin, er war widerwärtig. Alt, mit grauen Haaren und einem vorstehenden Bauch. Er hat mich geküsst und ich hätte mich am liebsten übergeben. Er redete von nichts anderem als davon, dass ich ihm Kinder zu schenken hätte. Knaben. Er wollte nur Jungen, und zwar sofort. Papa hatte mir kein Wort gesagt, bis zu dem Tag, an dem ich den Baron kennenlernte. Er sollte mich am nächsten Tag abholen. Ich hatte keine andere Wahl, als wegzulaufen.«

»Der Baron hat Papa Geld für dich gegeben, nicht wahr?«

»Aye. Ich weiß nicht, wie viel. Ist das mit Raghnall auch so geschehen? Und was ist mit ihm passiert?«

Nun war Tamsin an der Reihe und sie erzählte alles, was mit ihrem Mann passiert war. Meg hatte keine Ahnung gehabt, dass das Leben ihrer armen Schwester so schwer gewesen war. Die Schläge, die Erfahrung mit dem drohenden Tod, die Grausamkeiten durch ihren Mann und seine Mutter.

»Und Thane hat dich jedes Mal gerettet?«

»Das hat er. Mit Hilfe des Grantham Clans. Ohne Thane und Eli wäre ich wahrscheinlich schon tot. Ich bete ihn an.«

»Und das Ehebett? Bitte erkläre mir das alles. Du weißt, Mama hat uns nichts erzählt.«

»Wie viel weißt du, Meg? Ich habe Gerüchte über dich und Lennox MacVey gehört.«

Ihre Augen trübten sich, aber sie konnte die Tränen zurückhalten. »Wir haben einen Handschlag ausgetauscht. Und ich glaube, ich liebe ihn, aber ich bin so durcheinander. Ich verstehe nicht, was es mit der Intimität auf sich hat, oder was ich als seine Frau zu tun habe. Ich fühle mich, als wäre ich von einer Welt in eine andere geraten, die nicht mit der ersten zu vergleichen ist.«

»Das bist du auch. Die Dinge auf der Isle of Mull sind im Vergleich zu unserem Dasein mit Papa wunderschön. Ich meine, mit Mama waren wir glücklich, weil wir damals noch klein waren, aber

Eli und Dyna haben sich die Zeit genommen, mir zu erklären, wie grausam die Welt zu Frauen sein kann. Das nehmen sie nicht einfach hin, und ich auch nicht. Nicht mehr. Aber ich musste erst lernen, mich selbst zu lieben, bevor ich Thane in mein Leben lassen konnte. Nach all den Tagen, an denen man mir sagte, ich sei faul, unansehnlich und ignorant, dauerte es eine Weile, bis ich erkannte, dass ich als Frau einen Wert hatte. Dass ein Mann mich zur Frau haben wollte, ein Mann, der mich respektiert und mich nach meiner Meinung fragt. Thane ist erstaunlich. Wenn du all die Einzelheiten über sein Leben erfährst, wirst du es verstehen, aber ich lerne jeden Tag etwas Neues von ihm. Ich verehre ihn so sehr, dass es mir Angst macht.«

»Angst?«, wollte Meg wissen. »Bitte erkläre mir das, denn genau so fühle ich mich. Ich liebe Lennox, aber ich habe solche Angst, und ich weiß gar nicht, wovor. Ergibt das einen Sinn? Was ist, wenn ich etwas falsch mache und er in einem Jahr und einem Tag entscheidet, dass er mich nicht mehr will?«

Tamsin stand auf und zog Meg mit sich hoch. »Aye. Das ergibt einen Sinn. Wenn du so bist wie ich, dann hast du Angst, dass du eines Tages aufwachst und alles fort ist. Dass dein Mann verschwindet und du wieder in einer schrecklichen Situation mit grausamen Männern um dich herum landest. Dass du dich in einem Traum befindest, der durch Albträume ersetzt wird. Ich hatte lange Albträume von Raghnall und seinen Männern. Erst in letzter Zeit haben sich die Albträume endlich gelegt.

Und Meg weinte wieder. »Das ist es. Ich kann nicht glauben, dass ein Laird mich begehrt, dass ich fähig sein soll, sein Castle zu führen, und er mich nicht irgendwann satthat und sich eine andere sucht. Ich weiß nicht, wie ich diese Gedanken loswerden kann. Hilf mir, Tamsin. Ich will Lennox nicht verlieren. Ich liebe ihn. Ich dachte, ich wüsste nicht so recht, was Liebe ist, aber jetzt weiß ich es.«

»Du hast in kurzer Zeit einige schwere Situationen durchgemacht. Lass dir Zeit, dich zu entspannen. Ich weiß, wie sehr Pa dich getriezt hat, aber jetzt musst du kein Gemüse schneiden oder seine Kleidung waschen. Und was Lennox angeht? Manchmal muss man Vertrauen haben. Lennox MacVey ist ein guter Mann. Er hat dich doch nicht geschlagen, oder?«

»Nein. Er würde mir nie etwas antun.«

»Ich hätte nicht gedacht, dass er das tun würde, aber ich musste fragen. Wenn du ihn liebst, dann vertraue darauf, dass ihr gemeinsam ein wunderbares Leben führen werdet. Vielleicht wird es nicht immer einfach sein, aber gemeinsam werdet ihr die schwierigsten Situationen meistern. Probleme mit jemandem durchzustehen, den du liebst und der dich im Gegenzug liebt, ist viel besser als ein einziger Tag mit einem grausamen Mann. Ob es eine von uns zugeben will oder nicht, aber Papa war oft grausam. Nicht immer, aber er war nie wieder glücklich, nachdem er Mama verloren hatte.«

»Ich bin so froh, dass ich dich wiedergefunden habe, Tamsin. Ich glaube, ich würde mich gerne anziehen und Lennox besuchen.«

»Ich freue mich, dass ich dich wiedergefunden habe, liebste Schwester, aber ich fürchte, Lennox hat sich im Morgengrauen verabschiedet. Ich habe ihn zur Seite genommen und mit ihm unter vier Augen gesprochen. Er hat mir kurz erklärt, was du erlebt hast, und mir gesagt, wie stark seine Gefühle für dich sind. Ich glaube ihm, Meg. Er hat um deine Hand angehalten, und ich habe natürlich angenommen. Aber er ließ mich wissen, dass er wiederkommen wird, wenn du bereit bist. Dass er weiß, dass du eine Tortur hinter dir hast und dass du alles verarbeiten musst. Er sagte, es sei schwer, dich hier zu lassen, aber er müsse es tun, weil er dich liebt.«

Meg weinte. »Er hat sich nicht verabschiedet. Ich fühle mich schrecklich. Ich hätte mich von ihm verabschieden sollen, nach allem, was er für mich getan hat.«

Tamsin legte Meg eine Hand auf den Arm. »Er ist in dich verliebt. Mach dir keine Sorgen. Verbringe ein paar Tage mit mir, und wir werden ihm eine Nachricht schicken, dass du bereit bist, zu ihm zurückzukehren. Er sagte, er würde auf dich warten, obwohl es ihm schwerfiel, dich zu verlassen.«

Meg nickte ihrer Schwester zu und drückte ihre Hand. Alles, was Tamsin sagte, war sehr vernünftig.

Warum tat ihr dann das Herz so weh?

# KAPITEL ZWEIUNDVIERZIG

*Meg*

ZWEI TAGE NACH ihrer Ankunft war Meg mit ihrer Schwester in der Küche, um zu lernen, wie man eine Obsttorte backt, als Magni hereinkam. »Lady MacVey ist hier, um dich zu sehen, Meg. Sie steht am Kamin.«

Erschrocken sprach Meg ein Stoßgebet, dass es Lennox gut ginge. Sie musste hoffen, dass ihm nichts zugestoßen war. Nachdem sie sich die Hände gewaschen und abgetrocknet hatte, wandte sie sich an Tamsin. »Sehe ich gut aus? Habe ich kein Mehl an mir?«

»Du siehst wunderschön aus. Ich bin gleich da und leiste dir Gesellschaft. Ich würde mich freuen, Rut kennenzulernen. Ich habe schon viel von ihr gehört.«

Meg eilte in die Halle und war froh, dass diese fast leer war, so dass sie unter vier Augen sprechen konnten. »Ich wünsche Euch einen guten Tag, Mylady. Ich hoffe, auf Eurem Castle ist alles in Ordnung. Ist Lennox wohlauf?«

Rut winkte mit der Hand und sagte: »Alles ist

gut. Du musst nicht erschrecken, Meg. Heute siehst du aber reizend aus, meine Liebe.«

»Ich danke Euch. Darf ich Euch einen Becher Wein oder etwas anderes bringen?«

»Ich hätte gerne ein bisschen Wein.«

Meg nahm zwei Becher und reichte Rut einen davon, außerdem reichte sie ihr einen Pelz für ihren Schoß, weil es in der Halle recht kühl war. Sie beschloss, den Mund zu halten und abzuwarten, damit Rut ihr den Grund für ihren Besuch mitteilen konnte.

Und damit hatte sie recht.

»Meine Liebe, ich hoffe, du hast nicht beschlossen, hier bei deiner Schwester zu wohnen. Sicher wärst du nah genug, um sie von Dounarwyse Castle aus zu besuchen. Wir würden uns freuen, wenn du wieder dort wärst, wo du hingehörst.«

*Acht, neun, zehn* ... Ihre Finger begannen, die Zahlen herunterzuzählen. Das hatte sie schon lange nicht mehr getan. Sie dachte sorgfältig nach, bevor sie sprach, aber sie hätte sich keine Sorgen machen müssen, denn Rut hatte noch mehr zu sagen.

»Oh, Mädchen. Verzeih mir. Ich weiß, dass ihr euren Bund per Handschlag besiegelt habt und Lennox vermisst dich schrecklich. Wann wirst du zurückkehren? Ich würde dir gerne einige der Aufgaben übertragen, sobald du angekommen bist.«

»Aber ich weiß nicht, wie ich den Aufgaben gerecht werden soll ...« *Fünfzehn, sechzehn ...*

»Natürlich weißt du das. Jeder Einfaltspinsel könnte dies übernehmen.«

Meg spürte, wie sich die Röte in ihrem Gesicht vertiefte. »Ich habe noch nie in einem Castle gelebt, Mylady. Ich fürchte, ich werde nicht wissen, was ich tun soll.«

Rut stieß einen kleinen Schrei aus. »Verzeih mir. Natürlich, das wusste ich.« Sie schaute Meg lange an, und dann antwortete sie: »Nun hörst du mir zu, junge Dame.«

Meg hätte am liebsten nach ihrer Schwester gerufen, damit diese ihr zu Hilfe kam. Was sollte sie jetzt tun, wenn die Frau sie anschrie, weil sie Lennox eine schlechte Ehefrau war? Sie knetete ihre Hände im Schoß und drehte den Stoff dabei hin und her. *Sechzig, siebzig* ... Herrje, die Frau ließ sie in Zehnerschritten zählen.

»Lennox ist ein geduldiger Mann gewesen. Er hat sehr lange darauf gewartet, dass du in sein Leben trittst. Unzählige Frauen haben sich ihm zu Füßen geworfen und er hat sie alle abgewiesen. Dann trittst du in sein Leben und er verliebt sich schnell und heftig in dich.«

»Verzeiht mir ...« Ihr kamen die Tränen, und sie konnte sie nicht mehr aufhalten.

»Nur einen Moment. Ich bin noch nicht fertig. Du wirst noch früh genug zu Wort kommen.« Rut zog die Falten ihres Rocks straff. »Mein Sohn verehrt dich, und ich weiß auch, warum. Du hast mehr Rückgrat, mehr Mitgefühl, mehr Witz und mehr Intelligenz als jede andere Frau, die er je kennengelernt hat, und ich werde nicht zulassen, dass du fortgehst. Du bist ein wunderschönes Mädchen mit einem starken moralischen Charakter, das für die Schwächeren kämpft.« Rut hielt inne, um ein Leinentuch aus der Rockfalte hervorzuholen und sich die Augen zu betupfen. »Ich weiß, dass du krank warst, durch halb Schottland reisen und sogar gegen Narren kämpfen musstest, um Lia zu finden, also verstehe ich, dass du eine Pause brauchtest. Du bist zäh und lieb und doch gütig. Eine, die immer für ihre Überzeugungen einstehen und sich nicht von einem Mann durcheinanderbringen lassen wird. Du bist eine Frau mit der nötigen Charakterstärke, um sein Castle gut zu führen, ihm zur Seite zu stehen, seine Söhne und Töchter auf diese Welt zu bringen und sie richtig aufzuziehen. Du bist alles, was er sich je von einer Frau gewünscht hat. Er hat es nur nicht gewusst, bis er dich getroffen hat.«

Rut stand auf und sah auf Meg herab. »Und wann kommst du zu ihm nach Hause? Er ist todunglücklich ohne dich an seiner Seite.«

Meg brach in Tränen aus und sie stand auf, warf ihre Arme um Rut und umarmte sie. »Bald, sehr bald. Versprecht Ihr, mir zu helfen, Mylady?«

»Rut. Nenn mich Rut. Eva und ich werden dir beide helfen. Und deiner Schwester.« Sie winkte mit der Hand zur Küchentür hinüber, wo Tamsin mit einem breiten Lächeln im Gesicht stand. »Sicherlich wird sie zu Besuch kommen. Ihr könnt einige Tage miteinander verbringen. Sie ist ja nicht weit weg.«

Meg wischte sich die Tränen ab und sagte: »Ich liebe Lennox. Ich bin erschöpft.«

»Das kann ich bezeugen, Mylady. Meine Schwester war erschöpft und hat die Hälfte der Tage verschlafen. Ich bin Tamsin.«

»Sei gegrüßt, Tamsin. Ich habe dich getroffen, aber du warst damals bewusstlos. Was für ein schönes Mädchen du bist.«

»Ich würde gerne eine Nachricht an Lennox mit nach Hause schicken, wenn es dir nichts ausmacht«, bat Meg.

»Natürlich nicht. Ich werde gleich morgen früh zurückkehren. Lass dir Zeit.« Dann nahm sie Megs Wangen zwischen ihre Hände und küsste sie auf die Stirn. »Mädchen, ich habe genauso lange auf dich gewartet wie Lennox. Keine Angst, du wirst gut in unseren Clan und unsere kleine Familie passen. Willkommen im MacVey Clan.«

»Kommt, Rut. Ich zeige Euch Eure Kammer«, forderte Tamsin sie auf.

Meg ging, um ihre Schreibutensilien zu suchen. Es war an der Zeit, nach Hause zu ihrem Mann zurückzukehren.

Sie betrat ihre Kammer und suchte nach Papier und Feder, um eine kurze Notiz an Lennox zu schreiben. Ihr Herz schmerzte auf eine Weise für ihn, die sie nicht verstand. Ein Klopfen ertönte an der Tür.

»Herein, bitte.«

Als sie sich umdrehte, war sie überrascht, Lia dort zu finden.

»Seid gegrüßt, Mylady. Ich bin so froh, dass Ihr jetzt vollständig geheilt seid.«

»Bin ich das? Ich schätze, das bin ich, Lia. Aber ich fühle mich immer noch müde.«

»Ihr werdet jemandem eine Nachricht schicken?«

»Aye, sie ist für Lennox.« Sie setzte sich und ihre Utensilien lagen nun auf dem Tisch.

»Das freut mich. Ihr wisst, dass Ihr und Lennox zwei Herzen habt, aber ihr seid dazu bestimmt, auf derselben Reise eins zu sein. Ihr beide seid einer der Gründe, warum ich auf die Isle of Mull gekommen bin.«

»Aber ich dachte, du bist Magnis Schwester?«

»Ich habe Magni gesagt, dass er das sagen soll, weil es für alle eine akzeptable Erklärung ist, aber ich weiß, dass Ihr meine Existenz verstehen könnt. Meine Aufgabe war es, Euch in die richtige Richtung zu führen, nämlich zu den Kindern und dann zu Lennox. Ich bin also hier, um Euch den letzten Anstoß zu geben.«

»Du bist wegen mir gekommen? Wahrhaftig? Als eine Fee?«

»Es war Teil meiner Anweisungen. Manchen Menschen wird in diesem Leben mehr angetan, als sie verdient haben, also werden wir geschickt, um die Dinge zu ändern. Um das Schicksal umzulenken. Das können wir nicht für die Menschen tun, sondern wir können sie nur leiten. Mein Ziel war es, vielen zu helfen – Euch und Lennox, und Eurer Schwester und Thane, seinen Geschwistern, ihren Eltern und Magni. Eine solche Gruppe, die in der gleichen Gegend lebt. Das ist ein so ungewöhnlicher Anblick für uns.«

Meg war so von ihren Gefühlen überwältigt, dass sie nicht sprechen konnte.

»Die Engel schicken euch auch Energieschübe, aber manche bösen Kräfte sind zu mächtig, um sie zu überwinden. Ihr werdet also zu Lennox zurückkehren? Eure Herzen gehören zusammen.«

»Aye, ich liebe ihn. Aber wirst du zurückgehen? Ich will dich nicht verlieren, Lia. Und wenn du gehst, wird Magni am Boden zerstört sein.«

»Nein, ich bin noch nicht fertig. Ich habe noch ein Kleines, das ich beschützen muss. Es ist noch nicht hier, aber es ist auf dem Weg. Und Ihr habt recht. Magni braucht mich immer noch, und ich bin froh, dieses Bedürfnis noch eine Weile erfüllen zu können.«

Noch immer sprachlos starrte Meg auf Lia, die ihre Hände sittsam im Schoß gefaltet hatte. Innerhalb weniger Herzschläge war sie von einer grünen Aura umgeben, als wollte sie Meg davon überzeugen, dass sie tatsächlich etwas Besonderes war.

»Oje, Lia. Die Aura ist beeindruckend.«

»Meistens muss ich sie aufhalten, aber ich dachte, sie würde Euch vielleicht gefallen.« Sie stand auf und die Aura verschwand. »Ihr müsst jetzt wieder bei den anderen erscheinen. Ihr werdet dort gebraucht, aber vertraut mir, die Engel werden sich um alles kümmern. Das Papier könnt Ihr zur Seite legen. Lennox ist auf dem Weg.«

Magni stürmte zur Tür herein. »Der Baron ist hier für dich, Meg. Geh nicht raus. Versteck dich. Thane streitet um dich, er sagt, er wird ihn wegschicken, aber du darfst uns nicht verlassen.« Er lief hinüber und schlang seine Arme um Megs Taille. »Du hast uns gerettet.«

Lia sagte: »Beruhige dich, Magni. Ich bin sicher, dass Thane mit allem fertigwird, und wenn er es nicht kann, werde ich dir ein kleines Geheimnis verraten. Aber nur, wenn du versprichst, nicht zu schreien. Thane wird sich um alles kümmern, bis die anderen kommen.«

»Ich verspreche es. Ich verspreche es. Was ist das Geheimnis?« Mit weit aufgerissenen Augen hüpfte er von einem Fuß auf den anderen und wieder zurück. »Lia, sag es mir, bitte. Der Baron hat mindestens ein Dutzend Männer da draußen, die Meg holen wollen. Wer sind die anderen? Wann werden sie hier eintreffen? Meg darf mich nicht verlassen. Ich werde weinen.«

Lia beugte sich vor. »Es werden viele Männer kommen.«

»Mehr Männer für den Baron? Wie viele noch?«

»Nein, nicht die Männer des Barons. Lennox kommt mit der MacVey Streitmacht und dein Großvater kommt mit allen und der Grant Streitmacht.«

»Großvater Logan! Ich liebe ihn.« Magni wirbelte herum und rannte zur Tür hinaus, wobei er aufgeregt rief. »Komm schon, Meg! Du auch, Lia.«

Meg schaute zu Lia, umarmte die Kleine und fragte dann: »Lennox ist auf dem Weg?«

Lia nickte, nahm sie an der Hand und führte sie nach draußen.

Meg folgte ihr die Treppe hinunter und traf Tamsin und Rut an der Tür. Tamsin sagte: »Meg, bitte geh da nicht raus. Diese Männer erinnern mich an Raghnall. Ich kann dich nicht noch einmal verlieren.«

Sie wandte sich an ihre Schwester und sagte: »Ich muss gehen. Ich weigere mich, mit diesem Mann zu gehen, also fürchte dich nicht. Ich bin zuversichtlich, dass die Drohungen des Barons damit ein Ende haben werden. Ich werde ihn nicht heiraten.« Dann schaute sie zu Rut und drückte ihr die Hände. »Ich habe einen Ehemann, den ich innig liebe. Ich gehöre zu Lennox.« Dann straffte sie die Schultern und ging durch die Tür des Bergfrieds und zu den Toren hinaus.

Rut und Tamsin folgten Rut mit einem breiten Grinsen. »Sie ist die Richtige für ihn, Tamsin. Das sage ich dir doch. Sie ist wunderschön in diesem blauen Kleid. Der Baron wird sich in sie vergucken.« Sie grinste und drückte Tamsin den Arm. »Es geht nichts über ein bisschen Eifersucht, um meinen Sohn zu zwingen, sich zu entscheiden.«

Meg blieb im Hof, nicht weit von den Toren entfernt, stehen und beobachtete, wie die beiden Männer über ihr Leben stritten und Entscheidungen für sie trafen, als wäre sie nur ein kleines Kind in den Armen ihrer Mutter. Sie schritt auf die Brücke zu, aber Thane winkte sie zurück.

Tamsin zupfte an ihrem Ärmel. »Meg, geh nicht. Wenn du ihm zu nahe kommst, lässt er dich von seinen Männern packen und ins Boot werfen. Männer können furchtbar grausam sein.«

»Nein, Tamsin. Es ist mein Leben, und er hat

nicht das Recht, für mich zu entscheiden. Ich will ihn nicht und werde ihn nicht heiraten.«

Sie war kein Kind. Warum verstand das niemand? Tränen trübten ihren Blick, aber sie kämpfte dagegen an und dachte an den einen Menschen, den sie von ganzem Herzen liebte.

Lennox MacVey.

Jetzt, da sie von ihm getrennt war, kannte sie seinen Wert. Sie wusste, dass sie ihn liebte. Sie wusste, dass er der einzige Mann war, den sie jemals in ihr Leben lassen würde. Warum hatte sie ihn verlassen? Wenn er hier wäre, würde er sicher eine Lösung finden, dieses Scheusal loszuwerden.

Sie musste glauben, dass Lia die Wahrheit sagte und Lennox auf dem Weg war. Bis er eintraf, um ihr zur Hilfe zu kommen, würde sie aufrecht stehen als eine Frau, die ihre eigenen Entscheidungen traf. Sie würde heiraten, wen sie wollte, und leben, wo sie wollte. Kein alter Mann würde sie herumkommandieren.

»Margret, du kommst jetzt sofort hierher«, rief der Baron ihr zu. »Ich habe für dich bezahlt, und du gehörst mir. Ich werde dich von meinen Männern hierher schleifen lassen, wenn du nicht sofort tust, was ich dir sage.«

Tamsin keuchte und flüsterte ihrer Schwester zu. »Ich habe den Namen Margret nie gemocht. Du bist Meg.«

Seine Männer waren mit ihren armseligen Waffen aus ihren Booten gestiegen und den Strand weiter hinaufgelaufen. Nun bildeten sie einen Halbkreis hinter dem Baron.

»Ich werde Euch nicht heiraten, Mylord«, entgegnete sie so laut wie möglich.

Sie konnte fast hören, wie der Mann mit den Zähnen knirschte. »Deine Meinung spielt keine Rolle. Du wirst mir die versprochenen Erben gebären, und wenn ich dich in eine Kammer sperren muss, bis du mir die drei mir versprochenen Jungen geschenkt hast.«

»Ich habe Euch nichts versprochen. Ich werde Euch nicht heiraten.« Sie machte zwei Schritte nach vorne und hob ihr Kinn. »Ich habe mich bereits an einen anderen gebunden.«

»Dann wird das annulliert werden. Derjenige, dem du gehörst, hat mir einen Eid geschworen, und ich erwarte, dass er eingehalten wird. Hör einfach auf zu reden, Margret. Deine Worte haben keinen Einfluss. Dies ist ein Gespräch unter Männern. Deine Aufgabe ist es, Anweisungen zu befolgen.«

Sie wusste nicht, was sie noch sagen sollte, aber die Aufmerksamkeit des Barons wurde nun abgelenkt und er drehte sich zur Seite, als eine Gruppe von Pferden auf dem Weg entlanggeprescht kam.

Lennox näherte sich und hinter ihm eine große Anzahl von Wachen, die in ihren grünen Plaids recht majestätisch aussahen und weitaus mehr Eindruck machten als der unansehnliche Baron, der vor ihr stand. Konnte Lennox den Baron entmutigen?

»Wer zum Teufel seid Ihr?«, brüllte der Baron.

»Ich bin Megs Beschützer. Laird des MacVey Clans. Mein Name ist Lennox.«

»Ich werde ihr Ehemann ihr Beschützer sein«, knurrte der Baron

Lennox lachte. »Sie wird niemals dir gehören. Sie hat sich mit mir durch Handschlag verbunden. Meg will dich nicht heiraten. Das hat sie dir zweimal gesagt«, gab er dem Baron dann zur Antwort.

Meg schlug das Herz höher, als sie hörte, wie der Mann, den sie liebte, sie verteidigte. Würde der Baron klein beigeben?

»Handschlag«, brachte der Baron verächtlich hervor und spuckte zur Seite. »Ein Brauch der Wilden, der vor englischen Gerichten keinen Bestand haben wird. Ihr seid ein größerer Narr als sie, wer auch immer Ihr seid. Ihr Schotten schüchtert mich nicht ein.« Er machte seinen Männern ein Zeichen, auf die andere Seite des Grabens hinüberzuwechseln. »Bringt sie zu mir.«

Lennox lenkte sein Pferd vor die Brücke, und Thane schloss sich ihm an. Ihre beiden Pferde waren breit genug, um jeden am Überqueren zu hindern.

Meg fühlte, wie ihre Hände zu schwitzen anfingen, denn sie wünschte sich, dass die Sache vorbei wäre und sie wollte auf keinen Fall, dass ihretwegen jemand zu Schaden kam. Aber sie wollte unter keinen Umständen mit dem Baron gehen. Die Art und Weise, wie seine Augen ihren Körper begutachteten, gab ihr das Gefühl, schmutzig und widerwärtig zu sein. *Einundachtzig, zweiundachtzig, dreiundachtzig* ... Ihre Finger tippten aneinander, aber ihre Schwester griff hinüber, um sie zu beruhigen. Meg schaute

Tamsin an, die so schön und stark war, ein Beweis
dafür, wie viel eine Frau ertragen konnte. Ihre
Schwester war eine Inspiration.

Lennox´ Männer bildeten einen Kreis um die
Männer des Barons, doch der war so aufgeblasen,
dass ihn dies nicht weiter zu stören schien. »Tut,
was ihr wollt. Ich werde nicht ohne sie gehen.«

»Ich gebe dir dein Geld zurück, aber sie geht
nicht mit dir mit. Sie ist viel zu intelligent für
dich.« Lennox stieg ab, die Hand am Griff seiner
Waffe.

Der Baron lachte und warf den Kopf zurück.
»Du hast sie noch nicht mit den Händen im
Dreck Unkraut zupfen sehen, wie ich. Sie ist eine
Frau, und Frauen haben einen kleineren Verstand
als Männer. Das weiß doch jeder.«

Lennox zückte sein Schwert so schnell, dass
Meg zusammenfuhr. »Das ist meine Frau, die du
beleidigst.«

»Du weißt nichts über sie. Sie ist halb beschränkt
und wird mir gute Dienste leisten. Ich habe ein
Schreiben meines Königs, der sie mir übergibt.
Liefert mir die Frau aus oder meine Männer
greifen an und töten jeden, der sich mir in den
Weg stellt. Margret, komm her. Tu, was ich sage,
oder du zahlst den Preis für deinen Ungehorsam
gegenüber deinem Herrn.«

Lennox rückte näher, bis die Spitze seines
Schwertes an die Kehle des Barons stieß. »Du wirst
dich dafür entschuldigen, dass du sie beleidigt
hast. Meg, nicht Margret, ist die intelligenteste
und fürsorglichste Frau, die mir je begegnet
ist. Sie hat ein unheimliches Gespür dafür, wie

man mit Kindern und Kriegern gleichermaßen umgeht. Du bist es nicht wert, die Krümel zu essen, die von ihrem Brot fallen.«

»Bertram, hol meine Verlobte, damit wir uns auf den Weg machen können«, gebot der Baron einem seiner Untergebenen.

Das Donnern von Pferdehufen hallte von beiden Seiten des MacQuarie Castles wider, und Lennox zog sein Schwert von der Kehle des Barons zurück. Ein Meer von roten Plaids umgab den Baron und seine Männer, ein Meer, das immer weiter anschwoll und in das sich ein paar blaue Plaids mischten.

Alasdair und Alaric führten die Streitmacht an. »Ich glaube, euch wurde befohlen, das Land der MacQuarie zu verlassen, und wir sind hier, um euch zu begleiten«, verkündete Alasdair.

Der Baron warf dem Mann einen finsteren Blick zu, dann ging er über die Brücke und drängte alle anderen aus dem Weg. »Ich werde mir die Närrin selbst holen.«

Er stieß Lennox' Pferd an, was das Tier zum Tanzen brachte. Da Lennox gezwungen war, sein Pferd zuerst zu beruhigen, konnte der einfältige Kerl an ihm vorbei, aber als Lennox das Tier beruhigt hatte, jagte er ihm hinterher, packte den Baron von hinten und warf ihn zu Boden. Er setzte seinen Fuß auf die Brust des Mannes und sein Schwert an seine Kehle. »Ihr werdet meine Frau nicht anrühren.«

»Gut. Du kannst sie haben. Für mich ist sie nur eine weitere Hure.« Er starrte Meg an, die Fäuste an seiner Seite geballt.

Lennox trat zurück und vergewisserte sich, dass Meg immer noch hinter ihm stand, als er dem Mann mühsam auf die Beine half. Als es dem Baron endlich gelungen war, wieder auf die Beine zu kommen, war sein Gesicht gerötet und geschwollen, aber er sagte nichts. Er drehte sich um und ging auf den Strand zu, worauf sich die Gruppe auflöste.

Als Lennox sich Meg zuwandte, sah er den verlogenen Bastard aus dem Augenwinkel. Der Baron wirbelte herum und rannte direkt auf Meg zu. Seinen Dolch hatte er hoch genug erhoben, um ihr Herz zu treffen.

Lennox schwang sein Schwert und schlug dem Mann die Hand ab.

»Du Narr! Sieh nur, was du angerichtet hast!« Der Baron hob seinen Arm und packte den blutigen Stumpf in einem vergeblichen Versuch, den Blutfluss zu stoppen. »Hilf mir, Bertram!« Sein Schrei hallte durch die Gegend, als er vor Schmerzen auf die Knie sank.

Ein Mann erschien an seiner Seite und zog seinen Umhang aus, um den blutenden Stumpf des Barons zu umwickeln, aber es war zu spät. Er hatte zu viel Blut verloren, so viel, dass er zu Boden sackte. Bertram bellte zwei anderen Männern Befehle zu, die ihn aufhoben und zu seinem Boot zurücktrugen.

Meg hörte, wie ein Soldat einen anderen fragte: »Sollten wir nicht angreifen, da er versucht hat, den Baron zu töten?«

»Offenbar hast du nicht bemerkt, wie viele Krieger und Schlachtrösser um uns herum sind.

Wenn du Selbstmord begehen willst, dann greif bitte an, aber erst, wenn ich weg bin du Narr.«

Die englischen Soldaten kehrten zu ihren Booten zurück, und als Lennox sicher war, dass sie nicht mehr umkehrten, drehte er sich um und ließ seinen Blick über die Gegend schweifen. Eine schöne Gestalt kam über die Brücke gerannt. Meg stürzte sich auf Lennox, vergrub ihr Gesicht an seiner Schulter und klammerte sich an ihn. Der Baron war für immer verschwunden, wie sie jetzt erfasste. »Ich bin so froh, dass du gekommen bist. Ich habe dir eine Nachricht geschrieben, dass du mich abholen sollst, kurz bevor der Baron gekommen ist.« Sie legte den Kopf in den Nacken und schaute zu ihm auf. »Ich habe dich so sehr vermisst. Du bist die andere Hälfte meines Herzens, Lennox MacVey. Wir gehören zusammen.«

Lennox ließ seine Waffe fallen und schlang seine Arme um Meg, sog ihren süßen Duft ein und küsste sie dann. »Ich liebe dich, Meg. Komm mit mir nach Hause, bitte. Heirate mich. Wir lassen uns offiziell in der Kirche trauen.«

»Aye«, stimmte sie zu und grinste von einem Ohr zum anderen. »Nichts würde mich glücklicher machen.«

Sie hätte schwören können, dass sie schon wieder jemanden hinter ihnen applaudieren hörte.

# KAPITEL DREIUNDVIERZIG

*Meg*

---

ENDLICH WAR DER Tag gekommen, und Meg hätte nicht glücklicher sein können. Der bevorstehende Regen sollte bis zum Abend ausbleiben. Sie hatte sich bei Lia nach dem Wetter erkundigt. Das süße Mädchen hatte sie angelächelt und gesagt: »Natürlich werden wir dafür sorgen, dass euer Hochzeitstag so wunderschön wird, wie ihr es verdient habt. Dies ist ein Tag für viele von euch, nicht nur für dich und Lennox, sondern auch für Thane und Tamsin und seine Eltern. Und ich verrate auch ein kleines Geheimnis. Magni hat die Tage gezählt, weil er so aufgeregt ist.«

Meg kleidete sich fertig an und ging in die Kammer ihrer Schwester, um ihr beim Frisieren zu helfen. Sie klopfte an die Tür und versteckte das eingepackte Geschenk in der Falte ihres Kleides. Als sie eintrat, schnappte Tamsin nach Luft. »Oh, Kleines, du bist so schön. Du wirst mit Abstand die Schönste dort sein.«

»Außer dir. Ich habe etwas für dich, das ich

fast vergessen hätte.« Sie hielt Tamsin das in zwei Teile verpackte Geschenk hin.

»Was ist es? Ich habe überhaupt keine Ahnung.«

Tamsin saß auf dem Bett und wickelte es vorsichtig aus, bis das Armband fast herausfiel.

»Erinnerst du dich daran?«, fragte Meg und spielte mit ihren Fingern, aber sie zählte nicht. Daran arbeitete sie jetzt häufiger.

»Natürlich. Oh, Meg. Ich erinnere mich, als ich diese Armbänder für uns gemacht habe. Ich habe dieses blaue Garn geliebt. Hast du deines noch? Ich glaube, ich habe meines auch noch.« Tamsin ging zu einer Truhe hinüber und kramte darin herum. »Hier ist es! Ich habe es gefunden. Sollen wir sie anziehen?«

»Ja, das sollten wir. Und wir passen fast zusammen. Das grüne MacVey-Karo ist auch schön. Es erinnert mich an einen Wald im Frühling, und der blaue Faden hat denselben Farbton wie der Himmel und die Armbänder.« Tamsin brach in Tränen aus. »Ich hätte mir kein besseres Ende für uns beide wünschen können. Es tut mir leid, dass Mama nicht hier ist, um unsere Hochzeit zu genießen.

Lia öffnete die Tür und hielt sie einen Moment lang auf, aber niemand trat ein.

»Lia, ist alles in Ordnung?«

Lia wackelte mit der Nase und sagte: »Alles ist gut. Glaubt ihr Mädchen an den Himmel? Das macht ihr doch bestimmt?«

Die Schwestern nickten übereinstimmend. Meg sah Lia an: »Warum fragst du?«

»Aus keinem besonderen Grund.«

Meg glaubte Lia nicht. Nachdem sie die Wahrheit über sie erfahren hatte, vermutete sie, dass sie einen Grund für ihre Frage hatte, aber sie hatte keine Vorstellung, was es sein könnte.

»Ich glaube an den Himmel, und ich glaube, Mama wacht gerade über uns, und ist mehr als glücklich«, brachte Tamsin hervor.

Ein Hauch von Beeren wehte an Meg vorbei, und sie atmete den Duft ein, dann keuchte sie und sah ihre Schwester an. »Tamsin, das ist sie. Riechst du es auch?«

Tamsin drehte sich zu Meg um und sagte: »Oje, es ist Mama. Wie kann das sein?« Tamsin brach in Tränen aus, und die beiden drehten sich zu Lia um, die selbstgefällig dreinschaute.

»Lia?«, fragte Tamsin. »Was weißt du denn darüber?«

Lia flüsterte: »Ich weiß nicht, was du meinst. Aber es ist ein schöner Tag, nicht wahr?«

Tamsin wischte sich die Tränen ab und sagte: »Das ist der schönste Tag von allen. Ich hoffe, unsere Mama ist hier, aber ich hoffe, sie hat nicht gesehen, was wir wegen Papas Entscheidungen durchgemacht haben.«

»Ich wette, sie ist stolz darauf, was aus euch beiden geworden ist«, flüsterte Lia.« Dann kicherte sie.

Ein Klopfen ertönte, und die Tür flog mit einem Knall auf. »Tut mir leid. Das wollte ich nicht tun.« Magni stand mit rotem Kopf da und war über irgendetwas verärgert.

»Magni? Stimmt etwas nicht?«, fragte Meg, setzte sich auf das Bett und zog ihn zu sich heran.

»Ich finde es toll, wie du deine Plaids arrangiert hast.«

»Meinst du, mein Adoptivgroßvater wird mir böse sein? Eli hat das vorgeschlagen und mir geholfen, es so zu nähen.« Der Junge trug das Ramsay Plaid oben über der Schulter und das MacQuarie Plaid um die Hüften geschlungen.

»Ich glaube, Logan wird es gefallen«, bekundete Meg. »Mach dir keine Sorgen, Magni.«

»Aber wenn er wütend wird, adoptiert er mich vielleicht nicht.« Er hatte den berühmten Magni Blick, den sie alle kannten, seine Unterlippe stand hervor und seine Augenbrauen berührten sich fast in der Mitte.

Lia umarmte ihn von der Seite und beruhigte ihn: »Logan tut nichts, was Kindern schadet. Er liebt Kinder mehr als die meisten.«

Magni sah Lia an und fragte: »Woher willst du das wissen, Lia? Manchmal...« Er warf einen Blick auf Meg und Tamsin und sagte dann: »Einerlei.«

»Wo ist mein Enkel?« Eine dröhnende Stimme drang die Treppe hinauf, und Magni sprang auf, ein breites Lächeln auf seinem Gesicht.

»Großvater! Er ist da. Ich muss gehen.« Und im Nu war der Junge verschwunden.

»Kommt mit, Myladys. Die Männer warten auf uns«, forderte Lia die Schwestern nun auf.

Meg folgte allen die Treppe hinunter, wo Rut auf sie wartete. »Myladys, ihr seht reizend aus. Hier, ich habe kleine Blumenarrangements für euch. Diese sind für euer Haar, und die kleineren werden an euren Handgelenken befestigt.«

»Rut, vielen Dank«, sagte Meg und bewunderte die grünen und violetten Blumen.

»Ich hoffe, du bist nicht verärgert, dass wir beschlossen haben, die Hochzeit hier abzuhalten. Ich musste dafür sorgen, dass Douglas, die Heirat von Lennox miterleben kann«, bemerkte Rut.

»Es macht mir nichts aus«, entgegnete Tamsin. »Ihr habt einen größeren Innenhof als wir, um Gäste zu empfangen. Und euer Castle liegt obendrein zentraler, damit unsere Freunde von Duart Castle und dem Rankin Clan ebenfalls kommen können. Wir freuen uns alle auf diese Feier.«

Die Tür öffnete sich, und Megs Blick fiel auf ihren zukünftigen Ehemann, der in vollem Staat dastand. Er trug ein weißes Hemd mit seinem waldgrünen Plaid darüber, und er trug sein Schwert in der Scheide an der Seite. Sie wollte gerade auf ihn zugehen, als ein Wirbelwind über den Boden sauste und vor Lennox und Thane stehen blieb.

»Sieh, was mein Großvater mir mitgebracht hat. Ich habe ein Hemd genau wie du, Thane. Und ich habe auch neue Stiefel. Ich sehe aus wie ein Laird, nicht wahr, Großvater? Meg! Schau mich an.«

Der Junge wirbelte herum, und seine Worte sprudelten so schnell heraus, wie er sie sagen konnte. »Magni, du bist so hübsch wie alle anderen hier«, lobte Lia ihn.

Tamsin trat neben Thane, sodass Meg sich zu Lennox gesellte, der sich zu ihr beugte und ihr ins Ohr flüsterte: »Mir ist es lieber, wenn du nichts anhast, aber in diesem Kleid siehst du wirklich königlich aus, Meg. Du bist so wunderschön wie immer.« Er küsste ihr den Hals, und sie kicherte wie ein kleines Mädchen.

»Lennox, du bist genauso stattlich wie dein Vater, als er jung war«, schwärmte Rut. Seiner Mutter kamen die Tränen, doch dann sagte sie: »Am besten gefällt mir, wie glücklich du bist. Ich habe lange darauf gewartet, dich so zu sehen. Ich danke dir, dass du meinen Sohn gefunden hast, Meg.«

Logan kam heraus und brüllte: »Weitergehen. Alle warten auf dich!«

Die Gruppe ging hinaus, Magni stellte sich neben seinen Großvater. »Mit wem? Reite ich mit dir, Großvater? Du wirst mich doch nicht im Stich lassen, jetzt, wo ich einen anderen Großvater habe, oder?«

Logan zeigte auf eines der Streitrösser. »Wir reiten voran und nein, ich werde dich nicht verlassen. Alle Kinder brauchen zwei Großväter. Großeltern stehen ihren Enkelkindern bei, ob sie nun das Schlimmste oder das Beste erleben. Jetzt klettere da rauf, Junge.«

Thane schritt zu Midnight Star, einem der Streithengste der Grants, den Connor ihnen für die Prozession geliehen hatte. »Endlich, und mit Tamsin bei mir. Der beste Tag aller Zeiten.«

Lennox führte Meg zu ihrem Pferd, und erst als er sie hinaufhob, konnte sie sich umsehen, und entdeckte einen Halbkreis kleiner Ponys mit Tora, Rowan, Sylvi, Alana und Lia an der Spitze hinter Logan und Magni, der jeden mindestens fünfmal

daran erinnerte: »Ich bin der Erste!« Dann wölbte
Logan eine Augenbraue und Magni grinste. »Wir
sind die Ersten.«

Sie führten die Gruppe über den Hof, durch
die Tore und auf die nahegelegene Wiese, wo die
Gäste warteten und ein Meer aus verschiedenen
Plaids die Gegend erstrahlen ließ. Als sie den
Priester erreicht hatten, half Lennox Meg
herunter und hielt ihre Hand.

»Nicht so fest, Lennox.«

»Entschuldigung. Ich wollte nur sichergehen,
dass du dich nicht davonmachst. Du hast diese
Angewohnheit, Mädchen.«

»Niemals. Ich werde immer an deiner Seite
sein.«

Lennox wischte sich eine Träne aus dem Auge.

# KAPITEL VIERUNDVIERZIG

*Lennox*

LENNOX LAG MITTEN in der Nacht neben seiner Frau und betrachtete ihre langen Wimpern, die wenigen Sommersprossen auf ihrer Nase und ihre schlanken Finger, die er in seiner Hand hielt.

Verdammt, aber das hatte er nicht erwartet.

Sie öffnete ihre Augen mit schweren Lidern und lächelte. »Woran denkst du?«

Er spielte mit ihren Fingern und schüttelte den Kopf. »Das hätte ich nie für möglich gehalten.«

Sie runzelte die Stirn und sah ihn mit hochgezogener Augenbraue an.

»Ich hätte nie gedacht, dass es möglich ist, jemanden so sehr und so innig zu lieben, wie ich dich liebe. Ich will dich an meiner Seite haben, wenn ich morgens aufwache, und nachts will ich dich neben mir im gleichen Bett. Du hast mich so subtil wie ein Blitz am Nachthimmel überrascht. Und es geht gar nicht nur um die intimen Dinge. Ich liebe es, mit dir über Dinge zu reden, weil du mir Einblicke eröffnest, die ich vorher noch nie hatte.« Er beugte sich vor und küsste ihre Lippen so zärtlich, wie er konnte. »Ich bin dir bis in alle Ewigkeit dankbar, dass du mich als deinen Ehemann akzeptiert hast.«

»Und ich bin gespannt, was unser gemeinsames Leben für uns bereithält, Lennox. Ich freue mich auf jeden Tag, den wir zusammen verleben. Ich bete, dass wir mit vielen Kindern und viel Glück gesegnet werden.«

Er vernahm ein seltsames Geräusch, und Meg hob den Kopf, als hätte sie es auch gehört. »Was ist das, Lennox?«

»Das ist meine Mutter. Sie klettert in vielen Nächten auf die Brüstung. Sie denkt, mein Vater kann sie hören, wenn sie dem Himmel näher ist.«

»Geh und rede mit ihr. Pass auf, dass sie nicht über die Stufen stolpert.«

»Das hat sie schon oft genug getan, ich bin sicher, dass sie nicht fallen wird«, entgegnete Lennox.

»Aber geh und sprich mit ihr. Sie hat deinen Vater heute wahrscheinlich mehr vermisst als an jedem anderen Tag.«

»Es bereitet dir doch kein Ungemach, wenn ich nach ihr sehe?«

»Nein. Ich schließe meine Augen für eine Weile. Du hast mich erschöpft, Ehemann.«

»Ähm, ich glaube, du hast mich erschöpft, Meg.« Er streichelte sanft über ihren Hintern, bevor er aus dem Bett stieg, sein Plaid umlegte und es schnell gürtete. »Es wird nicht lange dauern.«

Er ging auf den Gang und dann zur Treppe zu den Brüstungen hinauf, öffnete die Tür und fand seine Mutter auf ihrem Schemel sitzend vor. »Mama, bist du wohlauf?«

»Mehr als wohlauf, Lennox. Es war ein schöner Tag, eine schöne Zeremonie, und du hast eine wunderschöne Braut. Du hast gut gewählt.«

»Das habe ich. Ich hatte sie selbst finden müssen.«

»Du hättest sie wahrscheinlich nicht gefunden, wenn ich dir nicht einen Anstoß gegeben hätte.«

Lennox rollte mit den Augen. Er wusste, dass der Anstoß seiner Mutter nichts damit zu tun hatte, dass er Meg gefunden hatte, aber wenn sie das glauben wollte, würde er sie gewähren lassen. »Wenn ich ein Mädchen finde, das vier Kinder mit einer Axt über dem Kopf beschützt, dann hat sie meine Aufmerksamkeit, Mutter.«

»Oh, da hast du recht, nehme ich an. Ich bin nur froh, dass es endlich passiert ist.«

»Hast du mit Papa gesprochen?«

Sie warf ihm einen verärgerten Blick zu. »Du weißt, dass ich das tue.«

»Aber wegen mir brauchst du seine Hilfe nicht mehr, oder?«

»Natürlich nicht.«

»Was führt dich dann hierher?«

Seine Mutter legte den Kopf in den Nacken, verschränkte die Arme und schaute in den Sternenhimmel. »Ich war gerade dabei, mein nächstes Vorhaben mit ihm zu besprechen.«

»Dein nächstes Vorhaben? Oder sollte ich fragen, *wer* dein nächstes Vorhaben ist?«

»Ich habe mich gerade entschlossen. Taskill ist mit dem Flirten noch nicht fertig. Es geht um deine Schwester. Ich muss einen Ehemann für Eva finden.«

»Schön für dich.« Er beugte sich vor und küsste seine Mutter auf die Wange. »Dann überlasse ich es dir, das mit Papa zu besprechen.«

Lennox konnte es kaum erwarten, seiner Schwester von dieser Aussage zu berichten.

Oder vielleicht würde er ihr besser nichts sagen.

# EPILOG

*Ende des Sommers, einige Wochen später*

EIN LAUTER JUBEL brach aus, als Maitland und Maeve vom Boot stiegen, und es folgte ein Applaus, der beiden ein Lächeln ins Gesicht zauberte. Der Tag war noch warm, doch die kühle Brise ließ sie wissen, dass der Herbst nahte. Maitland trug ein eng anliegendes Plaid, aus dem ein kleiner, noch ganz kahler Kopf hervorlugte, auf den er oft seine Hand legte.

Dyna und Derric führten den Tross von Pferden zum Duart Castle hinauf, ohne dass der kleine Junge, der sich eng an die breite Brust seines Vaters schmiegte, einen Laut von sich gab. Dyna sagte: »Ich kann es kaum erwarten, ihn zu halten, Derric. Ich habe schon lange kein kleines Kind mehr im Arm gehalten. Es ist so aufregend, ein neugeborenes Baby bei uns zu haben. Eli!«, rief sie der Reiterin hinter ihr zu. »Du bist als Nächste dran.«

Eli stieß ein unfeines Schnauben aus. »Spucke und Schleim, das glaube ich eher nicht.«

Im Castle angekommen, drängte sich die

Gruppe in der großen Halle, und alle warteten gespannt, um den ersten Blick auf den Sohn von Maitland und Maeve zu werfen. Sie hatten spät geheiratet und waren wegen dieses Kindes überglücklich, da es wahrscheinlich ihr einziges bleiben würde.

Die Halle füllte sich mit Clanmitgliedern und Besuchern, während die Wachen der Grants und Menzies das Castle beschützten. Es herrschte ein reges Stimmengewirr, kichernde Kinder rannten umher, und zwei stolze Eltern, die ihren Blick nicht lange von ihrem Sohn abwenden konnten. Als alle versammelt waren, stieß Maitland einen Pfiff aus. Sein Sohn, der immer noch an seiner Brust festgebunden war, stand nun allen gegenüber und nahm mit großen Augen und einer Faust im Mund alles in sich auf. Er war gerade erst etwas über zwei Monde alt und so glücklich wie kein anderes Baby, das Dyna je zu Gesicht bekommen hatte.

Aber sie wusste, dass dieses Baby etwas Besonderes war. Sie hatte es in ihren Träumen gesehen, ihrem Mann davon erzählt und es tief in sich gespürt. Vor Jahrzehnten war eine Frau in ihren Träumen zu ihr gekommen und hatte ihr gesagt, dass sie die Beschützerin ihres Großvaters, Alexander Grant, sein würde. An dem Tag, an dem er verstorben war, hatte er sie früh besucht und ihr dafür gedankt, dass sie über ihn wachte.

Er hatte es die ganze Zeit gewusst.

Dieselbe Frau hatte ihr vor einiger Zeit mitgeteilt, dass sie einen neuen Auftrag habe: den neugeborenen Sohn von Maitland und Maeve.

»Wie ist sein Name?«, fragte Connor. »Bevor wir nach Hause gehen können, müssen Sela und ich das wissen.«

Maitland ging mit ihrem Sohn zum Podium, Maeve hielt eine Hand und sah so stolz und glücklich aus wie immer.

»Name! Wir brauchen einen Namen«, rief Alasdair und winkte mit den Händen, um alle zum Schweigen zu bringen. »Komm schon, Chief. Sag ihn uns.«

Die Gruppe begann zu skandieren: »Name, Name, Name, Name ...!«

Maitland wartete, bis alle wieder still geworden waren. Maeve hatte sich an ihn gelehnt und wischte sich die Freudentränen aus dem Gesicht. »Willst du es ihnen sagen, Maeve?«

Seine Frau war schon immer schüchtern gewesen, und das hatte sich nicht geändert. Sie schüttelte den Kopf und sagte: »Du. Deine Stimme ist stärker. Du sagst es ihnen.« Als Adoptivtochter von Alex und Maddie Grant war sie immer zurückhaltend gewesen und hatte zu Hause gelebt, bis sie vor fast einem Jahr Maitland geheiratet hatte.

»Darf ich euch unseren Sohn vorstellen: Alexander Drew Menzie Grantham.«

Dyna flüsterte: »Alexander Grantham. Oje. Noch einer.«

Ihr Vater setzte sich neben sie und fragte: »Was denkst du?«

»Ich liebe es. Es ist perfekt.« Wie sehr hoffte sie, dass Großvater zuhörte. Sicherlich tat er das.

»Ich kann es kaum erwarten, allen davon

zu erzählen, wenn wir nach Hause kommen«, flüsterte ihr Vater.

Tora rannte hin und zerrte am Plaid ihres Großvaters. »Hinauf, Großpapa.«

Dynas Vater hob Tora hoch und warf sie zweimal in die Luft, wobei ihr ein Kicheranfall aus dem Bauch aufstieg. »Was möchtest du mir noch sagen, bevor wir gehen?«

Tora legte ihre Hand auf seine Wange und kam mit ihrem Gesicht ganz nah an ihn heran, sah ihre Mutter und dann wieder ihren Großvater an. Dann flüsterte sie: »Du kannst nicht nach Hause gehen, Großpapa. Sag das nicht.«

Sie wollte sich gegen die Brust ihres Großvaters stemmen, um herunterzukommen, aber ihre Mutter hielt sie auf. »Warum kann er nicht gehen, Tora?«

Tora zeigte auf das Baby. »Sag es nicht Maitland.«

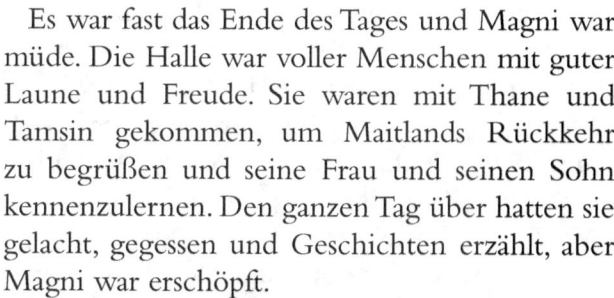

Es war fast das Ende des Tages und Magni war müde. Die Halle war voller Menschen mit guter Laune und Freude. Sie waren mit Thane und Tamsin gekommen, um Maitlands Rückkehr zu begrüßen und seine Frau und seinen Sohn kennenzulernen. Den ganzen Tag über hatten sie gelacht, gegessen und Geschichten erzählt, aber Magni war erschöpft.

Wo war seine Schwester?

Er sah sich nach Lia um, konnte sie aber nirgends finden. Er geriet in Panik, blickte sich dann aber in der Halle voller Lairds und Krieger um. Niemand hätte es gewagt, hier hereinzukommen und sie zu stehlen. Logan Ramsay stand beim Kamin, und der hünenhafte Connor Grant saß nicht weit entfernt, während Sandor auf seinem Knie hüpfte. Alasdair und Alick bewachten die Tür, und niemand würde es wagen, sich mit diesen beiden großen Hünen anzulegen.

Nein, Lia war hier irgendwo. Er hatte bemerkt, wie sehr sie sich über das neue Kind gefreut hatte, aber dann war es mit seiner Mutter in den Turm gegangen. Magni schlich sich zur Tür des Turms und spähte hinein. Tatsächlich, Lia saß auf einem Stuhl neben dem Korb, in dem das kleine Kind schlief.

Er schlich sich auf Zehenspitzen hinein, denn Maeve lag schlafend auf dem Bett, eine Decke über sie gebreitet. Er schlich sich neben Lia und flüsterte: »Komm, Lia. Ich glaube, wir gehen jetzt.«

Lia schüttelte den Kopf.

»Aye, Thane sagte, wir würden bald aufbrechen.«

Lia winkte ihn zu sich heran, griff dann nach Magnis Hand und sagte: »Ich weiß, dass dir meine Antwort nicht gefallen wird, Magni, aber denk bitte daran, dass ich dich sehr liebe.« Sie stieß einen tiefen Seufzer aus und sagte: »Mein Platz ist für eine Weile hier.«

»In Duart Castle?«

»Ja und nein. Nicht unbedingt.«

Er legte den Kopf schief, weil er ihre Antwort nicht verstand. Er wollte sich am liebsten mit ihr streiten, aber er wollte weder die Mutter noch das Baby wecken. »Wo dann?«

»An Alexanders Seite. Da gehöre ich im

Moment hin. Thane braucht dich zu Hause, aber ich bleibe hier und helfe eine Weile mit dem Kleinen. Betrachte mich als Lady Maeves Gehilfin. Ich bin Alexanders Kindermädchen.«

»Aber du bist doch erst fünf, Lia.« Er kratzte sich am Kopf und versuchte immer noch zu verstehen. »Du kannst kein Kindermädchen sein.« Er wusste, dass Lia etwas Besonderes war, aber auf ein kleines Kind aufzupassen schien mehr zu sein, als ein kleines Mädchen bewältigen konnte. Das galt selbst für ein Feenmädchen.

»Aber ich bin jetzt sechs Sommer, Magni.« Sie klopfte ihm auf die Schulter und sagte: »Komm mich in einer Woche besuchen. Ich werde hier sein.«

Unten in der Taverne von Craignure, nicht weit von der Fähre entfernt, saßen zwei widerwärtige Gesellen und tranken so viel Ale, wie sie konnten. Sie hatten einen neuen Auftrag erhalten, aber sie mussten noch ein paar Tage warten.

»Also, das sind sie?«

»Aye. Sie sind hier. Wir müssen nur auf die letzten Anweisungen warten. Sie werden uns genau sagen, wann und wie.«

»Das Kind und die Goldhaarige, richtig?«

»Ja. Und die Mutter auch.«

Er grinste und sagte: »Und dann geht es nach Kilchoan.«

Nachdem alle nach Hause gegangen waren, schritt Connor am Ufer unterhalb von Duart Castle umher, während sich das Mondlicht im Wasser spiegelte. »Das gefällt mir überhaupt nicht, Logan. Ich wollte nach Hause gehen, aber ich kann meine Enkelin nicht ignorieren. Was zum Teufel hat sie damit gemeint, dass ich nicht gehen darf?«

Logan verschränkte die Arme und sagte: »Hör auf, so herumzulaufen, Grant. Wir machen das schon.«

»Aber wenn dem Jungen, Maitland und Maeve etwas zustößt, wird es sie beide umbringen. Wir müssen sie beschützen.«

»Das werden wir auch. Wir wissen, was die Aufgabe ist. Wir werden damit fertig. Hör auf, dich so aufzuregen. Nur weil er der Namensvetter deines Vaters ist, heißt das nicht, dass dies etwas Ungewöhnliches ist oder eine Sache, mit der wir nicht fertigwerden.«

»Nein?« fragte Connor und stemmte die Fäuste in die Hüften. »Dann sag mir, warum dieses seltsame goldhaarige Mädchen von nur sechs Sommern sich weigert, von der Seite des Babys zu weichen? Das beunruhigt mich mehr als Tora.«

»Grant, sie ist eine Fee, das sage ich dir, und sie beschützt den Jungen. Das tröstet mich ein wenig. Es sollte dich auch trösten. Sie wird jeden, der ihn stört, in Stein oder Asche oder so etwas verwandeln.«

Connor seufzte und schaute zum Mond hinauf. »Ich habe Sela gesagt, dass wir noch nicht gehen können, aber ich habe ihr keinen Grund genannt.«

»Gwynie weiß es. Sie spürt es auch in Dyna. Sie hat mir Anweisungen erteilt.«

Connor grinste.»Und wie lauten Ihre Befehle?«

»Meine Frau sagte mir, ich dürfe nicht von der Seite dieses Kindes weichen. Wenn dem Jungen etwas zustoßen würde, müsste ich sie quer durchs Land schleppen, um den Narren zu finden, der ihn geraubt hat, damit sie diejenige sein könnte, die dem Mistkerl den Dolch ins Herz stößt. Oder vielleicht hat sie auch nur Blödsinn gesagt. Ich habe es vergessen.«

»Klingt, als würde keiner von uns gehen, Ramsay.«

Logan zeigte in den Himmel. »Hast du das gesehen?«

Connor legte den Kopf zurück. »Aye. Und es waren zwei.«

»Zwei Sternschnuppen. Das habe ich noch nie in meinem Leben gesehen.«

»Ich auch nicht. Was zum Teufel bedeutet das?«

»Ich habe ein komisches Gefühl ...«

»Dyna hat mir immer gesagt, dass es Großmutter ist, die mit Großvater spricht, wenn sie eine Sternschnuppe sieht.«

»Ohhh ...« Logan brach ab. »Das sind sie beide. Alex und Maddie reden mit dir.«

»Was sagen sie?«

Logan zitterte. »Dass du bleibst.«

*ENDE*
*http://www.keiramontclair.com*

LIEBER LESER, LIEBE Leserin,
Vielen Dank für die Lektüre des zweiten Buchs aus der Serie Clans of Mull, einer derzeit geplanten fünfbändigen Reihe.

Als Nächstes werden Sie im dritten Buch Eva MacVey und Sloan Rankin erleben. Ich kann es kaum erwarten!

Viel Spaß beim Lesen,

*Keira Montclair*
http://www.keiramontclair.com

# WEITERE BÜCHER VON
# KEIRA MONTCLAIR

## DIE CLAN GRANT-SERIE
#1-BEFREIT VON EINEM HIGHLANDER-
Alex und Maddie
#2-HEILUNG EINES HIGHLANDER-
HERZENS-
Brenna und Quade
#3-LIEBESBRIEFE AUS LARGS-
Brodie und Celestina
#4-AUFSTIEG IN DIE HIGHLANDS-
Robbie und Caralyn
#5-DAS KNISTERN DER HIGHLANDS
-Logan und Gwyneth
#6 -MEINE VERZWEIFELTER
HIGHLANDERIN-
Micheil und Diana
#7- DER HELLSTE STERN DER
HIGHLANDS-
Jennie und Aedan
#8-HIGHLAND HARMONIE-
Avelina und Drew

## DER HIGHLAND CLAN
LOKI aus den Highlands – Buch Eins
TORRIAN aus den Highlands – Buch Zwei
LILY aus den Highlands – Buch Drei
JAKE aus den Highlands– Buch Vier
ASHLYN aus den Highlands– Buch Fünf

# ÜBER DIE AUTORIN

KEIRA MONTCLAIR IST das Pseudonym einer Autorin, die mit ihrem Ehemann in South Carolina lebt. Sie schreibt aufregende historische Romane, oft mit Kindern als Nebenfiguren.

Wenn sie nicht schreibt, verbringt sie gern Zeit mit ihren Enkelkindern. Sie hat als Highschool-Mathematiklehrerin, als Krankenschwester und als Büroleiterin gearbeitet. Sie liebt Ballett, Mathematik und Rätsel, lernt gern neue Dinge und hat Spaß am Erschaffen neuer Figuren, in die sich ihre Leser verlieben können.

Sie ist erst mit ihrem Werk zufrieden, wenn ihre Leser Tränen über ihre Geschichten vergießen, aber zum Schluss gibt es immer ein Happy End!

Ihre Bestseller-Reihe ist eine Familiensaga, die das Leben zweier mittelalterlicher schottischer Clans über drei Generationen hinweg verfolgt und mittlerweile über dreißig Bücher umfasst.

Kontaktieren Sie sie über ihre Website: *www. keiramontclair.net.*

www.ingramcontent.com/pod-product-compliance
Lightning Source LLC
Chambersburg PA
CBHW071647260626
47170CB00001B/262